半岛微光

重光 著
BAN DAO WEI GUANG

广西人民出版社

图书在版编目（CIP）数据

半岛微光 / 重光著. —南宁：广西人民出版社，2013.10

ISBN 978-7-219-08432-8

Ⅰ. ①半… Ⅱ. ①重… Ⅲ. ①长篇小说–中国–当代 Ⅳ. ①I247.5

中国版本图书馆CIP数据核字（2013）第 133582 号

监　　制	白竹林
策划编辑	周月华
责任编辑	周月华
责任校对	唐柳娜
印前制作	麦林书装

出版发行	广西人民出版社
社　　址	广西南宁市桂春路 6 号
邮　　编	530028
网　　址	http://www.gxpph.cn
印　　刷	广西大一迪美印刷有限公司
开　　本	880mm×1230mm　1/32
印　　张	10
字　　数	200 千字
版　　次	2013 年 10 月　第 1 版
印　　次	2013 年 10 月　第 1 次印刷
书　　号	ISBN 978-7-219-08432-8/I·1660
定　　价	26.00 元

版权所有　翻印必究

C目录
ontents

楔子	001
第一章	003
第二章	016
第三章	034
第四章	053
第五章	074
第六章	097
第七章	119
第八章	144
第九章	160
第十章	180
第十一章	202
第十二章	223
第十三章	240
第十四章	259
第十五章	280
第十六章	296

楔子

初夏。

下午五点。

考生们如潮水涌出,人体的气味与闷热混杂,强劲袭来的风里夹带着一股热气,她被人潮带着往前缓慢地行走。

学校的铁门打开,翘首以待的家长一拥而上,她识相地避到一旁,与紧紧相拥喜极而泣的人们形成鲜明对比,她读懂考生们内心隐藏的对于未来的忧虑,一如她懂得自己未来要走的路隐藏着多大的风险。

"奋斗吧,为你人生的梦想埋下彩色的伏笔。"校外支起的宣传板上写的高考励志语,每一个字都用了不同的颜色,挂起不过两天,但紧贴着的宣纸的四角已翘起,风从底部灌进去,把它吹得哗哗作响。

她在励志语前停下来,视线所及一片火红,校园内的凤凰花繁盛地绽放。

她漆黑明亮的双眸闪出了光,秀长浓密的黑发被风吹起,热风从她耳边呼啸而过,雷声由远而近慢慢逼来,人群里的伞犹如盛放的凤凰花朵朵绽开,人们交错地从她身边奔跑而过,只有她还安静地站立着。

雨落下了。

豆大的雨点愤怒地跳跃,以蛮横倾压的姿态把地上的泥土狠狠包裹住。她嘴角轻微一动。

面前的励志语被雨水毫不留情地包围,宣纸被浸湿,字体渐渐模糊,五颜六色如同一道道泪痕快速滑动,周围的人仓皇地尖叫跑动着,她这才意识到——

自己的身体竟没有淋湿。

"顾青。"有人叫她。

她转过身,脸上扬起灿烂的笑容。

男生身体跟着手臂往前倾,整把伞都遮在她的头顶上方,他自己站在雨里,长长的睫毛上挂着水珠,黑色Ｔ恤湿透了,紧贴着他的身体。他露出腼腆的笑,把伞往前移动,示意她跟他走。

顾青看着对方,眼睛里带着"你是谁"的疑问,她的身体绷紧,双腿已经做好随时逃跑的准备,脸上却仍带着温和灿烂的笑容。

"夏树。"男生黑漆漆的眸子紧紧地看着她。

顾青微微一怔,年少时曾与自己亲密无间的夏树?

雨势更强,雨帘遮住了顾青的双眼,她避开夏树那双柔情似水的眼眸,迈步走向不远处闪着双黄灯的奔驰,夏树小跑步上前为她打开车门。顾青停下来看着他,这张曾带给她无数愉悦笑声的稚气脸庞如今变得朝气蓬勃,随着时间的年轮,那张脸更是像极了夏树的姑姑夏爱华。顾青不禁打了个寒战,她压抑内心的复杂情绪向夏树报以笑容,"谢谢。"

这一句谢,客套且疏离。夏树的眼里闪过一丝忧伤。

顾青弯腰坐进车内。

"小姐,欢迎您回家。"司机老吴说。

顾青。

你终于要回家了。

第一章

　　车子在高速路上行驶，暴雨疯狂地落下。
　　车内的冷气逼人，衣服的湿气及往事让夏树打了个寒战。

　　十年前，身为夏爱华侄子的夏树因父母双亡自幼跟从姑姑，便跟着她一同入住顾宅。夏爱华是顾开复的第二任妻子，作为夏爱华侄子的夏树便称顾开复为姑父。顾家上下对于雷厉风行的夏爱华惧怕三分，但对这个名不正、言不顺住在顾家的夏树却是瞧不起的，人前人后对待夏树的态度如天壤之别，倒是顾家独生女顾青对夏树格外亲切。可能是因为年少的他们都经历过家变，亦同样对夏爱华格外惧怕，每每夏爱华拿其中一人出气，另一人必定尽力维护掩饰对方的过错，随着时间的推移，两人产生了不可割舍的兄妹情分。
　　就是这依赖的不可割舍的兄妹情分使得顾青一步步陷入险境。顾青因年幼单纯对于即将到来的噩梦浑然未觉，敏锐的夏树觉察到一丝诡异的气氛游离于姑姑与别人的言行交谈中，但他以为那仅仅是姑姑因无法驯服顾青而故作的严肃姿态，何况顾开复对女儿顾青宠爱有加，姑姑即便想为难顾青，也总还碍着姑父的面子，久而久之，夏树放松了警惕，全然不知危机正悄悄逼近顾青。
　　六年前，姑父去外地为新集团举行动土仪式，高考亦在此时放榜，夏树没有辜负姑姑的期盼，如愿考上铭传的金融系。姑姑未雨绸缪，早早为他作了打算，待他学业有成之时进入姑父的集团任职，掌管集团内的经济大权，自此后，夏树和姑姑夏爱华都将在顾家稳稳地站住脚跟。姑姑在畅想未来的同时，主动提出让夏树去毕业旅行，好好看看气势磅礴的大好河山。原本夏树计划的行程里有顾青，可临出发的前一晚顾青

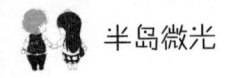

突然高烧,跟夏树相约的几位同学又都不愿意迁就更改时间,加上姑姑承诺会好好照看顾青,夏树就一心无忧地欢欢喜喜出门去了。

旅行第七天,夏树按约定再一次给顾青拨了电话,顾青依旧没有接电话,曾日夜警惕的心顿时复苏了,夏树连夜往回赶,得到的却是顾青失踪的消息。他曾抱有幻想,只当顾青不过是出去散步或是跟他捉迷藏,时间一过她自然会出来。

然而六年,2190天,52560小时,3153600分……他时刻记着,却再没有关于顾青的任何消息。

他以为她已经在这个世界乃至宇宙中消失了,自己曾为她守了多少孤夜落了多少滴泪,数不清了。

夏树以为自己这辈子,与顾青的那份缘尽了,从未想过还能有再相逢的一天。

直到今天,姑父让夏树帮他出门接一个人。

夏树看到她在宣传板前停下来,她漆黑明亮的双眸闪出了光,秀长浓密的黑发被风吹起。她站在人群中,岁月静好,但偏偏有种她置身事外的悲凉。

时隔六年,关于她的点点滴滴迅速猛烈地复活,夏树欣喜地走向她,热风从他耳边呼啸而过,雷声由远而近慢慢逼来,人群里的伞犹如盛放的凤凰花朵朵绽开,人们交错地从他身边奔跑而过,只有她还安静地站立着。

雨落下来,他在她的身后撑起了伞。顾青转身的时候,夏树看到她灿烂的笑容,她显然已经把自己忘了,她用质疑的眼神看着自己的同时已经预备要跑开。只有在那短暂的瞬间,他觉得顾青是脆弱的,但等他报出姓名,顾青脸上的笑容依旧,夏树于她,似乎只是一个情缘浅薄的初相识的人而已。

他们之间不再是青梅竹马的玩伴,无所不谈的挚友……他还有资格吗?他问自己。紧跟在顾青身后帮她拉开了车门,他以为顾青会表现出丝毫的介意或任性,起码证明自己在她的心里还有些分量,但她依旧是那样的笑,道了谢后身体一低就钻进了车内。

第一章

原来他已没有资格，他的嘴角漫出一丝苦笑。

车子驶上蜿蜒的山路。
沿途的路灯愈来愈密，雨势渐弱，即将抵达顾宅。

他用余光偷看顾青，顾青坐得笔直，神情自若地看着前方，夏树听到自己的心碎裂成一片一片，见顾青的视线朝他瞄过来，他露着笑安慰她："别怕。"
依旧是淡然自如的灿烂笑容，她回道："我不怕。"
夏树笨拙地把头扭开，寂静的车厢里发出咔的骨头扭动的声响，跟轻快有节奏的滴答雨声糅成了一曲忧伤的歌。

*** ***

通往顾宅的路上，顾青的记忆之门被路边郁郁葱葱的灌木丛缓慢推开。

六年前，她与那个女人起冲突，毕生宠她让她的两个男人都不在身边，女人扇了她的耳光后仍不解气，气愤难平地把她锁进昏暗的地下储物室内，饿得昏睡过去的时候她总看到夏树冲进来抱住她，不断安慰哭泣且颤抖的她说："对不起，我来晚了，对不起。"可是当她醒来，除了眼角温热的泪水，她还是面对着黑暗的房间以及冰冷的墙壁，年幼的顾青用指甲划着墙壁，倔强地发誓："夏树，你如果现在来，我就原谅你！"
然而她被锁住整整五天，被吱吱叫的老鼠吓得失了三魂七魄，女人隔着门板恐吓她，顾青问她，这样关着自己就不怕夏树或是父亲回来让她难堪？女人笑，说的每一句话如刀划过她的心田。
她一直以来最信任的夏树哥哥，怎么会是个对她、对顾家都有所图谋的人？他给予的所有情意都是假的！甚至连他毕业旅行前推心置腹的话也都是谎话，难怪他连句再见也没有说就走了，原来他根本就不想带着自己！
亏她还想着只要夏树出现，她就原谅他！顾青握紧拳头一拳拳地捶向墙壁，指关节处渗出血，但都不及她心痛的十分之一。

她发誓，生生世世，都不会原谅夏树！

顾青在当夜撬开了储物室的锁逃离了顾家。当夜下着如同今夜这样的滂沱大雨，她奋力往山下跑，如同小兽挣脱一直紧锁住她的枷。路上偏偏遇见几个中年男人对她不怀好意地搭讪，十一岁的顾青吓得边哭边跑，跑得鞋子都掉了，顾不上双脚被路边的尖石刺得鲜血直流。她原本以为甩脱了那几个男人，但其中一个脸上带疤的中年男人跟同伙说了几句话之后竟对顾青穷追不舍，为保性命，年幼的顾青穿过路旁的山间小路，雨大路滑，她的衣服被路旁的树枝撕扯，身上更是伤痕累累，刀疤男紧跟其后，他的手里不知何时还握着把尖刀。两人距离近在咫尺，顾青心一横闭眼往山下滑去，哐地撞向地面，只听迎面驶来的货车紧急刹车，她看着炽亮的光照着两个人影，那张少年的脸庞与她的夏树哥哥竟有几分相像，她昏了过去。

哐！山路上一块石头掉下来。

司机紧急踩了刹车。

顾青的脸吓得刷白。

"小姐，没吓着你吧？这条山路下雨的时候常有石头滚落，所幸都是些小的落石。"司机道。

顾青把脸转向了窗外。

夏树突然转头安慰她："别怕。"

她淡淡地回道："我不怕。"

她肩上扛着的重担与责任太大，她没有惧怕的权利与资格。

眼前的铁门缓慢地打开，她瞬别六年的家近在眼前。

道路两旁的梧桐茂盛地在头顶遮挡，宛如一道绿色荫桥，车子缓慢驶进车库，老吴下车为顾青打开车门。

雨在此刻彻底停了，泥土气息混合着花香扑鼻而来，路边种植的是茉莉花，花冠白色，气味芳香，顾青情不自禁地俯身闻着花香。

第一章

浓密的黑发被她拢在一侧,露出她洁净清秀的脸庞,鼻尖轻嗅花香,路灯下,她的五官愈发精致,一幅花美人更娇的景象。

夏树静静退在一旁守着她。

"树,今天要用车怎么也没说一声,是不是缺什么了?"一个声音从楼上传来。

顾青微微怔了一下。

夏树惊慌失措地看向楼上,"姑姑?"

"怎么啦?"

"您今天不是要去参加舞会?"

"最近集团局势不稳,你……"夏爱华看到俯身闻花的女孩侧影,语带惊喜地问,"女朋友?"

夏树摆手。

"装神秘!这可是你带回来的第一个女生,还不快介绍?"夏爱华语带威胁地说,"再不然我可就下来了!"

"姑姑!"夏树叫住夏爱华,"刚才雨大,我浑身都湿透了,我先去换件衣服!"

"留她吃晚餐,我这就告诉厨房加菜!"夏爱华说。

夏树急匆匆地拉着顾青穿越长廊走向另一幢房子。

夏爱华嘴角带笑道:"这傻小子总算是开了窍,都这么些年了,总算是遇见喜欢的女孩。萍姐,告诉厨房今晚加菜,有客人。"

夏爱华的视线仍跟随着夏树及那个女孩,女孩高高瘦瘦,一头漆黑秀丽的长发随风舞动,只是那背影——夏爱华的心跟着一揪,片刻后才意识到自己是多心了,边笑边拿起梳妆台上的口红,将唇涂成了猩红。

方才夏爱华站立的那幢房子显然是新建的,外墙贴满了白色瓷砖,冰冷绝艳。长廊尽头的这幢,是顾青幼时就居住的房子,红砖墙壁,尖形的房顶还有一座十字架。这幢房子是顾青的母亲亲手设计的,一场雨过后,红砖虽然呈现暗红色,仍不失热情之美,墙的一面爬满了绿色植

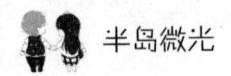

物,有些雨水还盛在植物的叶片中,使人心旷神怡,一如顾青印象里温和婉约的母亲。

母亲!顾青打了个激灵,她把夏树的手从自己的手上拨开,"请问,你要带我去哪里?"

夏树笑道:"姑父把你之前的房间整理出来了,我,我带你过去。"

"为什么住这一幢,那幢新房多好?"

"我以为,你是念旧的人,对于旧人旧事,会格外……"

顾青打断他的话:"如果还是原来的那一间,我自己去就好。"

"是,是原来那一间。"夏树看向顾青,"姑父让人整理过你的房间……"他停顿了一下,最终还是说:"衣服洗好也熨好了,你……"

夏树说得前言不搭后语,顾青听得一头雾水,她看向夏树发问:"什么衣服?"

"没事,姑父正从集团赶回来,等他到了你再出来,他要正式把你介绍给顾家上下——阿嚏!"夏树掩住口鼻,"对不起,你先回房间,我去换件衣服。"

顾青点头。

夏树往前走了几步,又折回来,道:"顾青,我带你回房间。"

"虽说六年没回来,但这家里的摆饰还跟以前一样,我……"

夏树似乎看到光明,这么说来,他夏树也一直在顾青的记忆里?

顾青似乎读懂他的心思,解释道:"但毕竟也六年了,有很多事情都忘光了。"

夏树的神情难掩失落,"我答应姑父,这次一定保护好你,把你带回来——阿嚏!"夏树揉了揉鼻子,拉着顾青的手往前走。

顾青想甩开他的手,夏树攥得更紧,"我保证,这次我会好好保护你!"

她凭什么去信一个对顾家有所图谋的外人的话?

顾青冷冷地回道:"保护?我们非亲非故,你大可不必给我这么沉甸甸的承诺。再说,我在外面生活了六年,早就学会如何生存,何须你保护?天地之大,在外我都能生活,这是我的家,顾家上下会容不下我?"

他沉默着,只是握着她的手更紧,长廊走至底,他推开暗红色的

第一章

门,"进去吧,记得把门锁紧,姑父就快回来了。"说完关上了门。

顾青落了锁,门外又传来他打喷嚏的声音,她紧贴住房门,听门外没有其他声响,耳边却响起来了刚才夏树的一番话。

"我以为,你是念旧的人,对于旧人旧事,会格外……"
旧人旧事。谁都有资格提,单单姓夏的两个人没有资格。

*** ***

墨复集团。
总裁办公室。
助理拿着手机向顾开复禀报:"顾先生,小姐安全回到家了。"
顾开复闭目养神,右手的拇指一个个地转动手里的佛珠。
"司机老吴跟着先生这么些年了,他开车的技术稳妥,且随后跟着暗中保护的车子也没被察觉,可是……"
顾开复的眉一皱。
"夫人原本要去参加舞会,可是直到现在还没出门,我们是不是该回去了?"
顾开复走出墨复集团,喃喃自语:"陈墨,我们的女儿回来了。"

顾青的房间。
顾青缓缓转过身来。
时隔六年,漂泊在外受尽辛酸,然而一走进房间,顾青有种踏进时光机里的错觉,房间的物件与记忆中毫无分差,床边的梳妆台上放着的化妆盒是母亲亲手设计的,粉红色皇冠造型,皇冠边镶的钻石是母亲亲手粘上去的。顾青每一年生日,母亲都会送一件首饰给她,耳环、项链、手镯、吊坠,抚摸着母亲送的首饰,顾青的泪簌簌地掉下来。再好的宝贝,都不及母亲在世时给予自己的疼爱来得珍贵。

书桌上的台灯仍旧没换,当初母亲开玩笑说要生个弟弟陪她一起长大,小心眼的顾青大哭一场,随后就在自己的物品上写了名字,连台灯的座架也

未能幸免。母亲哄了顾青好一阵,才让她这颗嫉妒的心平静下来。现在想来,她并非是不能接受有个弟弟,而是她太爱母亲。然而挚爱的母亲不出半年就横遭不幸,随后夏爱华登堂入室,她的生活也随之有了天壤之别。

家里的佣人也把这间房打理得干干净净,床单仍旧是六年前的那套,以前粉嫩如桃花色如今洗得泛白,顾青趴在床上,闻着被阳光暴晒过的棉被的味道,手指轻轻地抚过放在床正中的一个盒子。她坐起身,打开了盒子,她的长发垂下来遮住了半边脸,盒内的衣物与鞋子使得她瞳孔有了别样的异彩,她打开它。

耳边又回响起夏树刚才欲言又止的话:"衣服洗好也熨好了⋯⋯"

顾青不理解夏树当时难以启齿的神情,现在全都懂了。

这件衣服,是母亲为她准备的礼物,母女俩约定在顾青年满16岁成人礼的时候打开它。顾青曾为此年年岁岁地盼着自己尽快长大,然而母亲走后,她无时不想回到童年的无忧时光。

镜子里,一袭裸色长裙勾勒出顾青高瘦的好身材,乌黑浓密的长发披在肩上,几缕调皮的发丝落在她肩以及胸前裸露的肌肤上,成了最好的装饰,衬得她如同希腊故事里的女神,典雅大方。而那双蕾丝高跟鞋,亦是她人生中的第一双高跟鞋。

她长大了,不能再像以前脆弱得一味地躲起来委曲求全地牺牲自己。这一次,她没有退路,再大的困难她也该迎面而上,她黑亮的眸子里写着坚毅的决心。

"阿嚏!"门外又传来喷嚏声。

他一直都没有离开?

顾青走向门边,随即听见愈来愈多的脚步声,她紧张地把身体贴近门边,企图用瘦弱的双肩抵住那扇门。

"姑父!"夏树谦恭地叫道。

父亲!

当年母亲离世,夏爱华被迎娶入门,顾青对夏爱华极其厌恶,曾与父亲任性哭闹了好几回,但父亲执意要娶夏爱华入门,顾青此后不再跟父亲亲

第一章

近,受的任何委屈也都往肚里吞。六年前她大难不死,被一对卖菜为生的小贩夫妇救下。小贩夫妇育有一子,名叫李南,与夏树长得颇像,只是生性活泼好动,小贩夫妇多年来一直想再生育一个女儿,只是整日辛劳忙于生计,妻子一直未孕。顾青被他们救回去就大病了一场,感冒引发的肺炎险些夺去了她的小命,大病初愈后的顾青把自己的身世掩盖得彻底干净,她觉得自己与生俱来的爱被夏树及夏爱华拿着锋利的刀一刀刀切断了,更觉得自己贱命一条,实在不值得夏爱华再次大动干戈地夺取她原本就不快乐的年少,李家夫妇顺水推舟地将她当成自己的女儿抚养,取名李小北。

她一直以为后半生将永远姓李。

直到父亲的人找到了她。

父亲从来都未曾放弃她。

这六年,顾青跟着李南一家颠沛流离地生活,更因李南父亲高筑的赌债而东躲西藏。她感激当日李家人对她的收养之情,再苦再累也愿意跟着他们,但顾青知道,只要父亲愿意出手帮忙,李家人再不必过这种担惊受怕的日子。她甚至没有问父亲任何缘由就答应回来。父亲解了李家人之困,但也要求顾青与过去的生活彻底来个了结,规规矩矩地回到顾家做好她的顾家大小姐,且日后听从他的任何安排。

若不是那日无意中听到父亲与手下提起逝去亲人的种种,顾青未必会同意,但当她知道事情的真相,她知道自己责无旁贷,从身为顾家人的那一刻起,她就已然没了退路。

"是,接她回来了,照姑父的意思,目前还没有跟姑姑见面。"

"难为你了。"顾开复看着夏树,"头发怎么是湿的?淋雨了?"

"阿嚏!"夏树接连打了好几个喷嚏,"不放心顾青,知道姑父您快回来了,就一直在这里守着。既然姑父回来了,我先去换件衣服。"

"快去!"顾开复催促着夏树。

夏树转向走廊的左侧,开了门,顾开复的手落在了顾青的房门上。

白色楼房。

 半岛微光

一楼客厅内。

夏爱华靠在沙发上,身边躺着一只肥胖慵懒的波斯猫,她漫不经心地用手抚着猫毛,问:"萍姐,今天树带回来的女孩,你看到了吗?"

萍姐穿着朴素,齐耳短发下是一张温和的脸,她回话:"正面没看着,倒是瞧见了背影,树少爷若定下来,夫人也可放心了。自她离开的这么些年……"

夏爱华的手停下来,波斯猫的碧蓝色眼睛懒散地眯了眯。夏爱华没好气地说:"她就是个阴魂不散的鬼!都这么些年了,家里的两个男人每每提起她就一百个不高兴,树好不容易考上了铭传的金融系也……"夏爱华瞄见了顾开复的车,转头问,"先生回来了?"

"是,刚回来没多久,去那幢房子了。"萍姐说。

"去那幢房子?"夏爱华疑惑道,"他最近怎么回事儿,频频进出那里,怕是又……"

萍姐赶紧说:"夫人别误会,先生每回过去都是找树少爷聊天。"

"是吗?"夏爱华松了口气,"看来他是接受了这个事实,知道不能一味地追忆,要好好珍惜身边人。这个树,当初若是读了金融系,如今怕是都在墨复集团站稳脚跟了!"想到这里,夏爱华不禁捶了下胸膛,一双杏眼瞪得圆圆的,眼神里尽是对顾青的怨恨。

顾青的卧室前。

顾开复敲着门。

顾青开了门,眼眶里噙的泪在一声"爸"之后如断了线的珠子扑扑掉落。

顾开复身着白色亚棉衬衫,盘扣中国风设计,一串长长的佛珠绕在腕上,浓密的黑眉下是一双炯亮的眼睛,正定定看着女儿。顾青眉眼间与她的母亲陈墨越来越相像,陈墨为她准备的成人礼服,衣服裁剪得修长,衬得她肌凝脂红。相较陈墨对于女儿的用心,他这个父亲显然是失了职。

一个十一岁的孩子,是经历了怎样的痛才能假装自己失忆,宁可跟着李家人过着潦倒的生活也不愿重回顾家?顾开复心疼女儿,更觉自己

第一章

不配为人父。这次接女儿回来,他将尽力弥补。

"这次回来,就别再想着跑出去了,爸爸也老了,没有那么多六年来找你。"顾开复说完,心头一酸,眼眶也泛红了。

顾青的眼泪掉得更凶。

顾开复拍了拍女儿的手,说:"再相聚是件喜事,别哭了。"说完他悄悄地抹掉眼角的泪水。

他牵过顾青的手,"欢迎你回家。"

*** ***

牵着父亲的手。

顾青穿越长廊,往事如繁花一样迎面扑来,她来不及感慨就进了那幢冰冷绝艳的白色楼房。

楼房内的设计奢华富丽,金黄色的欧式设计,的确是奢侈成性的夏爱华之风。

夏树走进厨房叫了声姑姑。

夏爱华语气严厉地训斥:"怎么去了这么久?眼见着到吃饭的点了,还这么慢吞吞,你要有心也该去姑父的公司接他,而不是让他在饭点去请你来用餐,若是让旁人见了,还认为是我家教不严呢,这么没礼貌。"她抬头见只有夏树,问:"怎么,你姑父和你那小女朋友呢?"

"就来了。"夏树把椅子拉开。

餐厅的门缓缓打开,顾开复牵着一位女孩的手走进来,女孩肌肤洁白如雪,一双眼睛漆黑明亮,一颦一笑间颇为动人,一袭长裙更显青春耀眼。

夏爱华觉得女孩眼熟,惹得她心绪烦乱。

这哪像是夏树带着小女友回家?明明就是老爸嫁女儿才有的隆重,可是……

夏爱华心虽有疑惑,但看到顾开复还是展露笑颜,"最近集团事务繁重,难得你今天早回。你看树这孩子,平日里闷声不响,今天居然还偷偷带了女孩回来。"

 半岛微光

就是这样的声音，像是软绵绵的糖，底下却藏了锋利的刀，世上最卑劣恶毒的话全都来自这个声音。

夏爱华。

这个无数次出现在自己噩梦里的女人。

夏爱华比起以前更骨感，头发盘起，露出光洁的额头，戴着闪耀的金耳环以及花朵造型的金项链，穿着黑色连衣裙，裙身的金属环做成盔甲造型，显得阳刚与霸气，瓷白的脸上凸显出那猩红的唇。

顾青深呼吸，温婉且缓慢地抬头看着夏爱华，笑吟吟地叫："姑姑。"

夏爱华听到有人叫自己姑姑，嘴角含笑地想跟来者寒暄。她抬头看到女孩的脸，这张脸庞，如此熟悉，怎么会是她?!夏爱华惊愕地看着眼前的女孩，时隔六年，她出落得亭亭玉立，举手投足与眉眼间都与她死去的母亲陈墨一模一样——

可是！怎么会？

她明明……她居然还活着！不仅活着，还长得如此标致动人！

"哈，哈！"夏爱华干笑着看向夏树，"小女朋友很懂礼貌，随你叫我姑姑。"

夏树紧张局促地看着姑姑，他答应姑父去接人之前一直被蒙在鼓里，直到数小时前才知道顾青仍活着。他的心脏怦怦乱跳，也是直到现在仍理不清头绪。虽然姑父在，但他难保姑姑不会失去理智，夏树本能地将他的身体轻微地倾向顾青，把她挡在身后。

夏爱华拨开夏树，细细端详着眼前的女孩，女孩的五官跟顾青的确相似，但她毫不惧怕地直视着夏爱华的那双明亮的眼睛与年幼的顾青太不同，年幼的顾青总是耷拉着那双像小鹿一样明亮的眼睛，如果夏爱华训斥几句，她就弓着背把身体缩得低低的。夏爱华舒了口气，自言自语道："还真是像。"

"姑姑。"女孩依旧仰着头，用她那双明亮的黑漆漆的眼睛盛着笑看

第一章

着夏爱华,"很久不见了,姑姑。"

夏爱华的心一颤,她将视线投向了不发一语的顾开复。

"青儿回来了。"顾开复说。

夏爱华倒退几步,瘦长的手指紧紧抓住胸口,"顾青?"

顾青迎上她,眼前的女孩高过夏爱华半个头。夏爱华皱眉做痛苦状,突然一把抱住顾青,"好孩子,这么些年了,我一直以为……回来就好,回来就好,辛苦你了。"

比起已逝亲人之苦,顾青的辛苦微不足道。

端汤进来的苏萍也惊愕地看着顾青。

"小,小姐?"

顾开复开腔:"苏萍,跟所有的人交代下去,顾家小姐回来了,这六年来,我和爱华亏欠了青儿太多,以后我在公司忙着,你们要多多照顾小姐,不能再有半分怠慢,如果谁让小姐再受半点儿委屈,别说这顾家,这整个世界都将容不得他!"

夏爱华心一惊。

顾青朝苏萍莞尔而笑,"萍姨。"

苏萍的眼眶灼热,朝顾青点点头就抹着眼泪走了出去。

夏爱华说:"既然回来了,应该也累了一天,先吃饭,日后多的是时间让我们母女叙旧。"夏爱华擦着眼角,不到片刻又抽泣着道:"我真是没有想到,还能跟青儿再坐在一起吃饭,我……对不起,我是太高兴了。"

顾青扶父亲坐好,自己也坐下。

回家的第一餐,在全家人各怀情绪的动容中结束了。

顾青知道,她如今踏上的是一条布满雷区之路,她必须谨言慎行小心翼翼才不会踩爆别人预埋的雷。如同繁花的往事,如今亦不过是花径之下的尸横遍野,她既已选择,就知道这如花背后的残酷与血腥。

顾青知道。

第二章

安顿好女儿，顾开复坐在书房的椅子上闭目养神，眉头紧皱，数月前的事情又浮在眼前。

女儿失踪后，顾开复派人暗中查找她的下落。他尤记得多年后第一次再看到女儿时，她出来倒药渣子。她的脸惨白没有半分血色，瘦弱的胳膊似乎一拧就断，一个醉酒的男人从远处走来，不怀好意地与她撞个满怀，顾青低着头想躲开，男人却没想放过她，他那双贼眼不安分地打量着顾青，顾青跌跌撞撞地往家里跑……坐在车内的顾开复朝助手使了个眼色，助手替他收拾了那个令人厌恶的酒鬼，但顾开复的心情却再也不能平复，亦是从那一刻起，他决心，亏欠女儿的，他将数以千万倍来偿还她。

他去见女儿，女儿神情自若，有着宠辱不惊的从容与淡定，父女二人交谈一番，出乎顾开复意料，顾青根本就不愿意回顾家。商场上行事果断的顾开复有的是让女儿回心转意的法子，顾青重情重义，不愿再看到养父母一家潦倒度日，而此时养母病重，她的确不能再逞任性，她承诺只要父亲为李家解决困境，她高考结束后就回顾家。但对于六年前发生的事情，顾青守口如瓶，任顾开复怎么探也问不出个所以，而如今看她对夏家两个人客套疏离的态度，顾开复已然猜得了一二。

他将佛珠绕在手里，心事沉重地看着窗外。

夏爱华卧室。

那只慵懒的波斯猫爬上了她的床，若是以往，夏爱华懒得理会，但今天的她心烦意乱，一把将猫抓了丢在地上骂道："什么东西！也不看看我现在的身份地位，这里是我的，顾家的一切都是我的！"

第二章

肥胖的波斯猫惨叫着。

夏爱华的脸狰狞得难看,眼前又浮现刚才的一幕幕——

餐厅的门缓缓打开,顾开复牵着一位女孩的手走进来,女孩肌肤洁白如雪,一双眼睛漆黑明亮,一颦一笑间颇为动人,一袭长裙更显青春耀眼。

"姑姑。"女孩依旧仰着头,用她那双明亮的黑漆漆的眼睛盛着笑看着夏爱华,"很久不见了,姑姑。"

夏爱华打了个寒战,她自言自语,在房间里慌乱地走来走去,"怎么会?怎么会突然回来?"

她要去问个明白。

书房外有人叩门。

"进来!"顾开复咳了几声。

"前天晚上就听见你咳,你也真是,如今乖女儿都回来了,你更是得保重自己的身体,我给你炖了枇杷膏,赶快趁热喝了。"

"这些事情让其他人去做就好,你平时应酬也多,难得今天有空在家休息。"

"你还说,要不是我临时推了舞会,还赶不上青儿回来首聚的这餐饭呢,这么大的事情,你怎么也没知会我一声?"

见顾开复不作声,她又说:"我知道,当年你跟夏树都不在家,她离奇失踪,我自然成了众矢之的,但是我如何疼她你都看在眼里。我比任何人都盼着顾青能够回来,只有她平安回来,才能还我的清白。"

"我从来没有怪过你,我只怪当初自己忙于事业忽略了青儿的感受。"

"没怪过我?没怪过我,我们会分房住?你因顾着我的情绪才不常去那幢房子,你……"

顾开复紧皱着眉,"你也说我是因顾着你的情绪,最近集团事情繁重,我没有心思去想太多,商场如战场,每天要应对的事情太多,你多

半岛微光

多体谅。今年妈也骤然走了,我是实在提不起兴致,难得回到家,只想睡个好觉。"

见顾开复动怒,夏爱华的态度缓和下来,"我只是担心,青儿这一回来,女孩子的心思难免敏感些,况且之前她就不喜欢我,我是怕……"

"青儿她什么也没说,六年前她为何离家,只字未提。"

夏爱华见顾开复说得认真,心里吃了一颗定心丸,"那她有没有提这六年是怎么过来的?"

"爱华,如今青儿回来了,别总抓着过去不放,她不提,你不问,这事情就这么结了,人生还得继续往前走。"

"看着她是吃了不少的苦头,小脸刷白,虽说高,但你看她多瘦。不过平安就是福,也不枉这些年我每逢初一十五就吃斋念佛,我们做的善事够多,善始善终,上天才肯让青儿回来啊。"

顾开复像是在想着心事,夏爱华把枇杷膏往顾开复的嘴边送,顾开复一惊,夏爱华笑,"都说墨复集团的总裁做事果决利落,没想到也有胆小的时候,这是让你药到病除的良药,可不是要了你性命的剧毒。"

十几年前,顾开复刚认识夏爱华,她妖娆妩媚,纵然那时她给他一杯剧毒,顾开复也甘愿饮下。

如今的夏爱华美貌如初,十年时光更为她增添了韵味与风情,但顾开复是越来越猜不透她的心思,竟对这枕边人开始有了防备。

他突然抚摸夏爱华的手,夏爱华的手一颤,枇杷膏险些就要洒出来,她把碗放回书桌上,娇嗔地说:"你呀,动辄十天半月地不来我房间,难得过来看一下你,就这么不正经。"

顾开复捧着夏爱华的脸,这张曾娇艳欲滴的妩媚面孔,引得他日日夜夜地去找她,他丢下陈墨与顾青,一次次与她偷欢,被她勾得神魂颠倒只想夜夜沉醉在她的温柔乡,当初自己是中了邪着了魔,才会让亲人相继离开,这是他的孽,这是他的罪!

一场跌宕起伏的戏,也终有谢幕的一日。

顾开复只盼着这戏早点结束,让他把自己欠下的债一笔还清。

第二章

他紧紧地扣住她的下巴。

粗暴野蛮地用身体压住她。

他紧锁住她猩红的唇,他用膝盖一次次地抵向她的腹。

她痛得呻吟,她不求饶,她的野性子被激发出来,她钩住了他的脖子。

他们倒在书桌上。

十年前,他们曾这样欲火难耐地在顾宅里水乳交融。

夏爱华上前吻住他,她能觉察出顾开复的身体正向她敞开。

突然,他腕上的佛珠被她扯断,佛珠在地上翻腾跳跃着,他停下来,又剧烈地咳起来,咳得额头至耳根及脖子一片潮热。

夏爱华凑上前企图再继续,但顾开复的身体已经冷了下来,他淡淡地说:"谢谢你炖的枇杷膏。"

"你最近咳嗽得厉害,要不今晚就别睡书房,回房间好吗?"

顾开复原想点头,但看着地上跳动的佛珠,他又摇了摇头:"妈才走了几个月,我就这么糊涂,真是浑蛋。爱华,你也早点休息,明天集团的大会你先帮我主持着,我要带青儿去拜祭奶奶。"

"今晚你回房间,我向你保证,什么也不做……"

"我还有几份合同要看,你先睡,不用等我。"顾开复捏着眉心,又坐回了椅中。

夏爱华生气了,任性地掉头就走。

顾开复看着满地散落的佛珠,恨自己不懂克制,险些就……他紧握的拳重重砸向书桌。

*** ***

夏爱华气冲冲地回了房间。

顾开复如今也正值壮年,自从不久前老太太出事之后他就再不愿与自己同房,莫非顾开复也有所察觉当日之事并非巧合?她想跟对方确认个究竟,正踌躇着是否要打电话时,卧房内的电话突然响起来,把沉浸

 半岛微光

在往事里的夏爱华吓了一跳。她抚住心口接起了电话,听了对方的话之后没好气地说:"我从来也没打过电话给你,你倒好意思打给我?什么?这么多?你真是不要脸!随便你!你替人消灾抑或是我买一份心安,都随你的便!"

她一抬头,竟见顾开复站在房间门口。

她匆匆挂断电话,僵硬的脸上挤出了一丝笑,"不是说要看合同?"

"我来找本书,前段时间忘了放在房间,刚才敲房门,见你发呆也就没有惊动你,谁打来的电话?"

"哦,没什么,推销保险的。"

顾开复没再多问,但夏爱华的手心已经沁出一层汗。

等顾开复拿了书走出去,她又拿起电话拨了个号码,"是我,你一个人吗?出来,我有话要说。"

夏树挂断了电话,姑姑找他,无非是与顾青有关,他硬着头皮走出顾宅。每次姑姑想要训斥他,必定都把他叫到寂静无人的后山。姑姑已经等着,初夏的夜色还有几分凉意,夏树隔着几步叫她:"姑姑。"

夏爱华板着脸,皱眉压低声音转向夏树,"谁能告诉我发生什么事情?为什么?为什么她回来这么大的事情没有人告诉我?"

"前阵子你忙,每天都应酬到天快亮了才回来,姑父不想你再为此事操心,所以……"

"哼!"她冷冷地看着夏树,步步逼近他,"姑父?夏树你记住,你的一切一切都是我给你的!你记住,他是一个跟你毫无瓜葛的人!"

"一个跟我毫无瓜葛的人,这些年来供我读书,让我吃得饱住得好,是不是比那些给我生命却践踏它的人来得强得多?"

"哈,哈!"夏爱华笑着看向夏树,"树,这世上人这么多,你不必事事都领一份人情。若他是真疼你,当初就不该同意你辍学让你去学什么该死的赛车!你知道我不喜欢!你应该读金融系,毕业后进入墨复集团……"

对,他不该有追逐梦想的权利,他只是个傀儡!

夏爱华注意到夏树情绪的微妙变化,她说:"这回顾青回来,顾开

第二章

复故意瞒着我,显然他对我仍旧信任不过,他认定六年前那件事不是巧合。但是树,我对顾青如何,你会不清楚?从小我对你们严格管教,那是对你们好!我一片苦心,她年幼不懂事,难道你不懂?"

他不懂,严格管教就是轻则大骂重则体罚?他曾亲眼看着姑姑在寒冬用洒花的水龙头朝着顾青的冬衣里灌去,他亦曾看过顾青是怎么被姑姑不停地赏巴掌打得脸颊肿了五天,这是他如今想来仍胆战心惊的噩梦。

"我难过的不是他们不理解我,我难过是因为你,是你!我虽说没有十月怀胎地生下你,但是这些年是谁养你长大?你最让我痛心!这么大的事情连你也瞒着我!你姑父早有打算要接她回来,日日跟你在房内密谋,你就那么沉得住气不告诉我!"

夏树原想辩驳,说他也是临时受命去接顾青回来,但这话说了连他自己也不信,更何况是姑姑?

"顾开复找到她定非一天两天,跟你密谋了这么些天,他老谋深算可以计划也就罢了,可是你,你也吃定了我不会管你的私事,所以才会那么肆无忌惮地把她带回来!若是早让我知道,我是不会让她再进顾家门!"

"姑姑,你不是一直盼着顾青能够回来还你清白?"夏树看着姑姑问。

夏爱华微微一怔,她说:"是,我盼着她能回来,但这么多年,她不在,我们一家三口其乐融融。"

一家三口,其乐融融,这些幸福是他从顾青的手里抢夺来的,他没有资格去享受这样的幸福。

"树,原谅姑姑的自私,但人不为己,天诛地灭,眼见顾开复把你当作亲生儿子一样对待,如今顾青回来,我跟你在顾家的地位……"

夏树打断她的话:"我对于现在的生活很满足,对顾家从未有过非分之想,我……"

"若是从未有过非分之想,你当初会帮我?树,人生谁没有犯过错?"

夏树语塞。

他曾犯下的过错,他以为消失了踪迹,随着时间的推移老天就此宽恕了他。然而,心与时间的边缘是不可测量及无可追寻的,那些过错像

 半岛微光

多年如影随形的噩梦,从未想这么轻易地放过他。

从始至终,他只是别人为追寻荣华而踩在脚底的傀儡。

"当初谁也没料到她会失踪,一如没有人能料到六年后她会毫发无伤地回来,如今事情已经发生,再怨叹也于事无补,但补救的法子还是有的,就看你夏树是不是愿意了。"

夏树看着她。

"你先回去,其余的事情我会看着安排。"夏爱华交代。

夏树黑亮的眸子散出清冷之意。

过去往事血肉纠缠,不依不饶地扯着夏树。

他知道自己没有退路。

夏爱华从后山回来,为避人闲话罕见地从后门进入,刚一进门就撞见了人,她刚想发怒,谁料对方笑盈盈地叫了声:"姑姑。"

姑姑!除了今天那个刚进门的顾青,谁能把这二字叫得这么好听?

夏爱华看着顾青道:"这么晚了,怎么还在院子里闲晃荡?你从前胆子就小,早点去睡吧,不然撞见鬼可就不好了。"

"我又没做亏心事,才不怕鬼来敲我的门。"顾青毫不避讳地盯着夏爱华,"倒是姑姑,这都大半夜了,还往后山跑,我可听说那山上常有勾魂的夜鬼。"

"小姑娘家家,说话别阴阳怪气的,让人听着心里不舒坦。"夏爱华浑身起鸡皮疙瘩,她用手搓着手臂,不想再跟顾青费半分口舌。

"这些也都是姑姑以前教的,还说那些夜鬼专勾心思不正的人,姑姑忘了?"

从傍晚到现在,不过数小时,但夏爱华觉得头疼得厉害,要教训顾青来日方长,她懒得在这时候跟顾青计较,她没再说话,径直地往前走。

"记得小时候,奶奶最喜欢后院的这块地,还在这里种了几株香椿树。奶奶后半生吃素,种些香椿作调料,可惜今天我晃了半天也没找到奶奶种的香椿树。"

第二章

提到老太太，夏爱华觉得背后毛毛的。

"奶奶吃素，善事也做了大半辈子，跟人无冤无仇，结果却横死街头。"顾青说。

"这话你在我面前说说就行了，可千万别在你爸面前提，再说老太太这次纯属意外，没人希望会是这样。"

"是意外还是有人故意为之……"顾青看着夏爱华变得惨白的脸，心里觉得痛快，她靠近夏爱华，说，"明天我去给奶奶上香，若是她能显灵，托个梦告诉我也行。"

"顾青。"夏爱华定定神，一脸严肃道，"你还小，鬼怪之事不懂得避讳，但你爸对这些怪力乱神的东西非常讨厌，他不喜欢……"

她夏爱华还当顾青是那个只要父亲一切都好宁可委曲求全的小丫头？以为她不能以自己独立的精神去抵御未曾知晓的任何大事？

顾青抬头看着夏爱华，道："如果你认为我还是当年那个稍微有点声响就吓得大哭的小女孩，事事委曲求全不肯让爸爸知道，那就错了，夏树都敢违背了你的意愿，更何况是已六年不受你调教的我？"

顾青说完，向夏爱华道了晚安后转身离开，一袭长裙在夜风摇曳轻摆。夏爱华看着顾青逐渐消失的身影，眼神里尽是对顾青的恨，她瘦长的手指把胸口抓得紧紧的，身后树影婆娑，她不敢往后看，脸色惨白地快步跑进了白色楼房。

*** ***

清晨。

雨淅淅沥沥地下着，空气里凝结的水分子让人觉得有几分凉意。顾青穿着昨日高考结束时穿的T恤，手臂上都是鸡皮疙瘩。下车的时候，闷不作声的夏树把手里的淡黄色格子衬衫塞进了她的手里，只身跑进了雨雾之中，顾开复执伞与她同行，"树这孩子，情感内敛，让人看不出喜乐来，但他对你是真的好。"

他对她好？顾青冷笑。他不过是因为霸占了她的幸福而感到愧疚。

"几年前，她在另一块地上盖新房，留了一间房给树，可他偏偏不

 半岛微光

去，就是要住在之前的那幢房子里，看得出来他的重情重义。"

只怕是享尽荣华富贵之余的小小不安罢了。如今他们姑侄联手，人脉必定已遍布墨复集团上下，此等狼子野心，父亲若是觉察，还会当他是重情重义？

"他对你，就像是对待自己的亲妹妹。"父亲今天也不知怎么了，一味地替夏树说好话。

"他不会有我这样的亲妹妹。"

父亲脸色沉重。

顾青解释："我的意思是，我只是普通的高中生，如今高考的分数都还未定，哪比得上夏树，他是铭传大学的高才生，毕业后纵使不在墨复集团做爸的左膀右臂，恐怕也……"

父亲叹气道："夏树没有去铭传报到，更没有来墨复集团帮我。"

怎么可能？

这是一个多难得的机会，夏树没理由放弃这样的大好机会！

"六年前你失踪后，夏树到处找你，推迟了去铭传报到的时间，我原本以为让他休息一年调整心态他能够想明白，但是……"

当初为了考上铭传大学，他日夜苦读，所有的辛苦顾青看在眼里，从铭传大学的金融系毕业后，他能够顺理成章地进入墨复集团，这是他们这盘棋的重点，可是为什么？为什么会放弃？

顾青百思不得其解。

"别看树这孩子平日里闷声不响，但他认定的事情非常坚持，犟，你们俩真是，一模一样！"顾开复难得露出笑颜。

"他跟爱华对峙了整整一年，最后爱华拗不过他，才同意让他去学的赛车……"

赛车！

顾青怔住。

有一回她因数学考了99分被夏爱华关禁闭，夏树偷溜进房间给她送美食，两小无猜的他们坐在洒满阳光的地板上吃喝聊天，内心欢愉自在得一点也不像被关了禁闭。

第二章

夏树问她："你将来想做什么？"

顾青童言无忌道："我想做妈妈。因为妈妈什么都会，会盖房子，会做漂亮的衣服，还会做好吃的。"

夏树低头沉默。

一脸稚气的顾青问："树哥哥，那你将来要做什么？"

"我要赛车，很快很快的那种，若是有人欺负你，我就带着你跑，开得很快，没有人能够追到你！"

"我要赛车，很快很快的那种，若是有人欺负你，我就带着你跑，开得很快，没有人能够追到你！"

顾青的心有些乱了。

顾开复又说："他也争气，这些年参加比赛，战绩赫赫，有时间你去瞧瞧那些个奖杯，他可是当宝贝一样的。"

顾青只是点头。

奶奶的墓前。

夏树已经将祭拜的花、水果等摆放好，那张轮廓分明的俊秀脸庞脱了年少时的青涩，眼神深邃沉稳，也愈叫人捉摸不透。

"我要赛车，很快很快的那种，若是有人欺负你，我就带着你跑，开得很快，没有人能够追到你！"

顾青忍不住又看了他一眼。

夏树将点燃的三炷香放在她的手里，又将另三炷放在顾开复的手里，他从顾开复的手里接过雨伞，谦恭有礼地退到雨伞之外，伞只挡着顾开复及顾青。

顾青的视线从他的脸庞上移开，看着面前的石碑。

石碑透着孤单与凄凉，血红色的题字上写着奶奶的名字，上面放着的照片应该是近年才拍的，照片里的奶奶笑容淡了，比她六年前离开的

 半岛微光

时候老了不少,纵然是再好的修图技术,也没能抚平奶奶眉心间拧成的疙瘩。那是忧愁孙女的下落才有的愁云。回想自己曾经与奶奶撒娇相处的点点滴滴,顾青的眼泪再一次如同断了线的珠子。

她哭着跪坐在地上,身体颤抖,泪水与雨水交错融合,无法减轻内心对奶奶的愧疚。

六年,她只顾自己的悲愤情绪,从来没有回来看过奶奶,她怕自己心软回来,就再也舍不得离开奶奶,而她自己也将重回到那个令自己痛苦的深渊之中。

父亲找到她的那几天,她仍在踌躇,直到她听到父亲让曹渊暗中调查奶奶的死因。

且不说她当年被人拿刀追得掉落山坡是否属于意外,与人无冤无仇的奶奶会横死街头,此中原因必定不简单,难保下一个不会是自己的亲生父亲。

她跪地磕拜,将香奉上,望着奶奶的遗照喃喃自语:"奶奶,青儿回来了,您泉下有知,请保佑我们顾家一切顺利,我会努力,让您安息。"

顾青起身,清亮的眸子坚定地看着奶奶的墓碑。

雨淅淅沥沥地下着。
庄严肃静的墓园处于雨雾之中。
顾老太太的墓碑前,一个瘦弱却坚毅的身影静静地站立着。
身旁的长者低头将香奉上。
执伞的男子抿了抿嘴唇,情绪激动地握紧了手里的伞柄,他努力克制让自己的眼泪不掉落,更克制自己别冲动地上前抱住那个瘦弱的身影。

雨淅淅沥沥地下着。

*** ***

墨复集团。
墨复集团近年来不断扩营,旗下除了有多家房产公司,更开办了文化及广告公司,在S市颇具名望,稳坐S市集团公司的龙头宝座。

第二章

顾开复下车前交代司机老吴:"今天我不用车,你带少爷和小姐四处逛逛。"

司机点着头。

顾开复看着顾青的眼神既愧疚又溺爱,"集团最近太多的事情,今天不能陪你……"

顾青微微笑,说:"没有关系。"硬是把父亲那句"对不起"给挡了回去。

顾开复将视线转向夏树,"青儿之前的东西全都没有带回来,你带她到处逛逛买点东西,辛苦你了。"

夏树点头。

为什么父亲会安排夏树陪自己?顾青刚想抗议就被父亲刮了下鼻子,"别耍小孩子脾气,记住,你已经是大人了,虽说没帮你办成人礼,但昨天那礼服穿得很有大人架势!让夏树带你到处逛逛,老吴会送你们回去,我处理完集团的事情就早点回去陪你!"说完拍了拍她的肩,转身进了墨复集团。

车子缓慢地往前驶。

"小姐,请问想去哪里?"司机老吴问。

顾青依依不舍地转头望着渐渐消失的墨复集团。

"银座。"夏树替她拿了主意。

顾青将身体靠向座椅。

眼下她有太多太多的疑问,向来图谋不轨的夏爱华怎会轻易弃了夏树这颗棋子?还是,他们有更大的阴谋?

她不能掉以轻心。

银座。

作为新崛起的购物天堂,囊括世界各地奢侈大品牌,银座很快在S市中心地段绽放光彩,成为S市的繁华新地标。

顾青只在新闻里看过富丽堂皇的设计就已瞠目结舌,如今身临其境,擦身而过的路人个个光芒万丈。十七岁的顾青虽冷清孤傲,但身处

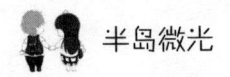

这样的购物天堂之中也难免有些飘飘然,为了让自己显得从容,她沉默地跟在夏树身后,随他带着自己走进各家专柜。

导购小姐上前问候夏树及顾青。

"先生小姐您好,欢迎光临××专柜,我们是法国的品牌……"

"你看看有没有喜欢的。"夏树温柔地看着顾青。

导购小姐虽惊羡于顾青的容貌,但看到她的装扮就开始轻蔑并不屑地看着她。

顾青好奇地打量四周环境,柔和的灯光投射在每一件衣服上,店内四处都是镜子,与光洁的地板成呼应,照得人光彩熠熠。

导购小姐询问:"小姐喜欢哪一款的衣服?还是我帮您介绍?"话毕她拿出几套衣服,"这都是我们今夏的新款,剪裁大方得体,这款雪纺纱裙非常符合您的气质。"

顾青习惯性地翻看了衣服的标价,看完后她的眼神飘忽,暗自吞了吞口水。

这件衣服简直是天价,可以让她买上一年的T恤。

"您试试?"导购小姐不死心。

夏树把导购小姐手里拿的几套衣服全都揽在怀里,"全买了。"

顾青大叫:"你疯啦!"

导购小姐朝顾青翻白眼。

顾青把几套衣服的标价全看个遍,"这些衣服,我不喜欢,我们换家店再看看。"

导购小姐看着顾青的脸,眼神鄙夷地道:"小姐,我们的衣服与您身上的衣服不同,我们走的是高端路线,虽说价格是贵了些,但也是绝对的物超所值,与那些地摊货是绝对没得比。"

"走啦!"顾青急红了脸,转身欲往外走。

夏树拉住她的手,"就这些吧,麻烦包起来,谢谢。"

"都说了这些东西我不喜欢了!"

"相较你的自尊,这些衣服算不了什么,绝对的物超所值,也是给狗眼看人低的某些人一个教训!"

导购小姐的脸红白交错。

第二章

顾青撇嘴，不屑地道："这哪是教训，明明帮别人拉升了业绩。"

"不懂得尊重别人，蔑视别人，不就是把自己的身份给压低了？"夏树笑着拿出信用卡。

花的反正都是顾家的钱，所以夏树才可以如此的不心疼，顾青没好气地径直走了出去。

导购小姐替夏树包了衣物毕恭毕敬地向他道了谢，毕恭毕敬地行九十度大礼送夏树走出专柜。

夏树焦急地追上顾青，"怎么了？"

顾青转身，把装着衣服的白色纸袋全都拽进怀里。

夏树笑了。

顾青把纸袋丢在地上狠踩了几脚，"都说了这些东西我不喜欢了！你这哪是想给她一个教训，分明就是借机炫富！"

银座内的灯明亮地照着他们。

夏树一脸疑惑地看着她，问："炫富？"

"对！炫富！唯恐外人不知你是墨复集团的少爷！夏树，你从什么时候变得这么虚伪？还是一直以来你都这么虚伪？"

"青儿，在你眼里，我是这样的人？"

"对！你还薄情寡义！背信弃义！亏我当年一口一个哥哥地叫你。"

"顾青，你能不能别这么不讲理？！"

"对，我蛮不讲理，我自卑，我不愿意别人瞧不起我，这六年你未曾乘虚而入进入墨复集团，我感谢你！但如今我回来了，你们姓夏的休想再踏进墨复集团半步！"顾青说完径自往前走。

夏树瞄着被丢弃一地的衣服，苦笑着，她跟当年纵然有再多的不同，但有一点是相似的，若是她不喜欢的东西，绝对不会委屈自己去喜欢。那，倘若她不喜欢自己……夏树不敢再想下去。

他追上顾青，用力地握住她的双肩，道："我发誓，我从来也没有想要进入墨复集团，当年选择读金融系，也不过是……"

"是，你向来都是听她的，她让你读，你就拼尽全力地去读，若有一天，她让你进入墨复集团，你也一定会为她肝脑涂地，不是吗？"

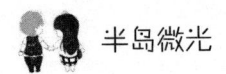 半岛微光

"顾青!你要相信我!"

"我拿什么信你?"顾青看着他。

夏树说不出话来,面对伶牙俐齿的顾青,他输了,连辩白都说不上半句。

顾青看着他词穷,更认为他心虚。

"就像当年,明明承诺要带着我一起去毕业旅行,最后也都听信她的话而丢下我!你叫我信你?我如何信你?"

夏树低头沉默。

"既然你让我相信你,那么你告诉我,为什么你当初说话不算话?说好一起的旅行呢?为什么你要做个言而无信的人?!你知不知道那些天……我,我……"

顾青险些控制不住自己的情绪,她藏了这么多年的心事终于就要被证实!

但突然,顾青停止自己歇斯底里的咆哮。

已经隐藏了这么多年,为何偏要在这时候证实?

当年她暗自发誓,只要夏树没有回来解救她,她将永远永远都不会原谅他。

夏树却一脸期待地望向她。过去这么多年,顾青的消失始终是个谜,犹如往暗黑深底的不可预知的谷底投了一块石子。这么多年,在他已经放弃的时候,却隐约听到轻微的回音,他想隐瞒自己心底的欣喜,但喜悦之情早已扬上了眉眼。

"那些天,发生了什么事情?"夏树问。

他跟夏爱华是一伙的吧!如今不过是在试探自己吧!顾青坚决地摇了摇头。

"我……"夏树欲言又止。

顾青看向夏树,问:"你到底还做了多少伤害我的事情?"

不可预知的谷底,藏着令他毛骨悚然且听来惧怕无比的事情。

他曾经给予顾青的伤害?多少桩多少件?夏树的瞳孔放大,他惊愕地看向顾青。

"为什么当年你要撒谎?为什么不带我出去?为什么一直没有打电

第二章

话给我?为什么一定要逼我离开家?为什么当年那个人非逼得我走上绝路?为什么奶奶会横死街头?为什么?"她清澈的双眸盯着他,步步紧逼,"你让我相信你,那你告诉我,为什么为什么为什么?"

他心疼地看着她。

"收起你的假惺惺,别以一副同情的眼神看着我!你们姓夏的都一样,为达目的不择手段,你们让我感到恶心!"顾青说完,决绝地转身离开。

夏树想伸手拉她,却陡然看到自己伸出了罪恶之手。多年前,亦是这双手伸出去,毁了原本属于顾青平静幸福的生活。

他何以叫顾青信自己?

他觉得一阵眩晕,他撑住身体,待他恢复意识,顾青已经在他的眼前消失。他沮丧地垂着眼,悲伤如潮水将他团团围住,他担忧顾青的安全,拖着疲倦的身体跑出了银座。

*** ***

墨复集团。

总裁办公室。

顾开复的助理匆匆走到他身边,"先生,树少爷刚才打电话来,说……"他犹豫着。

"说了什么?"顾开复看着旗下房产公司的销售报告,眉头皱成一团。

"说,小姐不见了。"

顾开复抬起头,道:"青儿虽说任性,但她已懂得顾大局,六年前的事情绝对不会重演。"

"可是听树少爷的语气挺着急的。"

"你打个电话告诉树,让他先回家,就说小姐在我这里待着。"

"可是……"

"树平时闷不作声,但心思沉着,个性既矛盾又纠结,如果不跟他说青儿在我这里,不知道他会做出什么事情来。今天之所以让他陪着青儿,不过是想探探他对青儿到底有几分耐性。"

助理不解地看向顾开复,"那,小姐能去哪儿?她会不会去以前的家?"

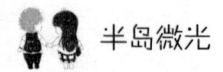 半岛微光

"老吴刚才来电话,说是不放心青儿跟树独处,所以暗中跟着,眼见着青儿生气走了,他也就紧跟着,你打个电话问问老吴也好,看看小姐如今人在哪。"

助理点头准备退出办公室。

"等等!"顾开复叫住他,"曹渊,你跟着我几年了?"

"顾先生,我跟着您十多年了。"

"我记得你也有个女儿。"

"是。"曹渊点头,"比小姐小了几岁。"

"虽然小了几岁,但女孩的心思你比我要懂,青儿离家的这六年,我什么也没给她。这样,一会儿你陪着我去给青儿置办些日常用品和衣服,也算让我这个父亲弥补这些年来对她的亏欠。"顾开复叹了口气,"物质易买,时光难回,再多的东西都无法填补她这六年所受的苦。"

"先生,与其对着无法回头的往事悲痛,不如对着正在往前走的生活积极乐观,既然时光难回,更要让以后的每一时刻都过得无悔才是。"

曹渊此番话颇得顾开复的心,他点了点头。

曹渊又说:"我把先生下午的会议时间改到明天如何?"

顾开复点点头,问了句:"晚上有应酬吗?"

曹渊答:"您上周约了HN银行借贷部曹主任。"

"帮我推了。"

"可是,我们约了曹主任一个多月,他才答应赴约,外面都说这位曹主任清廉正直,经他手的借款虽高,但笔笔都不是糊涂账,能否借得了贷,全凭他对企业的评估,经他手借出的款子每一笔都能在约定时限内归还。如今墨复面临这场危机,如果您把这应酬推了,我怕……我们虽不能立刻将曹主任拉为盟友,但也没必要跟他树敌。"

"既然为人清廉正直,我们就不该以小人之心,度君子之腹。"

曹渊为难地看着顾开复。

顾开复看到桌上的年度销售报告,看向曹渊,"下午的会议你先帮我推了,赶在应酬之前把青儿的东西都准备好。"

"我先处理手头的工作,半小时后出发。"

顾开复点点头。

第二章

曹渊退出了办公室。

曹渊刚给司机打完电话,就看到站在眼前笑脸迎人的夏爱华。

"夏总。"

"听说下午的会议取消了,怎么回事?"

"顾先生下午有事。"

"什么事?"夏爱华追问。

跟随顾开复十年,曹渊从原先的毛躁性子历练成了如今的沉稳干练,顾开复的提拔与栽培功不可没。曹渊对顾开复亦忠心耿耿,只要是顾开复交代的事情,他曹渊对外皆三缄其口,纵使是对身为顾夫人的夏爱华,曹渊也从未忘了自己的本分。

面对夏爱华的追问,曹渊笑而不语。

"他约了谁,不能让我知道?"见曹渊不答,夏爱华又问,"我记得今晚顾先生约了HN银行的曹主任,莫非连这个应酬他也要推了?"

"夏总放心,顾先生一定会准时赴约。"

夏爱华以为此时的顾开复是以家庭为重,将扰人的事业烦恼置于脑后,她原以为他能推了这约,不承想……是她越来越摸不透顾开复的心思?还是顾开复十年如一日地对他筑起的事业高楼不敢有半分松懈?那,她的计划,能如愿吗?

等夏爱华回过神来,曹渊已经陪同顾开复离开了墨复集团。

夏爱华看着楼下,车水马龙的商业地带,她身居高处,俯瞰下去,所有的人与物皆小如蚁,她紧握拳头,发誓不让繁华如指间沙一样悄然滑落。

她的计划,只能成功,不许失败。

第三章

夏日午后。

身着T恤及牛仔裤的长发女孩站立在一幢公寓前。

不久前,她还在这里与养父母一家生活,一家人虽然辛苦,倒也能苦中寻乐。

整整六年,顾青从未想要回到顾家,她每每想起自己年少时光的惨境就觉得不寒而栗,那个恶毒如蛇蝎的女人,那个淡漠得令她心灰意冷的少年,那个不再温暖如初的家,使得顾青一度厌恶它。如今她人虽是回到了顾家,但她的心与脚步,仍旧带领她走往李家。

与父亲之间的协议,顾青直到现在也没忘。她在高考结束后离开,对李家则谎称自己不想再读书,出外打工赚钱,父亲甚至还以她在李家的名字——李小北每个月往李家汇上数千元。

"小北?"隔壁的胖婶打量着顾青,"今早你妈来店里抓药的时候还提起你,不是说你要出去闯闯?"

顾青仓皇地擦掉眼角的泪,问道:"胖婶,我妈怎么了?"

"她就是长年累月地做重活,累出了一身的毛病,放心吧,这中药都喝了这么多帖,见效了。今早虽说是来抓药,但也都是些滋养调理的,不碍事。你不出去了?"

"不,不是的胖婶,我已经找到工作安定下来了,胖婶,我挺好的,就是舍不得。"

"小北,舍不得就回来,钱是赚不完的。"

顾青眼眶红红的。

"你走的这几天,李南也闷闷的,我有回看到你不开心,李南扮鬼脸逗着你笑,到底是一家人,亲兄妹,换作是任何人,不会甘愿把自己扮丑了只为逗你一乐是不是?"

"胖婶,我现在的工作挺好的,就是休息的时间太少,而且我打算工作的时候读夜校,以后回来的时间可能就更少了。"

"小北,你跟你哥哥李南都非常地懂事,从不让你爸妈操心,既工作又读书也挺辛苦,这样,你来我店里,我拿些好的参片给你,就当胖婶先给你这个勤劳的大学生送些礼了。"

"不用了胖婶。"顾青连连摆手。

"既然都叫我一声胖婶,还跟我客气?"胖婶不由分说地拉住顾青的手,直把她拖进了公寓外的中药铺里,亲自给顾青拿了好几包的参片,"虽说读书是对的,但也别逞强,把自己累坏可就不好了。"

"谢谢胖婶。"顾青又说,"我这次回来,其实就是担心爸妈,还有哥哥。"

"他们好得很,你爸戒了赌,不仅把欠下的赌债给还清了,还有个远房的叔叔送了一套房子给他们,就是新开盘的,喏,就那边那一幢,快封顶了。小北,你们家的运势转喽,不枉费你爸妈那么辛苦拉扯你们兄妹长大,以后他们可享福了。"

"胖婶您人这么好,也会有好报的。"

顾青跟胖婶告别,走了几步折回来又说:"胖婶,我这次回来的事情,千万别跟爸妈提,连我哥也别让知道,我怕他们以为我吃不了苦。"

"那就当作是我俩的秘密。"胖婶笑着说。

"谢谢胖婶。"顾青说完走出了中药铺,她看见司机老吴那辆奔驰在路边等着她。

顾青加快脚步往前走,老吴开着车紧追不放,为少生事端,顾青硬着头皮上了车。

胖婶看到店里还有些安神的补品,想一并送给顾青,追出来却看到一个身影与李小北相似的女孩上了一辆奔驰车。胖婶疑心自己看花了眼,但四处再看,也没看到李小北,胖婶疑惑地拿着补品折回中药铺。

奔驰车内。

顾青看着胖婶追出来,吓得把身体压低,片刻后小心翼翼地抬头,

见胖婶转身进了中药铺,她喃喃自语:"也不知道她看到了没有。"

"小姐,你没遇见什么麻烦吧?"

"什么麻烦?"顾青没好气地说。

"刚才我见那个女人硬拉着你进去,吓坏我了,我刚才还在盘算,如果你再不出来,我要打电话报警,并且冲进去救你了。"

"你跟在那个女人身边太久了,任何人你都认定了是坏人,认定了别人居心叵测。"顾青毫不客气地说。

老吴知道顾青指的"那个女人"是夏爱华,他丝毫不介意顾青的态度,反而笑着说:"顾家上下,我只服从先生,如今小姐回来了,我服从先生跟小姐就好。"

顾青觉得自己刚才态度鲁莽,她说:"对不起。"

老吴好脾气地笑着。

车子行驶过一片工地,整片房子已经进入封顶阶段,数十幢楼房占地达百来公顷,此地盘虽不在市中地段,倒也风景优美,且政府规划这里将通轻轨,更有大卖场在附近打了地基。如今虽然房市萧条,可一幢房子对于李家人来说仍是价值不菲,养父何时有个远方叔叔肯在这时送给他们一套房子?

她说:"这些房子盖得很漂亮。"

"小姐真是好眼光。"

顾青好奇地问:"为什么?"

"这里是墨复集团旗下子公司建的楼房,顾先生当时选的址非常好。"

选址的确非常好,她曾与父亲如此相近,纵然是她未曾回顾家,顾家的点滴仍以一种特别的形式延伸进她的生活。顾青突然明白李家的房子来自于谁了。父亲果然未食言,她离开才不过几日,父亲不仅兑现了当日的承诺,更是用他一己之力感激李家六年来对顾青的格外照顾。

车子稳速行驶中。

不用猜,她也知道司机老吴会将她再次送回顾宅,顾青疲倦地往后靠了靠。

第三章

她如此厌恶回去,却必须回去。

这也许是成长后必须面对的残酷。

"先生让我把你送回去,你的生活用品由他去帮你添置。"老吴从后视镜里看着她说。

顾青点了点头。

"小姐,有句话,我不知该不该说。"

"说吧。"

"刚才你离开后,树少爷的脸色很难看,他……"

顾青不觉得自己今天的行为失当,但纵然是她任性,依以前温和沉静的个性,夏树也会毫不计较地包容她,若夏树对她已经没有半分的耐心,那他真的是跟他姑姑夏爱华"同流合污"了。

顾青知道夏树身体里流淌着与夏爱华相同的血液,但只要一想到昔日的夏树再也回不来了,她难免感到伤怀。

"你离开的这六年,我看着他长大,也看着他把心事藏得越来越深,我很少再见他笑,但今天看着他带你走进银座,我看得出来,他是开心的。"

他的开心与如今的自己有何关系?顾青极力排斥着夏树。

"前几年他学赛车,不少人都以为他不过是逃避现实,三分钟热度,结果他不仅坚持了下来,还屡屡获奖,有一回,他得奖回来,夫人要为他办庆功宴,结果找了半天都没有找到他。小姐,你猜他去了哪里?"

顾青摇头。

"他在小姐的房间,坐在地板上,抱着那个奖杯大哭,我看着都心酸难过,但又怕夫人知道了责罚他,就谎称少爷出去跟着车队一起庆贺去了。"

顾青忍不住问:"我离开后,他还经常被惩罚吗?"

"树少爷个性太倔,他认为当年你的失踪不寻常,为此常跟夫人吵闹,没少挨巴掌。"

原来在她离开后,夏树还受了这么多的委屈。

顾青为他感到心疼。

"每回被体罚后，他都会躲进你房间的衣柜里，这个秘密怕是也只有我知道。小姐，树少爷一心想你回来，我也希望看到你们情同兄妹……"

原本已有些动容的顾青在听到"情同兄妹"后打断了老吴："谢谢你告诉我这些，但是过去的很多事情我都忘了。"

老吴看出顾青的不悦，但他还想替夏树说话："这几年，树少爷的整个心思全在赛车上，那股执着劲连我看了都佩服得五体投地。"

顾青将视线投向窗外。

夏树再好，他还姓夏，他依旧有着不可捉摸的个性，他会时刻令顾青感到不安，所以她宁可从一开始就对夏树表现得冷漠决绝。

"树少爷平时应该对你们很好。"顾青嫉妒地说。

老吴笑笑。

"他私底下该不会用金钱来贿赂你们吧？"她故意问。

"小姐，您可误会了，他虽是少爷，但顾家的金钱大权什么时候能握在他手里？自从你离开后，他也一直靠自己的能力外出赚钱。"

顾青觉得自己挨了一记闷棒，打得她一阵眩晕。

数小时前她如何以小人之心去度夏树的君子之腹仍历历在目——

"对！炫富！唯恐外人不知你是墨复集团的少爷！夏树，你从什么时候变得这么虚伪？还是一直以来你都这么虚伪？"

"青儿，在你眼里，我是这样的人？"

"对！你还薄情寡义！背信弃义！亏我当年一口一个哥哥地叫你。"

"收起你的假惺惺，别以一副同情的眼神看着我！你们姓夏的都一样，为达目的不择手段，你们让我感到恶心！"

自从重回顾家，她就把一副满是刺的盔甲牢牢地套在自己的身上，别人一旦近她半步，定被她扎得满是伤痕。夏树不是不知，他一再地试图向她靠近，却……

顾青问老吴："为了我，夏树不惜跟他的姑姑翻脸？"

"何止一回。"老吴言词笃定。

第三章

老吴跟随着父亲十年多,他说的每句话顾青都信。

想想自己刚才负气离开,她连忙问:"夏树人呢?"

"他害怕你又失踪,担心得不得了,一直打电话问我你的下落,我把跟着你的事情回报给了先生,先生让夏树先回家,他下周还有场比赛,这时候不能让他分心。"

"开快点!"顾青催促道。

"您想去哪儿啊小姐?"

"回家,回去找夏树,快!"

老吴踩下了油门。

车子飞速行驶在道路上。

顾青虽想做坚韧的行尸走肉,但她发现自己做不到。

她要逃脱总把自己捆绑在复仇计划中的记忆与躯壳,她要做回那个热情鲜活,与夏树青梅竹马的玩伴。

她不贪求时光就此停止,她需要的时间极短极短。

这极短极短的时间,她与夏树,都无比地需要。

*** ***

通往顾宅的山路。

天空湛蓝,阳光照得山路热烘烘的。

山路两旁的翠绿枝叶亦无法遮住这火辣的太阳,路边的小花被阳光晒得发蔫。

偶尔有私家车从路面疾驶而过。

一个背影疲倦地在山路上走着。

六年前,顾青离开,他也曾这样无数次地走在山路上,希望能够与顾青来个不期而遇,那时的他觉得人生于他已经不再重要,心里甚至还想过,如果顾青遭遇不测,那他也绝对不苟活。为此,他夜夜都想梦见顾青,哪怕是梦里的她成了厉鬼向自己索命,他也甘愿与她会上一面。时间一晃,六年后,顾青重回身边,却与他事事分得清楚,这让夏树时刻感到惶恐。

刚才在银座，见顾青又一次消失，夏树简直要疯了，直到从曹渊处得知顾青与姑父在一起，他的心才一寸寸稳妥地放回去。

阳光照得路面斑驳。

山路上的他脸色极差，汗水浸湿了他的全身，他的眼睛被阳光刺得睁不开，额头上的汗水滴下来，他浓密的眉及长长的睫毛上全是细密的汗珠。

奔驰车内。

顾青骤然坐起来，"停车！"

老吴放慢车速："怎么了小姐？"

"停车！"顾青急躁地拍着车窗，车子还没停稳，顾青已经打开车门跳下车。

"小心！"老吴吓得冒出一身的冷汗，他看到顾青跑到一个熟悉的背影身边，随即开车缓慢地跟上。

背影。

瘦弱孤单的背影。

十年前，他跟随夏爱华初到顾家，当晚因被夏爱华斥责罚站，那个瘦弱孤单的背影站在后院委屈地抽泣着，顾青见他哭，偷偷拿了自己珍藏的巧克力给他。

他长长的睫毛上还挂着泪滴，却在一见到顾青后就露出了笑容。

这么多年过去，烙在顾青记忆深处的，关于初见夏树，不是他那粲然一笑，而是他瘦弱孤单的背影。

她瘦长的手指放在那个孤单瘦弱的肩上。

他的身体微微一怔。

他站立着，孤单的肩开始有规则地不断耸立。

她绕到他的面前，那张英俊的脸庞满脸都是水，他抬头，一行泪从他的眼眶里迅速滑落，他抬起她的手，将自己的整张脸埋进她的手掌，她能感觉到温热的泪水落进她的掌心。

第三章

夏树的哭渐渐成了委屈的呜咽。

山路上，绿叶下，他在她面前孤单无助地痛哭，顾青缓缓地捧起他的脸。

他委屈地哭，"青儿，你相信我，我从来也没想过霸占不属于我的东西，我向你保证，我绝对不会进入墨复集团。"

六年未见，刚回来就抛出尖锐的剑直刺夏树的心脏，顾青为自己的鲁莽感到愧疚，她看着夏树，说："对不起，我不该怀疑你。"

"你有，你有怀疑我的权利和资格。"他气若游丝。

傻瓜，给了她太多的权利与资格，不也添了她欺负他的气焰？

顾青抬头看他。

那张英俊的脸庞变得苍白，他的手无力地垂下去，他虚弱地靠近顾青说："我，我……"

"你怎么了？"顾青用力撑住他，并向司机老吴求助，"吴爸，快，夏树你怎么了，你坚持住！吴爸！"

夏树的身体慢慢地从顾青的怀里滑落。

老吴见状，急忙下车，与顾青合力将夏树扶上车。

车子疾驶在山路上。

顾宅。

夏树的房间。

私家医生给夏树打了退烧针，他看着顾青说："这几天气候异常，冷暖交替急骤，他淋了雨，原本身体就弱，这几天可能休息的时间也少，才会造成免疫力下降，病毒入侵，如果今夜高烧就此退了，好好休息几天应该就会好了。"

医生把开好的药放在书桌上，"药量我已经调好了，一日三餐饭后吃，每次一包，让他多多休息就好。"

"谢谢。"顾青的视线还停留在夏树的脸上。

"不知道树少爷的失眠好些了没有？"医生突然问。

"他？"

"树少爷睡眠一直以来都不好，但半年前，症状似乎更严重了，每

半岛微光

次我来,他都要求我开大量的安眠药给他,我担心他,所以每次都只开几天的分量。我看他的气色不好,眼底的乌青也比较重,如果他仍有睡眠障碍,可以让他睡前喝杯温牛奶,别让他想太多的事情。"医生又交代,"如果树少爷今晚退烧,让他吃药就好,三天后我再来看他,如果今晚再发烧了,随时叫我,我会立刻赶来。"

她漫不经心地点头。

医生要离开的时候,顾青才问:"他,一直都有你说的睡眠障碍吗?"

"也是近几年的事情,他给自己的压力太大,又没有出口可以排解,我几次劝他去看心理医生,都被他婉拒。我会尽自己所能医治他,同时也希望树少爷能够建立乐观积极的生活态度。"医生回答道。

顾青不知医生是何时离开的,她只想用更多的时间守着夏树。

远远地,就传来夏爱华高八度的声音:"怎么会突然晕倒?不用送医院做全身检查吗?发烧?他身体好端端的,怎么会发烧?"她推门径直走进来,"树,你好点了没有!"

顾青转头看着她,"他刚睡着,别吵醒了他。"

夏爱华看向顾青,"你怎么会在这里!"

顾青不说话。

"都是你,他去接你的时候淋了雨!"

"姑姑,昨晚他去后山还吹了山风。"顾青一针见血地戳中夏爱华的要害。

夏爱华惊愕地看着眼前的顾青,她的确不再是当年那个胆小的小女孩了,如今的她直接、胆大,也更令夏爱华讨厌。

她离开的这几年,把夏树折磨得人不人、鬼不鬼,使得夏树跟自己的感情也愈来愈疏离。当夏树总算接受她离开的事实,她却像个阴魂不散的鬼又重新回来,也使得自己跟夏树的关系更为紧张。

夏爱华伸手想试夏树的额头,没想到顾青一把拦住她,"医生为树哥哥打了退烧针,他现在需要休息。"

第三章

"你叫他什么?"夏爱华的手悬在半空。

当年她故意说狠话制造顾青与夏树之间的隔阂与分歧,顾青这么久不回来,也在夏爱华的预想之中。就算是在昨天,顾青与夏树之间也是以礼相待互不多话,这才不过一天,夏树又成了她的"树哥哥"?

夏树原本就跟自己不亲近,如今若是跟这小贱人联手,她在顾家的地位便岌岌可危,夏爱华不能让自己处于任何险境之中。

"树哥哥。"那张秀气的脸庞朝夏爱华似笑非笑却礼貌有加地说。

她的态度与礼貌让人无可挑剔。

夏爱华心中的怒气腾烧。

她推开顾青,"今晚我没有应酬,这里由我照顾就行。"

顾青虽然瘦,但肌肉结实,还算是有力气,她又一次挡住夏爱华,"不用了,我想他醒来会有很多话想跟我说。"

夏爱华没想到顾青会推自己,她往后倒退了好几步,脸色难看地说:"你这孩子,什么时候聊天不行……"

突然,夏树伸出手,他慌张地叫:"青儿,快跑,跑,别回来!"

顾青上前抓紧夏树的手,不断安抚他的情绪:"树哥哥,我在这里,我没事,我已经平安回来了。"

"青儿,跑,跑了就别再回来,青儿,对不起,我对不起你!"夏树情绪激动地说。

顾青看着夏爱华道:"他真的需要好好休息。"

夏爱华扭头走出了房间。

顾青,小贱人,要用什么办法才能拔除这颗眼中钉?!

夏爱华气呼呼地走进白色楼房。

夏爱华回到二楼卧室,她刻意把卧室的房门落了锁,走到电话前拨了几个号码。"我让你帮我查的事情查到了没有?又要钱!"夏爱华听了对方的解释不耐烦地说,"算了算了,我早习惯了你狮子大开口,只要你尽快查到,该是你的,我一分都不会少你!"她厌恶地对着电话筒,

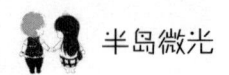 半岛微光

"什么恩,跟你的恩情早就断了,你能不能别……等你拿到钱,你爱找哪个花姑娘就找哪个花姑娘去!"夏爱华叭地挂断电话。

她处心积虑这几年,除了夏树这颗棋子没有发挥效用,无论走到哪一步,她夏爱华都沙盘演练了数百回。如今她顺利进入墨复集团,公司大小应酬全都靠她,为了业绩为了将来,她的酒量和胆量都得到了提升。身经百战的夏爱华不再怕别人揩油,她拼了命,无非是想在酒桌之上为自己拼得另一片江山。眼见一切稳定,万事皆顺地朝向她的目标前进,纵然是老太太骤然离世,顾开复与她之间的隔阂,她夏爱华都不曾放在心上,可如今顾青回来,一切的一切都将不同。

夏树对于顾青的愧疚,以及他的软肋。

若顾青这次回来有所图谋,那么夏树……

夏爱华不禁打了个冷战。

她必须要让夏树听自己的,并且,适时地踩踩顾青嚣张的气焰。

当晚,顾开复应酬回来,喝得烂醉,夏爱华支开了曹渊,硬是把顾开复扶回了他们的房间。

顾开复嚷着要喝水,夏爱华看着日历上,这几日被她用红笔圈在红线内。她得意地笑着,她终于想到一个能够踩灭顾青气焰的最佳办法。夏爱华在顾开复的水里加了一粒药丸,为他们这么久未在一起同房而助兴。

顾开复喝下了水,夏爱华将卧室内的灯光调暗,整个身体慢慢地倾入顾开复的怀里。

顾开复伸手搂住了她。

*** ***

清晨。

夏树房间。

墙壁上的时针指向六点。

顾青醒来,她居然趴在夏树的床边睡着了。

夏树还在睡,顾青伸手摸了摸他的额头,他的烧已经退了,顾青松

第三章

了口气,不枉费她昨晚不停地替他更换额头上的毛巾。

顾青准备回房间洗漱,刚准备转身,她的手指被一只手温柔地牵住。

"别走。"他虚弱地挽留。

顾青故意挣了挣。

那只手牵得更紧,"知道你整晚都在,这一觉我睡得很安心,没有失眠。"

难不成他的睡眠障碍是因自己而起的?

如今自己回来,他的失眠症不药而愈?

顾青回头看着夏树的脸庞,跟年少记忆中无二的英俊脸庞,如今轮廓更清晰俊朗。

见顾青这么看着自己,夏树突然松开了紧握她的手,羞得红了脸,耳朵更是发烫得厉害,他轻咳了几声:"你也累了一夜,快回房间好好休息。"

"你饿不饿?"顾青问。

"万一我病没好,你再倒下去……"

"你饿不饿?"顾青看着他,"我让萍姨煮了你喜欢的香菇鸡肉粥。"

"我……"

"别说你不饿,你从昨天下午睡到了现在。"

他的肚皮不争气地发出咕咕的声音。

顾青笑了,"赶快换衣服,十分钟后见。"

顾青纯真的笑容真美。

昨夜,他一度醒来,都怕顾青在身边不过是场梦,他不断说服自己重回梦乡。

然而,他触到顾青温热的手,听到她均匀的呼吸,还有只属于她淡淡的体香,他知道这不是一场梦。

"树哥哥,我们比赛,看谁先换好衣服。"顾青突然转身朝他调皮地说。

 半岛微光

树……树哥哥！久违了六年的称呼！

他没想到自己还能有资格，让青儿再叫自己一次树哥哥！

顾青欢快地关门离开。

夏树的眼泪飙了出来。以后，他必将倾尽全力保护顾青，不再让她受半点委屈。

夏树的眼神变得坚定，同时嘴角现出一丝甜蜜的笑意。

白色楼房。

顾开复头疼欲裂，昨晚应酬完HN的曹主任，他难得约曹渊一起出去喝几杯，一时兴起居然喝醉了，他只恍惚记得夏爱华为他解开了衣服的扣子——

顾开复一个激灵坐起来。

他的上身裸露着，看到皱巴巴的床单，他跳起来。

夏爱华坐在梳妆台前往脸上轻拍着精华液，见顾开复跳起来，笑靥如桃花般地回头，柔情地说："怎么也不多睡一会儿。"

"头疼。"顾开复皱着眉。

"昨天树生病，青儿守了一整夜，今早特地让萍姐煮了他最爱喝的香菇鸡肉粥。你昨晚醉得厉害。难得一家人可以团聚，我们下楼吃早餐。"

"爱华……"顾开复欲言又止。

夏爱华把顾开复的睡衣丢过来，催促着："快点儿。"

"有件事情我想问问你。"

夏爱华娇嗔地坐在他身边，"昨晚你喝醉了，吐得一塌糊涂，我好不容易才清理完，结果你又缠着我不放，非要回房间来休息。"

顾开复低着头不说话。

"我知道你孝顺，你也曾说妈离开百日你不跟我同房，但妈离开也好几个月了，我们……"

顾开复在心里骂自己："浑蛋！"

"开复，我们是夫妻，我们需要正常的情感沟通，这样感情才能长久，你不是一直说想跟我白头到老的吗？"

第三章

夏爱华看着他继续说:"之前我一直以为你不再爱我了,开复,我感到很害怕,真的,但是昨晚,我们还能如此……"

顾开复打断她:"你刚才说树怎么了,生病了?好好的怎么会病了?我得去看看!"

夏爱华上前挽住他的手臂,道:"那就一起吧。"说完还娇气地将头靠在顾开复的肩上。

与夏爱华结婚十年,她的妩媚时刻不动声色悄无声息地绽放,曾让顾开复神魂颠倒。女儿的离开,顾开复也曾怀疑过夏爱华,但禁不住她柔情似水的攻势,加上她后来进入墨复集团,一心只为顾家,顾开复也渐渐对她失了防备。然而母亲出事前与自己的一番语重心长的谈话,使得顾开复再一次怀疑夏爱华,他准备找人私下调查夏爱华,谁知还没出手,母亲就不幸身亡。

与她共枕十年,曾有多少欢愉时光,若夏爱华真是个有所图谋的人,顾开复光想着就觉得心惊。

如今女儿回来,他早属意女儿为墨复集团将来的接班人。

但顾青年幼,历练与胆识都还不能担此大任,顾开复心急如焚,只希望她能早点经历人情世故,也为她日后进入墨复集团做足万全的准备。

*** ***

早餐后,顾开复回公司开会,夏爱华趁着顾青不在的空当抓住夏树问:"身体好点了没有?"

"好多了,谢谢姑姑。"

"这么大的人了,还不懂得照顾自己,你看看你,自从顾青回来,你就像丢了魂似的,甘愿为她做任何事情。"夏爱华酸溜溜地说,"也是,说到底也是你欠她的,但是树,你以为尽力偿还,就能给顾青所谓的幸福?那些已经发生的,都将无法改变。"

夏树往前走。

"上次我让你考虑的事情，你考虑得怎么样？"

"什么？"夏树疑惑地看着姑姑。

"是否愿意进墨复集团。"

姑姑的个性向来十万火急，只要是她认定的事情，都会在十二小时内搞定，从姑姑跟自己提议，已经超过三十六小时，实在不符合姑姑的个性，夏树原以为她不过是说的气话，没想到她竟是来真的。

"我对现在的生活状态很满意，我热爱我的工作，很自由，不受束缚……"

"树，你搞清楚状况，现在我没有问你是否满意现在的生活，我……算了，我早不该问你意见，我直接帮你做决定，你再休息几天，下周我安排你进墨复。"

"下周我有场比赛。"

"不准去！"

"你没权利禁止我做任何事情！"

眼前激动的男孩，是她含辛茹苦带大的夏树？是她用尽一切力量也想保住的夏树？

夏爱华看着他，道："我没有权利？你别忘了是谁带你进入顾家，也别忘了这十年来我是如何保你！我当初一再容忍，甚至让你放弃了金融系，那已经是我铸成的不可弥补的大错！从这一刻开始，你与过去的种种都来场一刀两断，然后安安分分地进入墨复！"

"我不会，我不会进入墨复！"他拒绝得干脆，"我答应过青儿，不会染指墨复集团的任何事情，更不想图谋顾家的任何财产，我不会，我不会进入墨复！"

他从来也没像此刻这样反驳自己，纵使是顾青离开的那六年，他每每生气咆哮，也都是只言片语，今天，为了拒绝她，夏树说了太多的话。

全因顾青回来了！全因他答应了顾青！

这让夏爱华感到嫉妒。

"你答应了谁，不重要，重要的是，你记住自己曾经做过什么！树，过去已经无法补偿！如果你不想看着她再次陷入痛苦，就听我的，进入墨复。"

第三章

"我不同意。姑姑,我下周有场比赛,明天我就走。"

"你敢!"夏爱华挡在他面前,"我不会让你离开!"

夏树准备往前冲,"你凭什么不让我离开,你这是禁锢,是犯法的行为!"

夏爱华拉住他,"犯法?树,你质疑我做事的手段吗?"

夏树惊愕地站在原地。

十年前,姑姑与一个陌生女人亦是这样拉扯不清,夏树不想看着一直照顾自己的姑姑被别人欺负,于是蛮力地冲向那个女人。他的头撞向女人的腹部,女人立刻疼痛难忍地倒下,倒下的时候她的头部碰到茶几桌角,女人的表情非常痛苦,她挣扎着,求夏树救她。当时年幼的夏树吓坏了,姑姑让他跑,他就头也不回地拿着姑姑给的钱跑了,他在外面躲了三天,直到姑姑在桥底找到他,并告诉他所有的事情都解决了,以后会给他无忧的幸福生活。

不久,夏树跟随姑姑进入顾家。

他一直以为那次发生的意外事件不过是自己生命里的一件小事,然而他看到了孤单的顾青,知道当日的那个女人,是顾青的亲生母亲陈墨。

而陈墨,不久前意外身亡。

死亡的时间恰巧就在夏树把她撞倒的那一天。

夏树问过姑姑,起初姑姑对于那天之事缄口不提,直到某次,她在教训夏树的同时脱口说出当日陈墨的死因。夏树知道所有的一切都源于自己,于是对于顾青更加愧疚,他努力想偿还自己曾犯下的错,尽自己最大的能力去保护顾青,再不伤害她。

"树,我们的路已经走到这一步,我们无路可退了!"夏爱华情绪激动地说,"你知不知道,每次你跟顾青走得越近,我越害怕,害怕我们稍有不慎泄露了真相,我们好不容易过上如今的生活,怎么能,怎么能说放就放?树,你听我说,我们这次没有退路,他们愈是阻挠,我们愈是要为自己开辟一条路。"

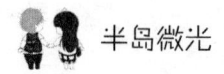 半岛微光

"我手上沾了太多的罪孽,如果让我偿还,我愿意以我自己的性命去还!"夏树说。

"还?你舍得还?你心里难道不期盼着在她身边多待一时是一时?"

姑姑戳中了他的要害。

他就是太贪心,想时时刻刻地陪在那么美好的顾青身边,是,他喜欢顾青,从见到她的第一眼起,从她叫自己第一声"树哥哥"起!

"我们还有退路吗?"夏爱华看着他问。

有的!姑父和青儿都不喜欢夏家人过多干涉墨复集团之事,只要他不再贪婪地要更多,他们的生活就不会有太大的改变,没有冲突就不会有怀疑,他们只要隐忍地如此平淡地继续活着,就是上帝给他们的宽容。

这么多年,他时常自责,更因顾青的离开而夜夜失眠。他担心上帝要责罚他,他随时准备奉上自己的贱命。

然而,顾青竟突然回来了。

应该是上帝被他的诚心所打动,赦免了他!夏树为此对信奉的上帝感激不尽。

"我们还有退路吗?"夏爱华紧追不舍,"你以为,只要你停在原地,就没有人会追究那起事件?"

夏树答不出来。

"顾开复是个容易猜忌的人,万一哪天他觉察异状,我们俩在顾家将永无立足之地,甚至连你现在的满意状态都会如同幻影凭空消失!"

如果真有那一天,他与顾青……

"我们只能趁着他们什么都不明白,尽快在墨复扎住根基,这些年,我在墨复集团功不可没,趁着我还有能力为你铺路,此刻不上,更待何时?!"

夏树的心乱极了,他答应顾青不会染指顾家的一切,但若有一天真相曝光,他与顾青……

"我们没有退路。"夏爱华说。

"让我参加这最后一场比赛,我……"夏树神情痛苦地看着姑姑。

第三章

  夏树向来优柔寡断,若把他逼死了,夏爱华捞不到半分好处,况且,她现在手里还没有王牌足以让顾开复点头同意夏树进入墨复。
  她点了点头。

  夏树从白色楼房里走出来,心事重重的样子,顾青迎上前,"怎么,她又跟你在密谋什么?"
  夏树摇摇头。
  那抹苦笑却留在夏树的眉宇间,顾青问:"她说了什么?"
  "没有。"夏树极力否认,"我一会儿回车队,下周有场比赛,我希望你能来看。"
  顾青沮丧地摇头,道:"我也想去看你的比赛,但是这一次不行,爸找了老师来给我上课,而且只给了我一年的时间,我现在光是想想就一个头两个大。"
  看来姑父的确想培养顾青当墨复集团的接班人。
  "省了很多理论知识直接上阵,但是我真的很讨厌读书,早知道这么辛苦,我就不阻止你进墨复了,起码我们兄妹连心,其利断金。"
  好一句"兄妹连心,其利断金",夏树自己都心向往之。
  如果顾青这关能过?
  夏树心存侥幸地问:"那,我陪着你一起进入墨复?"
  "休想!你难得找到自己的梦想,就应该坚持下去!"
  顾青说完,联想刚才夏爱华留住夏树谈了那么久,不禁好奇地问:"难道,她还想你进入墨复集团?"
  夏树的脸涨得通红,但他极力否认。
  顾青点头,"你答应我,要为自己而活,而不是顺从她的意见而活。关于那年你为什么丢下我,为什么不愿意带着我,甚至为什么不跟我联络,我都不想再追究,树哥哥,我想你毫无牵绊地活着。我希望你自由,而不是沦为她为荣华所牺牲的傀儡。那不是我眼里的夏树。"
  夏树有些动容。
  "我回来的时候排斥你进入墨复,直到现在,我其实也是排斥的。但是我保证,我保证,我会把你跟她分得清清楚楚,我把她当作对敌,但是你不

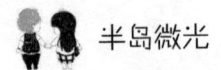

会,只要你答应我,永远别进入墨复集团,你就永远都是我的树哥哥。"

永远,能够有多远?

属于他们之间的永远,夏树已经看到了极限。

纵然有一天,顾青与他为敌,亦不过如她刚回来时那样与自己疏离,总好过她将与自己的关系切割得干干净净。

夏树下定了决心,参加完这场比赛后,他会按照姑姑的安排进入墨复集团。

沦为姑姑为荣华所牺牲的傀儡,好过被顾青当作杀母仇人彻底地踢出她的生命。

他的确没有退路。

眼前的女孩真美好。

黑长的秀发,洁净的肌肤,以及那双漆黑明亮如鹿的眼睛。

"顾青,为了保护你,我不在乎你以后将如何看我。"他在心底说。

第四章

几日后，顾青在家里跟着新来的方老师上课。她坐在客厅内，视线可以直接望到对面的白色楼房。顾青漫不经心地一瞥，竟看到平日优雅的夏爱华慌乱地从楼房里跑出来，她的短发上还附着发卷，穿着一条吊带的睡裙，她踉跄地跑着，一个重心不稳摔倒在地，立刻又爬起来，萍姨在身后拉住她，不知跟她说了什么，她低头看了看自己，又慌乱地折回了房间。

顾青的记忆里，夏爱华一直都是贵妇人的装扮，即使曾经生病也每日在病床上化好妆，且从不让她的高跟鞋离开视线。如今能让夏爱华慌乱到失了仪态，莫非是父亲……

顾青一个箭步冲了出去。
"萍姨，发生什么事情了？"
萍姨见顾青出现，吞吞吐吐。
"是不是爸爸出了什么事情？"
"别担心，不是先生出事，是……"
"是什么？"
"树少爷出事了！"
树！顾青抓住萍姨："树哥哥怎么了？"
"我也不太清楚，刚才车队打电话来，说少爷在赛道上翻车……"
翻车！顾青觉得自己快要窒息了，她抓住自己的胸口，眼泪刷地淌下来，"现在，树哥哥，现在在哪里？"
夏爱华换了衣服走出来。
顾青跟上她，"我要跟你一起去见树哥哥！"

 半岛微光

夏爱华回头瞪着她,"你凭什么认定他想见你?"

"他会想见我的,就像那晚他高烧,却还一心想着让我赶快跑别回来。"

夏爱华推开顾青,"你这个扫把星给我走开!自从你回来后,这家里何时安生过!树平日里那么健康也会昏倒,他开了这么多年的赛车都没有出任何问题,偏偏你回来的这一次,他就翻了车,我不会让你去看他!"

夏爱华开着车出了顾宅。

顾青在后面追。

红色跑车很快消失在顾青的视线里。

夏日的山路,地面被烤得发烫,在这里根本就打不到出租车,顾青急得边掉泪边跺脚。

夏树!好好的怎么会在赛道上翻车?都怪自己!如果她答应去看他的比赛,如果她在现场,就不会像现在这样六神无主!

一辆私家车从顾青的身边疾驶而过。

顾青奋力地往前跑。

身后突然传来急转弯的声音,私家车在顾青面前停下来,车窗缓缓摇下来,顾青听到曹渊的声音:"小姐?"

顾青对曹渊的印象颇深,不仅是因为每次都由他送醉酒的父亲回来,更因为他在自己与父亲之间调停了若干回,且总是让父亲早早结束工作回来陪自己。

见顾青哭,曹渊赶紧下车让顾青坐进车内,帮她系了安全带,问:"你这是要去哪里?"

"快!"她号啕大哭,"树哥哥……树哥哥……在赛道上……翻了车!他被送去医院,可是……我不知道……该去哪里找他!"

曹渊平日里跟夏树交集不多,但对于夏树的事情倒是掌握得颇清楚。他知道夏树所在的车队与市中心医院关系颇好,但凡队员有些头疼脑热或是赛车时的一些小意外,也均由市中心医院接管。

"放心,我知道他在哪里。"曹渊的车驶向市中心医院。

第四章

市中心医院。

大厅内已经有媒体蹲守，报道的重点与夏树翻车事件相关，但医院方面三缄其口，没有人对外发表任何声明。

顾青被曹渊带到了五楼手术室，车队负责人正向夏爱华解释当时的情况："车子在比赛前都检查过，可是不知道为什么树的车会突然起火，可能因为发动机着火……"

"发动机着火？好好的，发动机怎么会着火？你们向来都把他当作摇钱树，这点安全措施也做不了，我怎么放心让他再跟你们签约！"

"顾夫人，签约的事情我们已经谈妥了，为了将树打造成为亚洲车王，公司的公关部下了很多的功夫，不仅为他接拍广告，更为他量身打造了青春偶像剧。"

"树是墨复集团的少爷，他将来要继承的产业及价值是无法估算的，相较你们给他画的那些虚无的大饼，墨复集团的接班人这个头衔来得更具吸引力，我……"夏爱华回头看到了走近的曹渊和顾青，她的眉头微微皱了一下，"我不仅是要终止跟你们的签约，如果树有什么事情，我要让你们付出惨痛的代价！"

车队负责人还想解释，夏爱华已经气呼呼地走了，负责人叹了口气，视线转向了前来的曹渊与顾青。

曹渊上前握住他的手，"李队，很久不见。"

"这次树的事情，真的非常抱歉，还请你在顾先生及顾夫人面前帮我多说几句，这只是一场意外，当时整辆车像颗火球一样地烧起来，树这一次的反应非常敏捷，他从'火球'里走出来看不出异状，当然，这也要等医生详细检查后才知道结果……"

"树少爷吉人天相，他会没事的。"曹渊与其是安慰李队，不如说是安慰在一旁抽泣的顾青。

"当时整辆车像颗火球一样地烧起来，树这一次的反应非常敏捷，他从'火球'里走出来看不出异状……"

顾青的脑子里反反复复地全都是这一句。

这一次？难道之前他有无数次的受伤经历？

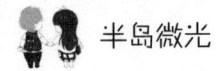

为了一圆当日两小无猜时的梦,夏树受尽痛楚与折磨。

人生的最终若是绚烂,是否必须经历缚茧般的疼痛才能最终展翅?
顾青坐在清冷的医院走廊里痛哭。
哭的,不仅仅是因为夏树受了伤,更涵盖着过去每一丝每一缕的伤痛,及她将来必须去面对的生活里危重的每一时刻。

医生从手术室里走出来,顾青冲在了夏爱华的前方,夏爱华原本脸色难看,但见陪同顾青来的竟是曹渊,且眼下关心夏树的伤势要紧,夏爱华忍了忍,把心里的愤怒都压了下去,并未当场发作使顾青难看。

医生摘下口罩,道:"不幸中的万幸,只有腿部有轻微的灼伤,但并无大碍,车子翻覆的时候曾压到了他的右臂,造成他的手臂挫伤,多休养应该很快就能恢复。"

"谢谢医生。"夏爱华态度强势,"医生,我该尊重你们的专业,但我还是想把树接回去,由我们的私人医生照顾他!"

"他虽然伤势不重,但是……"

"我不是信不过中心医院的医疗水平,只是我希望他能时刻在我身边,你帮我办理出院手续,我现在就要带他走。"

"病人的身体虽然没有任何问题,但是心理……"

"其余的事情我会看着处理,我现在,马上就要带他走。"夏爱华情绪激动地说。

曹渊开口:"夫人,如今树少爷虽然没有大碍,但行动多少还是有些不便,何不让他安静地休养几天再把他接回顾家?家庭医生那边我负责联络,听说少爷的腿部有轻微灼伤,我再备一副轮椅。"

见夏爱华依旧坚持,他又说:"夫人,我刚才来的路上都是媒体记者,顾先生一直都不喜欢树少爷曝光,如果媒体借此挖到关于树少爷的身份……"

夏爱华的眉毛舒展开了。

她怎么早没有想到!

见夏爱华若有所思,曹渊又问了一句:"夫人,可好?"

"你的确比我想得周到,刚才一时心急,差点犯了先生的大忌,这

第四章

件事情你帮我妥善安排。对了曹渊,帮树安排一间单人病房,清静点儿的,我这就让萍姐煲一锅汤。"

顾青在旁主动请缨:"我想留下来照顾树哥哥。"

"小姐,听先生说他安排了你上课……"

"那简单,让老师也来医院喽。"顾青脱口而出。

曹渊颇为难。

倒是夏爱华第一次帮着顾青说话:"难得他们兄妹情深,就让她在这里陪着吧,她在这里,树应该会恢复得更快,反正过几天就回去了,老师那边我先去打声招呼,让他迟几天再来。"

曹渊点点头。

顾青朝夏爱华说了声谢谢,跟着随即被推出手术室的夏树一起去了病房。

市中心医院,702病房。

夏树躺在床上,他的脸上有翻车意外时造成的擦伤,他的眉心时不时地皱成一团,神情痛苦地一直摇头:"不要,不要!"

顾青紧握着他的手。

他的手心沁出了一层薄汗。从噩梦中醒来,看到眼前坐着的顾青,他并不确定地问:"青儿?"

顾青看着他笑。

这简直像是一场梦!顾青还能对着自己笑!

腿上的灼伤让他感到些许的疼痛,但再多的疼痛,都被顾青的这一笑彻底地治愈了!

她是自己的灵丹妙药!

意外发生的一瞬间,他已经觉察出发动机的不妥,但火势迅速包围住他,他只想着自己不能就这样葬身火海,他许过承诺,用自己毕生去保护顾青,他与死神拔河,幸运的,他赢了!

如今还能看到顾青的笑,触到顾青的体温,是他这生最最幸运的事情,没有之一!

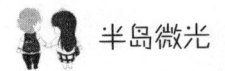 半岛微光

"笑什么!"哭红了眼睛的顾青不知轻重地朝着他的左臂捶了下去。

他痛苦地把整张脸揪在一起。

"你知不知道,我刚才担心死了,我生怕你……"顾青哭着,"想着前几天对你的态度,我真是恨死自己了!好不容易回来,却故意对你不理不睬,觉得自己太浑蛋了,巴不得你醒来抽我几巴掌!"

他的泪水从眼角滑落。

"怎么了?是不是我刚才打得太大力?对不起对不起对不起!"

顾青在身边,已经让他忘记了所有的疼痛。还能活着再见到顾青,疼痛于他而言已经显得虚无。

他紧握住顾青的手,说:"青儿,你,从来从来,都没有对不起我。"

"我真的不想你出事!"顾青抽泣着。

她温和灿烂的笑容,温热的泪滴,在知道了姑姑的计划之后,还能否再属于自己?

夏树不敢奢望,他只是更紧地握住了她的手。

他怕,再不紧握,就转身各天涯。

*** ***

三天后,夏树被安排出院,上车的时候,被院方安排坐轮椅的夏树觉得有人在跟踪自己,他下意识地回头看了看。顾青紧张地问他怎么了,为了不让她担心,夏树摇了摇头,又回头看了看,身后的行人都匆匆路过,他觉得自己多心了,难得自嘲地摇摇头坐进了车内。

晚上,姑父推掉所有应酬回来陪他一起吃饭,询问了他的伤势,并让他在家好好休养,说了些"只要把身体养好,总还有东山再起的机会"的鼓励话。

他们原本正其乐融融地说着话,夏爱华突然开口说:"趁着今晚大家都在,有件事情我想宣布。"

夏树的心咯噔一下。

"树这次的事件,让我意识到他的工作存有很大的危险,实在不放

第四章

心他继续赛车,我想为他谋一条新的路。我在墨复工作的这几年,累积了不少人脉,与其交由其他人打理,不如找个自己人来接班,我想让树进墨复帮我。"

原本漫不经心喝着橙汁的顾青被呛得直咳。

夏树紧张地看着她。

顾开复认真地看着夏爱华。

夏爱华继续说:"上周,在树去比赛前,我征询过他的意见,他答应我,等他结束这场比赛就会进入墨复。"

顾青不可置信地看着夏树。

上周,在他比赛前,他明明答应自己不会进入墨复集团!

她盯着他,看他是否有勇气迎向自己的视线,然而夏树心虚地低下了头。

她真是愚蠢,居然一次又一次地信了他!

她的心里腾起一团怒火,此刻正熊熊燃烧!她不该为了昔日之情去同情任何人!

"原本我想等过段时间再宣布,但这次的意外来得突然,让我不得不早为树做打算,身为墨复集团公关部主管,按规定,安排一个人进入集团内部并不需要向你们每一位报告,但是我做了,之所以这样做,因为我尊重你们,我们是一家人!"

席间沉默一片。

夏爱华嘴角浮现一丝笑意。

若非她被逼得无退路,她不会用夏树来走这步险棋。赛车翻车事件关系夏树的安危,如今他大难不死,顾开复不会不留情面地拒绝。她掌握先机,且把他们每个人都弄得措手不及,如今悬着的一颗心总算可以安心放下。

餐桌上的气氛显得诡异。

顾青想从夏树的眼里找寻答案,哪怕是他对自己微微一摇头,告诉

 半岛微光

自己迫于无奈才……但,这些能够代表什么?他们之间的情谊,已因夏爱华宣布夏树即将进入墨复集团而全都改变了。

她自嘲地笑了笑,走出了白色楼房。

夏树随即跟上。

顾开复故意看了看夏爱华,然而夏爱华却表现得不动声色,她笑着问顾开复:"为庆祝树大难不死,我也即将脱离墨复的苦海,我们喝一杯怎么样?"说完起身去酒柜里取了一瓶红酒,打开让红酒醒着。

顾开复淡定地望着她。

夏树在后面追着顾青,"顾青,听我说。"

顾青停下脚步,直直的背脊朝着夏树停了下来。

夏树走到顾青面前,"对不起,我不该……"

"受不起,我哪能让堂堂墨复集团的少爷向我赔罪?万一哪天墨复落到了您跟夏爱华的手里,我还指望着您能赏口饭吃!"

"别急着跟我划清关系。"

"您别刚当上贵人就忘了事儿,当初我说过,只要你不染指墨复,你就永远都是我的树哥哥!"

想到顾青与自己划清关系,夏树感到心痛,他情绪激动地抓住她的手臂,说:"现在我也依旧是!"

"你不是你不是!我该记得,你跟姓夏的是一伙的,是我太愚蠢,痴心妄想你还是我的树哥哥!"顾青用力地推开他。

"顾青,过去到底发生了什么?"

她决绝地别过脸,道:"过去发生什么都已经不重要,不再重要!重要的是,我知道该怎么认清生命里的人,我不会再像个傻瓜被你们耍得团团转!"

"我从来也没有耍你……"

顾青冷笑,她的身影在夜色里自嘲地耸动着,"应该是从来也不曾对我认真过。我回来,你之所以待我如从前,不过是想拉拢我,口口声声承诺不会染指墨复集团的任何事情,然而早就蠢蠢欲动地等不及了。是我太笨,还想极力跟你和那个女人撇清关系,是我太蠢!还试图原谅你!"

第四章

"要怎样你才能够相信我?"

"我不会再相信你!"她咆哮着,"我不会再相信你!"

夏树试图抱住她。

顾青推开他,说:"谁知道翻车意外是不是你们策划的另一起阴谋?谁知道你们是不是又想用苦肉计逼我跟爸爸就范?"

夏树痛苦地看着她。

"这样的戏码,在六年前上演过无数次,你们演得忘乎所以,已经完全忘了哪一个才是真实的你们!"

她看着他,愤愤不平地说:"从今天起,我跟你夏树,再无瓜葛!总有一天,我要撕开你们的面具,让爸爸看到你们丑陋的面具下藏着多么龌龊的心!"

顾青头也不回地跑了。

六年前究竟发生了什么事情,使得顾青对于过去一直无法释怀?都是自己的原因,害她硬是武装成一只刺猬,明明需要温度,却用刺的盔甲将柔软的部分全都伪装起来。

他不怪顾青的质疑,连他自己都怀疑这场意外并不单纯。

可是他心疼顾青,若他没有伤害陈墨,他们未曾进入顾家,顾青还是那个生活在幸福城堡里的被父母宠爱的公主。

只是时光无法倒退,夏树已经无力追悔。

夏树跟着车队五年,虽也经历翻车意外,但没有这一次这么严重,若不是他及时逃脱,可能小命早已呜呼。如今他被车队重点培养,虽说惹人嫉妒招来是非合情合理,但他为人低调,只求安稳踏实地跟着车队到处参赛,以躲避姑姑对他的期望……

姑姑……

顾青的那句话仍在耳畔:"谁知道翻车意外是不是你们策划的另一起阴谋?谁知道你们是不是又想用苦肉计逼我跟爸爸就范?"

姑姑……

夏树神情痛苦,拳头不由自主地紧紧握住。

白色楼房。

夏爱华把酒端给顾开复,"我知道你向来不喜欢树进入墨复工作,但你可以当他是路人甲……"

"你明知道他跟那些路人甲的角色根本不同。"顾开复并没有接那杯酒,他走向客厅的沙发坐下,"集团挑选的人向来都是才能出众,若当初树读了金融系,如今他进入墨复,这是件无可非议的事情,可是……"

夏爱华紧跟着他,"当时他好不容易考上名校的金融系,你知道他多努力,要不是因为……我当初就不同意他放弃,可是当初支持他去赛车的人是你。再说,企业管理与赛车,表面上看似毫无关联,但其实二者互相影响,赛车掌舵,与管理企业的大方向几乎相同。我不懂,你到底在担心什么?"

"我没有担心。"

"那你就不该拒绝树进入墨复。"

"爱华,树的性格你了解吗?他所向往的、追求的自由,我一直以为你懂他。"

自由?夏爱华嘲讽地笑了笑。

只要有了富贵生活,还怕没有大把的自由?年幼无知的夏树不懂,老成干练的顾开复不可能不懂,他不过是以"关心"为名,将夏树一再地拒之墨复集团之外罢了。

"你也常说性格决定命运,正因为我了解他的性格,才要尽快帮他决定。我知道你对树进入墨复一直心存顾忌……"

顾开复打断她:"那是因为我了解他,把他局限住,他未必会开心。"

"是否开心由不得他,这几年他除了赛车,也到一些名校报名旁听,但是他的性格软弱,经不起大风浪,我只是趁着自己现在还有心有力,想扶持他在我身边学习人情世故。"

"爱华,你究竟在担心什么?过去六年,虽然你有心让夏树进入集团工作,但你都顺从着夏树。"

夏爱华情绪激动地说:"就是因为我以前万事顺从他,所以现在才

第四章

更要对他严格一些！你知道，树从小跟我一起长大，我视他如己出，我不能自私到只知道规划自己的生活而完全都不顾他啊！"

顾开复不解地看着夏爱华，"什么自私，你对他的好，夏树全都记在心里！还有，你最近怎么了，规划什么？"

夏爱华看着顾开复，"我想怀孕。"

顾开复疑心自己听错了，他又问了一次。

夏爱华答："我想怀孕，生个宝宝。"

顾开复心头一紧，他问："以前你一直排斥生孩子，今天怎么了？"

"我，不想再在商场上拼，想在适当的时机退回来，相夫教子。"夏爱华假惺惺地掉着眼泪，"如今青儿回来，与树又情同兄妹，只要好好培养，他们应该能在墨复集团开创另一片新天地。"

"你之所以让夏树进入墨复，是你以为，我会安排青儿也进入墨复？"

"不是以为，这是你必须走的一步棋，我不过是想帮你。如果树早进墨复，将来青儿进入，她所遇到的困难相对会弱许多，我向你保证，树绝对能成为她的左膀右臂。"

六年了，顾开复一直以为她已经停手了，未承想，他刚动了让顾青接班的念头，夏爱华就按捺不住了。

夏爱华提醒他："当年你创办公司，用你们两人的名字来命名，这已经让我觉得不愉快，曾经为了你，再刁钻的客人我都会去伺候！"

若非感激当年夏爱华的帮助，他会置陈墨之死于不顾，且不久后就娶她夏爱华入门？

顾开复站起来，"够了，别再提当年，如今该给你的名分及地位，我全都给你了。至于夏树进集团之事，我会在股东大会上征求意见。最近全球经济低迷，集团的楼市销售不太乐观，我约了HN借贷部的主任聊聊，我先回公司。"

顾开复头也不回地走了。

夏爱华刚想追上去，她的手机响了起来，她看了看号码，接起电话问："查得怎么样了？过去六年学业不精，顾家任何人都没有资助她？他做事谨慎，你查查他的助手曹渊与李家是否有往来。明天，明天我会把费用

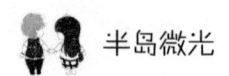 半岛微光

全都支付给你！他很好，你别再问了行不行？你记住你的本分，属于他的东西，我一分都不会少给他！"她情绪激动地把手机摔在沙发上。

等她调整好心绪，她拿起手机又拨了一通电话，"是我，去后山等我，我有重要的事情要说！"

*** ***

后山。

大风凛冽且粗暴地扯乱了山顶人的头发和衣衫，天空乌黑一片，低沉沉的，已经有雷声由远而近。

她面无表情地等着他来，一双唇猩红得让人感到害怕。

"之前跟你和乐一片，如今知道你要进墨复，个个都跟你翻脸，想阻止你进入，这一切都在我的预料之中。"她冷冷地说着，那种冷，是事不关己的置身事外。

他也冷冷地看着她，道："我答应你进墨复，但是我绝对不会做任何伤害他们的事情，如果我自己有兴趣想知道的事情，我自会找途径去了解。"

她拍着巴掌，道："我以前一直担心你太善良，优柔寡断，现在我才发现自己的顾虑是多余的，你的身体里流着姓夏的血，不该就这么服输，的确是该冷酷绝情一点，这对你将来，绝对有太多太多的益处。"

他的神情冷漠地看着山下的万家灯火。

万家灯火，合家欢乐，他真是羡慕。

"将来进墨复集团，姑姑有的是时间教我怎么样学会更冷酷绝情，如果没有其他的事情，我先回去了。"

"树，难道你对这次翻车意外一点怀疑都没有？"

顾青的话又一次在耳边响起——

"谁知道翻车意外是不是你们策划的另一起阴谋？谁知道你们是不是又想用苦肉计逼我跟爸爸就范？"

第四章

"这样的戏码,在六年前上演过无数次,你们演得忘乎所以,已经完全忘了哪一个才是真实的你们!"

夏树的脚步停下来。

他缓缓转身,以一种不可置信的眼神看向夏爱华。

为什么?!他用痛苦的眼神向她发问。

他从小由她抚养长大,是她的亲侄子,他们的血液里流淌着相同的血!

"为什么?"他问。

"这件事情继续隐瞒对我没有任何好处,现在向你坦白,总好过日后被别人以此为条件对我进行敲诈和威胁。"她神情自若地说。

"为什么?"夏树觉得自己的心很疼,犹如被人用利刃划开了一道伤口,此时正汩汩地冒着血。

"我原本只是让别人动了手脚好让你知难而退,但我没想到事情后来会演变成这样……"

"如果我当时反应不及,我会被活活烧死!"夏树情绪激动地说, "我恨不得当时被活活烧死!"

"你大难不死,也正说明我们夏家的好运还没有用完,你之后的配合也很出彩,乖乖地在医院里待了三天,那个傻丫头也傻傻地陪了你三天,今天这场戏不过是预演,好戏明天才正式登场。树,在这部戏里,你是最佳男主角,让我们拭目以待。"

夏树觉得她不再是疼爱自己的那个姑姑了,她为达目的不择手段,她让夏树感到恐惧。

更让夏树感到恐惧的是,他们居然在同一条船上。

除了共进退,就只有她死他亡。

夏树倒吸了一口冷气。

后山,树影憧憧。

白天郁郁葱葱的树在夜晚俨然一道道的屏风。

屏风后面躲着一个瘦弱高挑的身影,她的长发被风吹拂着,漆黑的

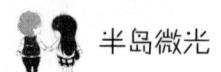 半岛微光

双眸在此刻显得清冷,她紧握拳头,此刻正静悄悄地步步逼近正在交谈中的两个身影。

"树,这几年让你委曲求全地选择事业的另一条跑道,我知道你有多辛苦。如今能够进入墨复,跟你这六年来低调处事密不可分,你放心,只要是顾青拥有的东西,你都有资格去分得一半。要是顾青跟你任性发脾气,你就迁就着她,别跟一个小丫头计较,只要我们在墨复站住了脚,以后谁凭谁的眼色过活,都还不知道呢。"

夏树想反驳,谁知道姑姑又说:"这次翻车意外,你知我知,以后这件事情不可以再对任何人提。"

他不能不顾姑姑这么多年来辛苦养育他的情分。

更何况,这条船已经驶入茫茫大海,如今船在何方,将驶向何处,夏树一无所知。

他沮丧地点了点头。

夏爱华笑,猩红的唇在夜色里更艳,她拍拍夏树,道:"今晚早点休息,明天好戏将要登场,到时候,该属于你夏树的,一分都跑不掉!"

她笑着,笑声回荡在后山,如同尖锐的物体划过玻璃,让人感觉不舒服。

她的笑声消失,夏树长长地叹了口气。

乌云包围了山头,闪电与雷声不断,已经有豆大的雨滴砸向夏树。

他缓缓地转过头。

他打了个寒战。

恍惚间,他看到一个瘦高的身影在自己的眼前逐渐消失,他揉了揉眼睛,眼前已是一幕水帘。

他自嘲地笑着,仰起头,乞求上帝用雨水洗刷他的罪孽。

*** ***

清晨。

第四章

车子在寂静的公路上疾驶。

坐在副驾驶的曹渊转头看向后座，问："先生，要不要用点早餐？"

坐在后座的顾开复疲倦地捏着眉心，道："让苏萍准备早餐，我回家陪青儿。"

"是，先生。"

"昨天下午竞标的地皮，结果怎么样？"

"是，黎副总首战告捷，标下来了。"

"这么顺利？"

"那块地皮不少人竞争，黎副总按照指示，以高于原价的30%的价格把它夺了下来。"

顾开复眉头一皱，"按照指示？"

"是，黎副总刚标下来就打电话来贺喜，但当时您正在开会，晚上应酬HN银行的曹主任，当时我没陪着，这件事情就忘了跟您说。"

"那块地皮……"顾开复掏出手机查询目标地，"如果我没记错的话，那块地在城北，周围的开发已经饱和，原价购买下已经承担着不小风险。曹渊，你帮我查查，这黎明达究竟是听了谁的指示在高于原价的30%的情况下还把它买下，简直是愚蠢！"

"是。"曹渊提醒，"黎明达是夏总那边的人，会不会是她？"

"公关部何时能插手参与集团的决策事件了？你帮我查！不管这个人是谁，包括夏爱华和墨复集团旗下的各个股东，你都放开胆子去查！同时间清黎明达，若他交代不清，这块地皮他就给我吞下去！"

车子路过报刊亭。

"停车！"顾开复欲下车。

"先生，您？"曹渊看着顾开复。

"我想买份财经报。"

"您昨天应酬结束，又在公司熬夜看了大半夜的合同和账表，这种琐事让我去就好。"曹渊说完下车，他在报刊亭前停下来，挑了一份财经报，他的视线扫过报摊前一排刚出刊的报纸，斗大的标题看得曹渊心惊，他匆匆拿了一份报纸丢下钱就跑上了车。

顾开复难得地调侃他："曹渊，十年前你也是这么毛毛躁躁的，今

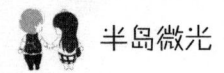 半岛微光

天是怎么了，忆青春？"

"先生……"曹渊把一份报纸递给顾开复。

顾开复接过报纸，当他看到标题后，双手气得颤抖。

那份报纸被顾开复摔在客厅的茶几上。

穿着睡袍的夏爱华睡眼惺忪地坐在沙发上打着哈欠。

"我希望你能把这件事情解释清楚！"顾开复的脸色气得铁青。

"什么事情值得你这么生气？"夏爱华漫不经心地摊开报纸，她的嘴角咧了咧，"还当是多大的事情，不过是树在赛道上翻车意外的报道。"

顾开复点了点下面的照片，"你看清楚，树的翻车意外仅用了百余字来说明，其余的全都是关于他的身份与墨复集团之间的种种联系！还登着他跟青儿的合照！"

顾青和夏树也陆续到了白色楼房的客厅。

顾青疑惑地拿过报纸看了看，文字里详细地写着夏树何时进入顾家，并与顾家小姐畸形的"兄妹之情"，甚至还附了他们相视而笑的照片，拍摄的时间及地点，就是顾青在医院精心照顾夏树的那三天内。

顾青看向夏树。

夏树凑上来一看，心里立刻理清了昨晚姑姑说的一席话。

"你大难不死，也正说明我们夏家的好运还没有用完，你之后的配合也很出彩，乖乖地在医院里待了三天，那个傻丫头也傻傻地陪了你三天，今天这场戏不过是预演，好戏明天才正式登场。树，在这部戏里，你是最佳男主角，让我们拭目以待。"

难道这就是姑姑所说的"好戏"？

夏树看向姑姑，夏爱华懒散地坐在沙发里打着哈欠。

夏爱华显得很冷静，"这些娱乐记者向来都捕风追影，况且树的经纪公司正努力把他打造成一个明星，而我又阻止了他的签约计划，如今身世被曝光，全都在情理之中，不值得大惊小怪。"

第四章

顾开复看着夏爱华,"你上楼去书房等我,我有事情找你谈。"

夏爱华不情愿地走上楼。

顾开复看着顾青和夏树,当初的少年如今都长大成人,使得顾开复一度有种错觉,以为自己仍身处六年前,他挤出几分笑意看着顾青道:"不是多大的事情,不要担心,我只是还有其他的工作想跟她谈谈,你先吃饭,给你上课的方老师马上就到了。"

他再看向夏树,夏树努力摇头,证实自己与此件事情无关。顾开复心领神会地点了点头,他走上楼梯。

书房内。

夏爱华朝顾开复怒吼:"说到底都是你不信任我!你以为这些消息是我放出去的?"

顾开复冷静地看着她,道:"爱华,我们在一起这么多年了,彼此知根知底,你曾做过哪些事情,你比我更加清楚!"

"昨天我已经明确地告诉你,树会进入墨复集团来帮我,我虽然不知道能否过得了你那一关,但是我也不会愚蠢到搬起石头砸自己的脚吧!现在挑起这个事端,对我有何好处?"

"这个事端让你和夏树都占尽先机,以弱者身份'潜伏'顾家长达十年,如今堂堂正正地索要一个名分,没什么不可以吧?"顾开复戳中要害。

夏爱华语塞。

长廊内。

夏树追上顾青,说:"你听我解释。"

顾青冷冷地回道:"没什么好解释的,夏树少爷,恭喜你,在顾家低调了这么些年,终于为自己要到了一个名分。"

"不是这样……"

"树,这几年让你委曲求全地选择事业的另一条跑道,我知道你有多辛苦,如今能够进入墨复,跟你这六年来低调处事密不可分,你放心,只要是顾青拥有的东西,你都有资格去分得一半。要是顾青跟你任性发脾气,你就迁就着她,别跟一个小丫头计较,如果我们在墨复站住

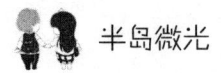

了脚,以后谁凭谁的眼色过活,都还不知道呢。"

顾青学着夏爱华的口吻,把昨晚的对话只字不漏地重复给夏树听。

夏树惊愕地看着顾青,伸出的手不知所措地僵在半空。

顾青继续学着夏爱华的口吻道:"这次翻车意外,你知我知,以后这件事情不可以再对任何人提。"

昨晚出现在自己眼前的身影原来不是自己的幻觉,夏树吃惊地看着顾青。

"你还想解释吗?"

夏树无力地摇了摇头。

"如她所说,今天的确好戏登场,该属于你夏树的,一分都跑不掉。但是我想说,不该属于你的,你一分都拿不走!"

"我们必须要这么水火不容吗?"夏树叫住她。

"是,必须!"她清澈的双眸坚定地看着他,"我本来就该遵守自己的原则,不该对你有半分感情!夏树,我愚蠢到把你跟过去的树哥哥联系在一起,但现在我发现,过去的树哥哥已经死了!他被欲望和贪婪害死了!"

"我根本就没有变!"夏树极力为自己辩解。

"没变?"她突然笑起来。

那笑,是凄凉苦涩的笑,是嘲讽刺人心肺的笑。

夏树欲上前抱住她。

顾青倒退了几步,道:"你变了,从你答应配合夏爱华演第一出戏开始就变了,你曾信誓旦旦的那些承诺不过是为了让我心安,你在我的牛奶里掺了安眠药,第二天我根本就没有发烧,我醒来的时候你已经在前往毕业旅行的路上!你从来从来都没有把我当作是你的妹妹!你不过是利用我的关系让你跟夏爱华在顾家站住脚!"

"你说什么?"夏树追着顾青问。

两人不断地拉扯着。

书房内。

夏爱华泪眼汪汪地看着顾开复,"过去我对你如何,你再清楚不

第四章

过,我以前都没为自己求得一个名分,怎么可能现在开始对什么事情都事事计较!"

"我的确更喜欢过去的夏爱华,虽然任性刁钻,但是无欲无求,一心只想着为我付出。"顾开复叹气,"你一直觉得我处事不公,但是我觉得我事事做得周全公平。这些年来,我视夏树为己出,全力资助他的赛车事业,还为他买了一块商业用地,甚至跟政府协商,但凡商业用地周边的路名中,都要有个'树'字!你想做善事,我就帮你成立了慈善基金会,由你任会长,那么大的流动资金我也都任由你调动,爱华,你还有什么不满足?"

夏爱华还是哭。

"偏执地一意孤行,一定要让夏树进入墨复集团不可!"顾开复瞪着夏爱华。

夏爱华梨花带雨地抽泣着:"我让树进入墨复集团虽说操之过急,但是你不能怀疑我对你的用心,我这么做,无非是想让树参与墨复的工作内容,如果将来青儿接手……"

"说到底,你是怕我安排青儿来接手墨复!是!墨复是我一生的心血!我的确也属意让青儿回来接管公司的事情,但她才多大?她的社会经验是零!就算我请老师来指教她,以青儿的本性,你以为她那么想碰集团的事情?这件事情,说到底,是我自己太鲁莽!是我操之过急,才让你跟着乱了分寸!"

夏爱华更显委屈。

"但是爱华,我们夫妻十年,我一直以为我们会越走越近,但现在我才发现,我们离得好远,远到我已经快要看不清你了爱华!"

夏爱华有些窘迫地看着顾开复,她紧贴着顾开复撒娇,"我也是心疼树,才会急着宣布让树进入集团,绝对没有其他的企图,至于这报纸,更是子虚乌有了,你要相信我,我怎么可能……"

书房的电话响起,顾开复打断她:"会清楚的!一切都会清楚的!"

夏爱华紧张地盯着顾开复。

顾开复接起电话:"是,好,我知道,让黎明达去公司见我,我要让他解释清楚!"

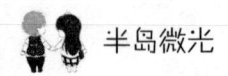

一听到"黎明达"三个字,夏爱华脸色阴沉得难看。

顾开复挂断电话,看着夏爱华,说:"要不要一起去公司?"

夏爱华摆手,神色显得慌乱地说:"今天约了康医生,要去做一些检查,我下午再去公司。"

顾开复点点头。

夏爱华上前宽慰他:"八卦看看就算了,别真因此动了怒。"

顾开复笑道:"是不是八卦,过阵子就知道。我已经让曹渊去查,看看是谁有这么大的能耐挖了这么深的新闻!"

夏爱华原以为顾开复生气,但看到他此刻一笑,心里顿时显得矛盾,等她回过神来,书房里只剩下她独自一人,她惆怅地摸摸肚子,觉得一阵反胃,她看向墙上的日期,得意的笑浮上了惨白的脸颊。

红砖墙房。

夏树追进去拉住顾青追问:"刚才那番话到底是什么意思?"

"你装什么蒜?"顾青甩开他,"从她把我关进地下室的那一天起,我就知道她不会放过我,如果不是我费尽力气逃出来……"

六年前究竟发生了什么事情?夏树焦躁地摇晃着顾青,"她把你关起来?"

顾青用力地推开他,吼:"别把你撇得干干净净,你们是一伙的,自始至终,你们都是一伙的!"

夏树看着她,"顾青,过去六年你究竟受了什么委屈,经历过什么?我很想知道,是什么让你成为今天这样,这样地咄咄逼人!"

"咄咄逼人?"顾青冷冷地看着他,"你有过被最亲近的人欺骗的经历,心灰意冷地想要离家出走,结果还是有人不肯放过你,一路追着你非要置你于死地的绝望吗?那天下着大雨,我在山路上跑,有个男人对我紧追不放,他的手里还拿着一把刀,我只要慢一步,那把刀就会直刺我的心脏!我跟过去的自己挣扎了那么久,才说服自己重新拾起对你的记忆,结果,你就是这么回馈我?"

夏树全然想象不到六年前曾发生如此残酷血腥的事情!

"我们原本一家人幸福生活得好好的,结果你们一脚插进来,把原本属于我的幸福全都给夺走了!"顾青朝他咆哮着,"你能把属于我的幸福还给我吗?"

夏树颤抖地看着自己曾伸出的罪恶之手。

他曾把属于顾青最简单真挚的幸福抢走了,他知道,这种幸福,纵然他倾尽所有地给予,也无法补偿给顾青。

他痛苦地看着顾青,道:"如果我进入墨复集团,我们就成了死敌,是吗?"

"你们势在必行,今天的报纸足以说明一切,除了你那人脉广通善于交际并且对你知根知底的姑姑,就没有旁人了。"

夏树绝望地看着她。

她推开夏树,从他身边缓缓地走过去。

昨天,今日,如同隔了一个天涯。

这一转身,所有贪恋的过去将成为一道令人感到恐惧的狰狞的疤。

让他们,都不敢再回头张望一下。

第五章

墨复集团。

顾开复走秘密通道避开了所有媒体的追击。刚回到办公室，他就问："记者的身份调查出来了吗？"

"查出来了，是个资深娱记，在这行摸爬滚打，练就了一身的本领，一口咬定提供给他资料的人是匿名，并且是直接把资料寄到他邮箱的。"

"邮箱的地址查得到吗？"

曹渊摇摇头，道："现在的网站邮箱并没有硬性规定注册者必须是实名，而且那个娱记根本就不愿意提供任何资料给我们。这次的事件，与其说是挖掘夏树的背景，不如说是把墨复推上了风口浪尖，昨天黎副总高价买下地皮的事情也被炒得沸沸扬扬，如今全球股市风云变幻，光是今天开盘到现在，墨复的股票已经跌了2%。"曹渊看了一下时间，"距离报纸出来不足两小时，而且还在持续走低。"

顾开复埋头苦思对策，"曹渊，问问黎明达现在在哪里，让他尽快来找我，我要问清楚，究竟是谁直接向他下了命令！还有，高价买下地皮一事，尽量低调处理，如果外面的舆论未止，就让公关部拟一份新闻稿，关于高价收购一事，墨复集团只是想参与城市建设，多余的30%墨复会自行吸收，绝对不会强加于消费者！"

"可是，我们如今的周转资金已经出现短缺……"

近日来琐事繁多，顾开复越来越觉得力不从心，他尽量让自己的语气平缓，"先问问黎明达人在哪里！"

曹渊点头退了出去。

墨复集团是他与陈墨一手创办，甚至当初进入地产业也全因受了陈

第五章

墨的影响,而事实证明当初进入地产业是正确明智之举,只是如今商场瞬息万变,顾开复要掌握好决策的方向及时间,这两者必须环环相扣,才会保墨复不在这波洪流中支离破碎。

黎明达所购的地皮及夏树的身世,这二者看似没有任何联系,却又有着微妙的关系,若夏树的身世一事处理不当,对于墨复何尝不是牵一发而动全身?顾开复必须谨慎处理。

曹渊敲门进来,"先生,找不到黎明达。"

"找不到?"

"是,早上电话还拨得通的,现在却关机了,集团备用的号码不在服务区,打去他家里也没有人接。"

"可以联络到他的家人吗?"

"黎太太倒是找着了,从电话里听不出有异状,跟她的牌搭子正在打牌。"

"听说黎明达在外包养了一个三线的小明星,联络得上吗?"

"我刚才也往她住的别墅里打了通电话,没有人接。"

黎明达向来不是没主张的人,况且现在集团内对于总经理一职竞争激烈,黎明达亦是最有野心的一个,加上他最喜邀功,不可能都这个时候还不出现向顾开复汇报昨天他是如何在竞拍会上一一击退对手取得"黄金地皮"这一重大喜讯的。

顾开复皱了皱眉,此事不妙啊!

曹渊猜出顾开复的心思,他安慰道:"那个小明星平时也都接些通告,找不到她也不足为奇,我倒觉得只要黎太太人在,黎副总应该不会……"

"你觉得他不会?"

"我这就报警,通知海关,不能让黎明达出关。"曹渊火速走出去。

顾开复百思不得其解。

是谁有那么大的胆量,可以直接下令给黎明达?

除了——

他脑海里闪过曹渊曾给过的暗示。

夏爱华?

他的眉头皱得更紧,他拿起桌上的电话拨了几个号码。电话被接通,顾开复问:"上次让你帮我查的事情怎么样了?是,之前发生了一些小小意外,才会让你暂停调查,但是我对此事还是存有质疑,你尽快帮我调查清楚。好,谢谢你。"挂断电话,顾开复又拨通了夏爱华的电话:"现在在哪里?医生怎么说?还没有去?怎么不舒服了,那你在家里等着,我让张医生过去给你看看,那好,下午你也别出门了,在家里好好休息。"挂断电话,他的心情更加沉重。

他的拳头重重地砸向桌子,一下,两下,三下……鲜血从关节处渗出来,他疲倦地将身体倒向椅子中央。

商场的尔虞我诈,顾开复经历了不少,为了生存,他扮演过各类角色,不管是吞下小虾米的大鲨鱼还是生吞活羊不吐骨头的狮子老虎,这些都远不及现在来得更加残酷,现在他面对的,是血淋淋的残酷人生,比他曾经扮演的角色可怕无数倍。

他知道,他跟夏爱华的这场戏,终于到了最后一幕。

*** ***

顾宅。

白色楼房。

夏爱华原本和悦的脸色转成了愤怒,"该有的症状我全都有,我恶心想吐,只想吃酸的东西……"

张医生替她解答:"夫人,可能您的情绪过于紧张,因此造成胃酸过多,我开些药给你就好了。"

"不用!"夏爱华毅然决然地拒绝,"我每年都做健康检查,你也曾经说我的身体非常好,完全可以受孕,而我最近饮食清淡,怎么可能会没有?!你一定是弄错了!"

"照排卵日期来看……"张医生见夏爱华脸色难看,很快转了口风说,"如果夫人不放心,明天去我的诊所再进行一次全面的检查。"

"我相信我自己的直觉,这次肯定是有了。"夏爱华语气笃定地说。

第五章

张医生的眼神里闪过一丝疑惑。

"这件事情,在没有确定之前,不可以告诉任何人,包括先生。"夏爱华说。

张医生点点头。

"如果先生问起,你就说受孕的机会非常大。"

张医生面露难色,"这个……夫人,我可能无能为力。"

"无能为力?张锦庭,是谁在你诊所快要关门的时候拉了你一把,又是谁把墨复集团高层主管每年的体检安排在你的诊所?如果你实在无能为力,那我就去找一个有能力的人,这世上,没有什么问题是金钱解决不了的。"

在夏爱华的胁迫下,张锦庭无奈地点头,道:"但是我只能说受孕机会较大,如果之后没能如愿……"

"放心,这些年来让他信任的人本就不多,你也算是其中一个,有你助我一臂之力,日后我在顾家稳定,你的诊所生意我会帮你照看得好好的,保证你财源滚滚!"夏爱华的眼神里带着奸笑。

张锦庭为难地点头,退了出去。

红砖墙房。

夏爱华站在这幢楼前,眼神里带着不屑。

这是陈墨亲手设计的楼房,但这个世界就是这么讽刺,任她陈墨如何才华出众,最终不还是让这幢楼成了一幢被爱人弃之的空房?当年的设计师陈墨万万不会想到,她亲手设计的房子,将来却让别的女人堂而皇之登堂入室,并让自己的亲生女儿被囚禁在地下储物室内。

夏爱华冷笑。

尖头镶钻的高跟鞋踏进了红砖墙房。

自从那幢白色楼房建好,她就再也不愿踏足这里半步。一来她讨厌顾开复总来这里凭吊逝去的爱妻和失踪的女儿,二来,向来强势刁钻的夏爱华在骨子里还是相当迷信,她怕陈墨变成厉鬼来向自己索命。

可是现在,她一心想向顾青逞威,之前的忌讳在此刻全都抛到了

 半岛微光

脑后。

高跟鞋踩在地板上发出嗒嗒的声响。

顾青房间的门全开,方老师正与顾青进行英文交谈。

"之前你一直说你的英文底子弱,可是我却觉得跟你交流完全没有问题。"方老师喜出望外。

为了自己的英文,向来疼她的哥哥李南时常挖苦她,后来更是想出一招——陪读。

有了李南的时刻督促,顾青想不进步都难。

想到这里,顾青的记忆里全是过去六年单纯而轻松的美好时光。

她的嘴角浮现一丝浅浅的笑。

夏日的阳光透过白色纱窗照在她洁净的脸上,双眸里的浅笑让她光芒万丈,空气里飘浮着若干细微的尘粒。在此刻,万物和谐,让人不禁想闭眼陶醉一番。

嗒嗒的高跟鞋踩在地板上的声音越逼越近。

寂静的长廊里回响着嗒嗒、嗒嗒声。

"你之前就读的高中虽然很一般,但是你所学习及掌握的知识都远远超出一般高中生的水平,是不是在此之前,你已经有过补习老师了?"

方老师对于顾青这段时间取得的优异成绩感到意外。

顾青抿嘴,嘴角又露出浅笑,"哥哥读大学的时候,常把他的功课和随堂笔记拿给我看。"

"在准备高考的同时,还能兼顾着记住这么多的东西,你真的非常棒。顾青,我原本帮你安排了一整年的课程,但顾先生最近很着急,照你如今的学习进度,从下周起,我的课程改在一三五,而顾先生安排给你的职业经理人则会为你上一些实务性的课程,就帮他排在二四六,如何?"

顾青虽不喜欢父亲为自己安排的这条路,但她知道自己肩上的责任与义务。

第五章

她点了点头。

"接下来,我会教你……"

高跟鞋在顾青的门前停了下来。

夏爱华穿着一袭宽松的红色长裙,静静地站立在顾青的门前。

她猩红的唇缓缓地向上微翘,客套地跟方老师打了招呼,就以一副女主人的姿态放话:"今天的课也该差不多了,整天上,别把小姐憋坏了。"

顾青轻轻地碰触嘴唇,"别理她。"

方老师朝夏爱华点了点头,继续道:"那不如来一节更轻松些的理论课程,我……"

"方老师,今天我的司机借给你用,让他先送你回去,明天再来。"夏爱华下了逐客令。

方老师显然没把夏爱华放在眼里,他看也不看夏爱华,"今天给顾青的课还没有上完。"

"顾家上下向来都是尊卑有别,你居然敢直称小姐的名字,作为老师的自己首先都忘了自己的分寸……"

"他是我的老师,尊师之道我们从小就学,这点我父母教育得好,不像某些人,刚一出场就失了分寸!"顾青伶牙俐齿地反击。

"你!"夏爱华的脸色被气得铁青,"我失了什么分寸,我无非是想让你好好休息!"

"我爸给我布置了功课,今天必须完成,如果你让方老师回去,那功课的事情就拜托你跟我爸打招呼了。哎呀,我差点忘了,回来之前我爸答应我,不再让你干涉我做任何事情,包括——你不可以随便进入这幢房子!"

夏爱华心里气得直痒痒,她把拳头紧握,手关节处已经泛白。

小贱人!她的心里骂。

顾青慢慢地逼近夏爱华,那张脸,洁净秀气,坚定的双眸一步步地靠近她。

夏爱华倒退了一步。

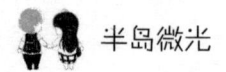 半岛微光

顾青缓缓地说:"有件事情,我忘记跟你说了,我昨晚梦见奶奶了,她跟我说……"顾青停顿住,朝夏爱华脸上徐徐吹着气。

夏爱华吓得脸色惨白,她的身体不由自主地往后仰,双手更是紧抓住胸口的衣服,眼神里充满了恐惧。

顾青徐徐地吹着气,"她说——'我好……'"

顾青故弄玄虚地放慢了语速。

微风吹拂了顾青门前挂着的风铃,风铃发出清脆的声响。

夏爱华的杏眼瞪得巨大。

"啊!爱华!我好冷!你快来陪我!"顾青扮着恐怖的鬼脸朝她嘶吼着。

夏爱华脸色扭曲,吓得转身就跑。

高跟鞋在地板上狂乱踩过,发出嗒嗒的声响。

夏树从房间里跑出来,他回头看了一眼顾青,随后追着夏爱华出去。

顾青扮着鬼脸的表情僵着,捉弄夏爱华让她逗了一时之快,但随着夏树跑出来,那仅有的快乐很快被心底的愤怒撕成了碎片。

*** ***

顾宅。

白色楼房。客厅。

夏爱华坐在沙发上,眼神空洞地盯着地板,她的双手颤抖着,时不时地用牙齿咬着手背,手背上布满深浅不一的牙痕。

夏树端着水杯递给姑姑,她突然一把抓住夏树的手。杯内的热水洒在夏爱华的衣服上,然而她面无表情,似乎毫不觉察到烫,她紧紧地抓住夏树的手。

夏树担忧地看着姑姑。

刚才听到姑姑的惨叫声,夏树立即从房间里跑出来,他看到顾青仍旧扮着鬼脸,而姑姑则失魂落魄地跑到客厅,一坐就是数小时,且惊慌

第五章

的状态没有得到半分的缓解。

"她是个疯子，树，她是个疯子！"夏爱华急促地说，"我不过是去关心她的学习进度，结果她就装神弄鬼地吓唬我！树，她是个疯子！"

夏树拍拍夏爱华的手，安慰道："放心，有我在，没有任何人能够伤害你。"

"树！"夏爱华倒在夏树的怀里大哭，"树，你要好好争气，姑姑这辈子唯一的亲人就只有你了！"

夏树紧皱着眉，用手轻轻地拍着姑姑的背。

年少的夏树在无数次痛哭时总是期望着有一双手这样轻抚着自己的背，他无数次幻想那双手来自姑姑，但是姑姑从不跟他亲近，对他有种非打即骂的疏离。而曾经给予他温暖宽慰的那双温暖的手，如今不可能再跟他有半分的亲近。而如今的这一拥抱，已然无法治愈夏树内心的清冷，它只会令他更感绝望与无助。

顾宅后院。

车子缓缓驶入车库，顾开复准备下车的时候接到了电话。"蔡董您好，是，我知道，这件事情我会向股东们负责，明天的董事会我也会详细说明情况，目前黎明达仍旧找不到下落，我已经派人在出入境处盯着。好，蔡董您放心，我会将所有的损失降到最低，是，我会尽力弥补，对不起，让您度假时还担忧集团的事情，好，再见！"

顾开复又拨了一通电话出去，"曹渊，找找道上的兄弟，让他们帮忙盯着，防止黎明达偷渡出境。还有，放一些资料给娱记，按照下午我说的去做，明天我会带他一起过去，你盯紧一点，让他们着手安排。"

挂断电话，顾开复看向女儿的房间，她的房间里漆黑一片，他抬脚走进了白色楼房。

一片乌云遮住了原本晴朗的夜空。

"先生回来了。"苏萍帮顾开复开门，并帮他脱了西装外套。

"姑父。"夏树叫道。

顾开复点点头,他走向客厅,看着夏爱华不停地颤抖,顾开复转头看着夏树,问:"发生什么事情?"

夏爱华用牙齿咬着手背。

顾开复抓住她的手,"你疯啦!到底发生了什么事情!"他转头看向夏树,"你说,到底发生了什么事情!"

"我当时也不是很清楚……"

"不太清楚?男子汉大丈夫别吞吞吐吐,有事就说!"

"我在房间看书,听到姑姑的惨叫声,跑出来看到,看到……"

"你看到了什么?!"

"青儿扮鬼脸,姑姑就……"

听到这里,顾开复的心里居然欣喜成分居多。他一直担心女儿这次回来继续被夏爱华欺负。夏爱华几次三番地找女儿麻烦,顾开复看在眼里,只是没有找到合适的时机发作,如今见夏爱华被女儿整成这样,虽说其中"被惊吓"的成分让人怀疑,但顾开复对女儿又放心了一些。

"我当多大的事情,你平时里最不信怪力乱神的,怎么也能被一个小丫头的鬼脸吓坏了?"顾开复紧绷了一天的严肃神情在此刻稍稍舒展开来。

"这六年也不知道她生活在什么环境里,一点教养也没有!"夏爱华的灵魂又回来了,喋喋不休地向顾开复撒娇抱怨,"我也是一番好意想要关心她,谁能想到她会突然来这招,还……"

夏爱华怕提起老太太又惹顾开复不高兴,主动停下来。

"你现在不宜动气,多注意休息,张医生说下周会再来看你。"

向来以顾开复为先的张锦庭如今也乖乖地听了她的话,看来利益当前,所有的忠心都会抛诸其后,夏爱华的脸上浮现一丝笑意:"没想到这么快就能好'孕'临门,我其实感到非常地意外!"

顾开复温柔地拍了拍她的手。

夏树的心头又平添了一分矛盾,他既希望姑姑能够过得幸福,又希望顾青能够快乐,他深知这二者根本不可能达到平衡,如今姑姑若真是好"孕"临门,对于顾青而言,一定不是件乐事。

第五章

"爸!"顾青从外面回来,手里捧了一把的香椿叶,"看我找到了什么,奶奶种下的香椿树。"

夏爱华的脸色愈发难看。

"萍姨!"顾青叫着。

苏萍跑出来,"小姐。"

"喏,这些给你。"顾青把手里的香椿叶全放在苏萍的怀里,"用它来拌豆腐最好吃了,我记得以前奶奶教过你,你没忘吧?"

"没忘。"

顾青开心地笑着。

夏爱华做恶心状。

夏树担心地看向顾青。

"萍姐,把它先放着,夫人最近胃口不好,这些重口味的暂时不要上桌。"

苏萍转身进了厨房。

顾青不可置信地回头看着父亲,她不满地抗议:"爸!"

"妈妈最近身体不舒服……"

一时间,所有人的表情都带着错愕。

"妈妈?"顾青的眼泪立刻涌了出来,"我妈早就死了!"

"她嫁进顾家十多年,不管是家庭和工作,她都竭尽全力去照顾,你称她一声妈妈不为过,青儿你知道吗,你失踪的这六年,每逢初一十五她都为你吃斋念佛,光是这份心意……"

顾青委屈地摇头。

夏爱华开口:"青儿,我知道一时间让你改口不容易,我不着急,开复,你也别太严肃,吓着她了。"

顾青憎恨地看着夏爱华。

顾开复说:"我只是希望一家人和睦,不要事事计较,彼此分得那么清楚!从今天起,这个家,没有姑姑姑父这样的称呼,我们是你们的父母。"他特地看向夏树,"听清楚了吗?"

"嗯?"夏树完全不得要领。

倒是夏爱华眉开眼笑道:"树这孩子就是木讷,姑父的意思是,让

你以后直接叫他爸，那我岂不是……"夏爱华脸上扬着得意的笑，她的双手轻轻地温柔地抚摸着她的肚子。

"明天我会带树一起进集团，将他正式介绍给股东，既然是进入墨复，就不要让他在公关部待着，让他直接进业务部，你看如何？"

夏爱华满意地点头。

顾青完全被这残酷的变化给弄懵了，父亲明明反对夏树进入墨复集团，这不过也才数日，就发生了如此巨大的变化，顾青简直不敢相信自己的耳朵。

顾青不解地看向父亲，"爸！"

父亲说："顾青，听话，一家人的事实无法改变……"

顾青捂住耳朵，这个家让她觉得厌恶至极，她凭什么认定顾家非缺她不可，为什么她要放弃李小北的身份再次回到这痛苦深渊？她掉头跑了出去。

她气喘吁吁地跑到后山，跳起来用尽力气朝着夜空咆哮："笨蛋！大笨蛋！你以为全世界所有的人都以你为中心！你其实什么都不是！什么都不是！"她委屈地跌坐在地上，喃喃自语地哭道，"原来我什么都不是！"

"顾青。"一个温柔的声音在她声后响起。

他慢慢地坐下来，伸出他修长的手指试图帮她擦拭眼泪。

她险些就陶醉在那个温柔声中，但随即而来的理性使她清醒，她擦掉眼泪，站起来背对着他，冷冰冰地问："有什么事吗？"

他失落地垂下手，神情有几分落寞。他问："你还好吗？"

"好，好得很，为什么不好！"她逞强道。

"那就好。"

"恭喜你，顾家大少爷，如今阴谋诡计全都如你所愿，以后大权在握，顾家的江山就都是属于你们的，相较我的好，不过是你们的千万分之一。"

"对不起。"

"收起你假惺惺的愧疚，这些全都是你跟夏爱华一手策划的，事后才跟我来句对不起。"顾青随即冷笑,"你世界里的'对不起',可能就是如此廉价,不过是随便说说!"

夏树拉住她,道:"这件事情我根本就不知情,我没想到要抢夺你的……"

"但是你分分秒秒所用的全都是我这里抢夺去的!顾家房子你待着,墨复你想要插一脚,现在连我唯一的父亲你们也不放过!"

"这是姑父自己的意思!"

"自己的意思?夏树,你还当我是十一岁,那么容易相信你?"

夏树多希望时光能够倒退,他必将奋不顾身地保护当年十一岁的顾青。

他看着顾青,那双明亮的眼睛里还盛着泪水,她的眼眶泛红,即使哭过,她仍然倔强地把自己伪装起来,从不轻易让别人看懂她的心思。

尤其是他夏树,她对他更是小心翼翼地防范,不让他窥探到她内心的失落与难过。

他多想拥住她,给她一个温暖的怀抱。

但顾青的脚步往后退了一步,夏树打消了拥抱她的念头。

他提醒:"以后不要惹姑姑。"

"算是你给我的警告?"

从决定进墨复开始,他的心时刻受着煎熬,有太多的话想跟顾青坦白,但他怕说了之后连跟顾青这样争执的机会也没有。面对顾青一次次的冷漠及言语的挑衅,夏树都一再容忍。可是此时此刻,他明知顾青心里有无限委屈,却连拥抱她的勇气都没有。

夏树恨透了自己的懦弱。

他暴躁地吼道:"为什么你要曲解别人的善意!为什么不能正面地看待问题!如果今天你没有惹她,她不会表现出那么害怕!今天的事情根本就不会发生!"

他果然对自己失了耐性,顾青苦笑。

见顾青还笑得出来,他失去理智地握住她的肩膀,"所有的事情都

 半岛微光

与你息息相关！我只是想拜托你，以后离我们远远的，再不要招惹我们！只要你不去惹姑姑！我一定能够保你……"

顾青咯咯直笑。

夏树停下来。

"你笑什么？"他疑惑地问。

"应该是你们离我远远的，不要招惹我。夏树，你弄清楚，我原本在这里过得好好的，是你们硬要挤进来，是你们弄乱了我的生活，为什么到头来你一副老好人的姿态？"她呵呵地笑，"你说要保我什么？一辈子喜乐？一辈子前程似锦？一辈子衣食无忧？一辈子平平安安不会遭人设计陷害？"

夏树被她问得语塞，情急之下脱口而出："姑姑怀孕了！"

顾青沉默了。

这个消息来得太突然，太震撼，顾青只觉得自己的脑袋被别人拿着木棒重重地敲击了无数下。

她觉得眼前冒着星光。

"姑姑怀孕了！"

她一直以为自己从噩梦中醒了，现实告诉她，根本就没有醒。

这是一个噩梦的延续！

"她是我的姑姑，但是这么多年来，我对她所做的事情并不完全认同，尤其是对你做的那些事，顾青，我希望可以倾尽全力地帮助你。"

顾青的锋利光芒已经被这个消息全部弱化了，此刻，她的战斗力归零，眼神空洞迷茫地看着前方。

她看不到她的路。

"以后，你别再跟她起任何的冲突，我真的很担心她会再出手对付你。你放心，我进入墨复，一定会帮姑父，做好自己的分内事。"

顾青失魂似的下山。

她什么也听不到。

顾宅。

第五章

红砖墙房。

顾青的房间。

顾开复帮她把小夜灯打开，微弱的灯光虽不能照亮偌大的房间，却不会让顾青感到孤单无助，它能指引顾青找到电源的开关，这也是顾开复所期盼的。

今天，有关夏树身份的消息一出，加上黎明达刚投标买下的地皮，两者在股市发酵，仅仅一天，墨复集团的股票就下跌了7%，若他再不出手为此事件止血，他多年来打造的顾氏江山将很快瓦解。

他兵行险招，但必须一试。

有心人逼得他无路可退。

而这个"有心人"，他已经知道是谁，可是现在，除不得。

他只希望由自己教训顾青，好过顾青再受别人刁难，而他也希望顾青能够发奋努力，只靠着微弱的光芒，也能够找到明亮的出口。

顾青能明白吗？

顾开复忧心不已，他缓缓走回白色楼房。

顾宅。

红砖墙房。

顾青的房间。

她打开房间的门，摸索着想要找开关，却见房内点着一只星星造型的发出蓝色光芒的小夜灯。

她知道父亲来过，但她无法谅解父亲，顾青伸手关掉了那盏小夜灯。

夜色。

一团乌云仍遮住月光。

顾宅笼罩在一片灰暗之中。

*** ***

 半岛微光

清晨。

墨复集团。

一楼大厅,曹渊以公司发言人的身份举行了一场新闻发布会。

主题围绕夏树的身份,以及未来公司对夏树的栽培及期许,十五分钟,在发布会即将结束之时,镜头拉向墨复集团的大门,顾开复带领夏树缓缓走入。

夏树身着黑色西装,配上细长的领带,帅气且随性,衬出了他文静的书卷气,他安静地跟随在顾开复身后,脸上始终带着笑容。身后的闪光灯一路追随夏树,照得夏树更是光彩夺目。

如今一切已成定局,只要夏树愿意归顺自己,看她顾青还能逞几日的威风!

夏爱华高兴地看着电视里帅气的夏树,以至于手机响了第三次才听到。她看到号码,微微地皱了皱眉,最终还是接起来。"你也看到电视了?我警告你,不准动任何树的心思,不可以!绝对不可以见他!我昨天太忙,忘记把钱汇给你,我今天就去!该属于你的,我一毛都不会少给你!什么?"夏爱华的脸色大变,"你!蠢!谁让你自作主张了,这件事情完全是我自己的主意,我没有让你插手管我的事情!你这样会害死我的!"夏爱华把手机摔向墙面,骂道:"浑蛋!"

她气得浑身颤抖,但很快,就调整了自己的情绪,她捡起地上的手机,往唇上涂了猩红色的口红,拎着包走下楼。

"夫人,您要出去?"

"是,去银行办点事情。"

"张医生约了您早上十点去他诊所。"

夏爱华点了点头,"知道了。"

她开着红色跑车疾速驶出顾宅。

墨复集团。

曹渊敲了门后直接进入,"先生,照您的吩咐,把关于夏树的所有资料全都交给了娱记,我相信这次不会有任何问题,股市开盘后虽然走

第五章

势下跌，但得到内部消息，股民们的心总算平稳，陆续有人大量收购我们的股票。"

顾开复放心地点了点头。

"还有件事情……"曹渊小心地观察着顾开复的神色，"找到黎明达了。"

顾开复来了精神，"让他进来，我希望这件事情由他一五一十地向我解释清楚！"

"他……他死了。"

顾开复不敢确定地问："什么？死了？"

"是，昨天夜里警察局打电话给黎太太，让她去警察局认尸，目前警方判定是从高空坠楼而死，死因还在调查，至于是自杀还是他杀，结果还没有出炉。今早黎太太打电话来公司，电话正巧是我接的。"

怎么会？！黎明达做事有野心，若他真想从这块地皮谋利，他应该早就为自己做足了打算，依顾开复对黎明达的了解，他不像是会跳楼轻生的人。

"有结果之后我会随时向您报告。"曹渊说。

顾开复点点头。

曹渊仍旧站着。

顾开复看着他，问："你还有事？"

"先生真的打算安排树少爷在业务部？"

"有什么问题？"顾开复反问。

"先生这次的做法是为了保住墨复，才会让树少爷的身份这么快地浮出水面，止了外面的流言蜚语，这点在情理之中。但树少爷没有经验，就这么把他安排在业务部，会不会？"

"与其让她日后处心积虑地调动关系让树进入业务部，我何不一开始就遂了她的心意，也好让她少些防备。跟张医生说，就说我什么都不知道，让他听从她的安排和指示，我很想看看，接下来，她会走怎样的棋。"

"小姐那边，会不会误会？"曹渊想得周到。

"我何尝没想过？但是她也该长大了，虽然让她现在来接手太早了些，但，她的身份让她无从选择，如今不论是你还是我，都没有退路，何况是一开始就决定让她接班墨复的？她的压力我可想而知，但……"顾开复无奈地耸耸肩，"除此之外，我想不到更好的办法。"

曹渊点头认同。

"树还习惯吗？"

"是，他在车队的时候也时常受闪光灯的眷顾，所以应对媒体从容自如，先生不必担心。至于工作，相信他很快就能上手。"

顾开复点头。

"没其他的事情，我先出去工作了。"曹渊退出去。

诊所门口。

夏爱华坐在车内拨了一通电话，"钱已经汇了，我都说了其余的事情不需要你操心！叶德你给我记住，你管好你自己的事情就好！关于树的事情你想都别想！"

她的双手砸向方向盘，汽车的喇叭发出尖锐的鸣笛声。

夏爱华拔下钥匙走进张锦庭的诊所。

"夫人，这次我帮您做一次全面的检查，仍旧没有显示您怀孕。"

怎么可能？她的胜算全在这一局，她不容许在此时出任何的差错！

她努力平复自己的情绪，道："张医生，谢谢你昨天跟先生说的那番话，对，我这个月可能不会怀孕，但不代表我以后都没有机会，是吧？"

张医生露出尴尬的笑。

"下周之后，由你直接告诉先生，我怀孕了。"

张医生摇头，道："不可能，不可能的。"

"有什么不可能，你想要多少钱，我都付得起！你帮我撒这个谎，你想要任何东西我都答应你！只需要你帮我延一个月的时间，我会好好调理身体！"

张锦庭为难地看着她，道："夫人，这种事情最好是顺其自然，它

第五章

瞒不了太久。"

"我有把握,如果实在不行,放心,我有的是办法,到时候你尽力配合!"夏爱华说完,从包里拿出一本支票,她撕了一张递给张锦庭,"这是一张没有限额的支票,后面的零由你自己去填,全看你的胆识和勇气!"

张锦庭把支票推了回来,"无功不受禄,如果哪天夫人真有了喜,让我吃点喜糖沾沾喜气就好。"

夏爱华的嘴角露出一丝不易察觉的笑,她只恨时间过得太慢,不能让她即刻除了顾青。

但,她深知心急成不了大事,更何况她现在已经想到如何扳倒顾青的招数。

小贱人,你等着!
夏爱华的眼神露出狠光。

大簇的乌云笼罩山顶,雷声轰隆作响。

*** ***

大风吹动顾青房间的窗帘,一下一下,从不停歇,就像顾青今天的心情,从上课到现在,她丝毫不在状态,借着要下暴雨的缘由,顾青让司机送方老师回去,一个人傻傻地对着滚动播放的新闻。

顶着墨复集团接班人的光环,夏树刚出场就闪耀夺目,无数的闪光灯对着他,夏树表现得从容自得。若非他姓夏,顾青都想为他拍手叫好一番,可惜……

顾青紧皱着眉。

据媒体的报道,这位夏树非同凡响,是墨复集团总裁的养子,且与总裁的亲生女儿情同兄妹,集团原已属意夏树为接班人,而赛道的翻车意外无疑是此事的催化剂。之前的种种报道如今似是揭开谜团,根据财

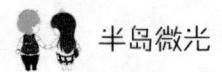 半岛微光

经报统计,在曝光夏树身份的前后,墨复集团的股价扭转了原本的下跌趋势,如今股市不跌反涨。新闻台正在播报股民对于投资墨复的信心,顾青关掉电视。

外面狂风大作,山雨欲来,顾青打电话叫了出租车。

她换上初回顾家的衣服,从后门离开了顾宅。

墨复集团。

曹渊匆匆走进来。

"调查黎明达的事情不会那么快有进展,不着急,总会有结果。"顾开复翻着手边的文件,语气沉着淡定。

"先生,小姐不见了。"

顾开复的手猛地停下来。

"小姐说她没有心情上课,方老师才去没多久就让她打发回去了,还是老吴亲自送方老师回去的。老吴回去后担心小姐,就去看看她,结果……"

"其他人也不知道她到哪里去了?"顾开复的脸上写满了担忧。

曹渊摇头,道:"当时快下雨,佣人们都很忙,没留心小姐出门。苏萍去小姐的房间看过,给她新添的所有衣服都还在。"

"让你那些道上的兄弟着手找找。"

曹渊点头,匆忙地准备退出去。

"等等!"顾开复叫住他,"帮我把今天的会议全取消,车钥匙给我。"

"先生,您想去哪里,我开车送您。"

顾开复摆摆手,道:"青儿回来这么久,我没真正地陪过她一天,我……"顾开复的眼眶泛红,"我有责任去找找她。"

曹渊点点头,把钥匙交给了顾开复。

顾青在百货公司门口下车,她想带一些礼物回李家,她看到百货公司的化妆品专柜正在做活动,她走向专柜挑选化妆品,竟意外看到夏

第五章

爱华。

夏爱华神情紧绷,穿着高跟鞋匆匆地往前走。

顾青认识夏爱华这么久,也只在上回夏树在赛道发生意外时见到了夏爱华的局促和狼狈,见她神情如此古怪,顾青放下手里的化妆品,也匆匆地紧跟着夏爱华。

夏爱华一路小跑,顾青步步紧跟。

夏爱华穿过一条长巷,顾青尾随其后。

夏爱华的手机响起,她对着手机失了风度地朝着来电人嚷嚷了几句,跺了跺脚继续往前走。

夏爱华在一间酒吧前停下来,她来回张望。

顾青躲在对街的石柱后面。

一个长发男人走出来,夏爱华把他往酒吧里推,顾青穿越马路站在了酒吧门口。

长发男人突然折出酒吧门口准备关门,情急之下的顾青竟愣在门口,脚步完全不听使唤。

长发男人朝她一步步走来,顾青低着头不敢动弹。

突然,她的身体被一股巨大的力量从酒吧的门口拉开,她能感觉自己被一双大手紧紧地抓住,对方紧紧地攥着她的手,绕进长巷的时候,顾青抬脚准备踩向对方,谁知对方用力地扳住她的手,顾青疼得嗷嗷直叫:"你是谁?放开我!"

对方松开了她。

顾青看着被对方勒得发红的手腕,气得用白眼瞪对方,"你这是想救人还是想杀人!"她的视线看到对方的脸后立刻没有底气,"爸,爸爸。"

"上车再说!"顾开复推搡着她上了车。

顾青虽然不情愿,但也没有反抗,任由父亲为她系上安全带。

车子在马路上飞速疾驶。

一路上,父亲始终沉默,只是那双眉越锁越紧。

 半岛微光

暴雨倾盆而落。

车子在山路上行驶。

路边的风景让人产生错觉,似乎只有车子在不断地前行。

父亲的表情愈发严肃。

顾青紧张地握着安全带。

顾宅。

红砖墙房。客厅。

顾开复坐在沙发上盯着顾青,道:"你不在家,我放下公司所有的事情去找你!李家没有!学校没有!甚至,你都没有去墓园看你妈妈!你告诉我,你干什么去了?"

"我原本打算回家……"

"这里!"顾开复重重地拍着桌子,"这里,这里才是你的家!你记住,你是顾青!不是什么李小北!你既然选择了回来,就要安安分分地待在这里!"

"可是我也有情绪也有思想,你真以为能把我一辈子绑在这里?"

"我没有绑,这是我们当初的协议,你答应我说要回来!"顾开复板着脸,"答应别人的事情就必须要做到!"

母亲去世后,顾青就曾无数次与父亲发生这样的争执,但都不及这一次。

父亲额头的青筋突出,拳头紧握,他用力地捶着客厅的茶几,一双瞪圆的眼睛几乎快要喷出火,顾青在父亲愤怒的眼睛里看到自己微弱的身影。

她哭着说:"或许我根本就不该回来!"

"躲!那是我姓顾的孩子应该有的担当吗?躲!你以为你能躲得了多少年!"父亲暴跳如雷地斥责顾青。

顾青委屈地掉着眼泪。

"是我顾家的孩子,就应该勇敢无畏地站出来!"

"我觉得我能够重新回来,当作这所有的事情都没有发生过而回来,我一直以为那是勇敢,原来在您的眼里什么都不是!我甚至连最基

本的'勇敢无畏'都不具备!"

"勇敢?无畏?你是怎么理解的?"父亲看着她。

"我知道奶奶的死因并不单纯,所以我答应您会回来,我发誓要还给奶奶一个清白。"

"混账!我什么时候让你插手管这件事情?我让你回来,是因为这一切都是属于你的,而不是让你带着仇恨的心回来,更加不是让你有心机地去抢夺这一切!这一切!不需要你去抢,它原本就该属于你!"顾开复指着顾青,"我不管你查到了什么,怀疑了什么人,你都给我住手!"

顾青倔强地扭过头。

顾宅。

夏爱华停好红色跑车,下车的时候,她无意一瞄,看到了顾开复的专用车居然停在那幢房子门口。

她好奇地张望着。

园丁端着一盆花路过,夏爱华叫住他,问:"先生什么时候回来的?"

"刚带着小姐一起回来。"

"知不知道发生了什么事情?"夏爱华的眼睛还看着那幢房子。

"不太清楚,但听到他们两个人在吵架。"

吵架?

虽说在外磨炼了六年,但顾青任性的大小姐脾性怕是一点也没改。

夏爱华笑了笑,扭着腰走向了那幢房子。

顾青看着父亲道:"您明知道奶奶的死因不正常,而且也着手调查这件事情,为什么还不允许我查下去?"

"我还不需要你教我怎么做事!"

"还是,您早就知道了真相,只是一味地偏袒我们所怀疑的人,您也怀疑她,对不对?"

顾开复看着顾青,道:"我现在的要求,除了希望你顺利接管墨复

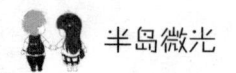

之外,我更希望你平安、开心。"

"查不到真相,不能还奶奶一个清白,我没有开心的理由,更没有享受开心的资格!"

"这件事情到此为止!我不会允许你再继续查下去!你不需要以你的偏见去衡定一个人在你内心的标准,更不需要把每个人都想得那么有目的,今天的事情,我希望是第一次,更希望是最后一次!"

顾青冷笑道:"她是我奶奶,是您的亲生母亲,知道她死得不明不白却又放任不管!还有,墨复集团是您和妈妈一手创办的,如今不但要拱手让人,还……"

顾开复的双手放在顾青的肩膀上,道:"相信我,我会把所有的事情调查清楚,如果我知道是谁犯了错,我不会轻饶他们,你要用心读书,我能给你的时间不多,青儿……我……"

顾青被父亲说得有些动容。

顾开复的视线突然飘向了门外,顾青犹豫着正要转头向外看,就被父亲突如其来的一个巴掌打得眼前冒星星。

啪!

那个巴掌清脆,落在脸颊生疼。

顾青的身体踉跄地向后倒退了好几步,白皙的肌肤立刻显现五个明显的巴掌印。

她一脸无辜地看向父亲。

父亲看着她,怒道:"我说过,从此之后,在顾家没有姑姑和姑父这么见外的称呼!夏树都能改口叫我一声爸,你叫她一声妈有多难!这些年来,她真心为顾家,我看在眼里,也清楚了解她的本性!"

顾青几乎快要认不出父亲,她倔强的眼神直瞪着父亲,眼泪怆然而落。顾青头也不回地跑回了房间。

顾开复保持扬起的手势停在半空。

客厅的落地玻璃中折出夏爱华得意的笑容,她并未进入这幢房子,她悄悄地向后退了几步,心满意足地转身走进了白色楼房。

顾开复松了一口气,顾青摔上了门,他刚舒展的眉又皱成了一团。

第六章

暴雨交加的午夜。

李家外传来沉闷的敲门声。

临门而住的李南听到动静后起身,打开门,看到浑身湿透虚弱无力的妹妹李小北。

"哥。"她的手抓住李南的衣襟,身体无力地靠在李南的身上。

"小北!"李南轻轻地叫着她。

"哥,我没事,别吵醒爸妈。"

李南点点头,他扶着妹妹进了他的房间。

她靠在床边,身上穿着李南的白色T恤,李南端着红糖姜茶走进来,刚想打开电灯就被妹妹制止,"哥,我最近看书太多眼睛疼,怕光。"

李南听了妹妹的话,他眼神里带着心疼,话里却毫不留情:"下着雨,谁让你大半夜地跑回来,感冒了看你怎么办,快,把这碗红糖姜茶喝掉。"

她调皮地吐着舌头,"谢谢哥。"

李南拿着吹风机坐在她身后,帮她把头发吹干,最终忍不住问:"今天下午,你有没有去过市区?"

她摇头否认:"怎么了?"

"看到一个人,长得很像你,但,她被一个男人强行拖上了车。那个男人,看起来挺稳重,应该事业有成,开着名贵的车,我……"

莫非李南全都看到了?

她矢口否认:"你一定是认错人了,我才不要什么名贵的车,还有,我最近准备上夜校的事情,休息的时间已经少得可怜。"

 半岛微光

"看你的样子也是没休息好,咦,你有黑眼圈?"李南定睛看着李小北。

她摇了摇头,长发遮盖了她所有的神情与情绪。

李南见妹妹累了,从衣柜里又拿出一只枕头,"我去客厅将就一晚,李小北你给我记住,你再不赶紧睡明天还是这副憔悴样,你就死定了!我可不想让爸妈总心疼你!"

她心头一暖,泪水在眼眶里打转,她撇嘴,装作满不在乎道:"知道啦!"

李南重重地敲着她的头,抱着枕头走出去。

顾青躺下,抱紧棉被,她嗅到温暖的家的味道,眼泪无法抑制地委屈地流个不停。

李家客厅。

李南躺在硬硬的沙发上翻来覆去的难以入睡。

六年前,亦是这样的雨夜,李小北毫无预兆地走入了他的生命,这些年来,虽然他与李小北以兄妹相称,但他总觉得自己对小北的情感,又不仅仅局限于兄妹之情。

他似乎喜欢上这个单纯美好,笑起来甜甜的,美丽却又有些天然呆的李小北。

今天下午,他在市区看到一个与李小北相似的女孩上了另一个男人的车。

他的心里非常不是滋味,他追着那辆车跑了好几条街,直到大雨彻底浇灌了整座城市,也浇熄了李南对于李小北的种种揣测。他停下来,尽管浑身湿透了,却还笑得出来。

他笑自己多心,笑自己对于李小北的不信任,更笑一场意外竟让他看清了自己的心。他比想象中更爱李小北。李南笑了笑,他拍拍自己的脸颊,紧抱着枕头闭上了眼睛。

清晨。

天蒙蒙亮。

第六章

李南听到了开门的声音,他一个激灵跳起来,打开房间,房间里空无一人,他又冲去楼下。

"小北。"

高挑的身影犹豫了几秒,非但没有转身,反而愈走愈快。

"小北!"李南紧紧地追着,"小北,你还好吗?发生了什么事情?小北,你等等我!"

她伸手拦了一辆出租车,搭车离开。

李南疑惑地看着渐行渐远的车子,他的手机发出嘀嘀的声响。

"哥哥,昨晚谢谢你,我只是很想家,很想你。今天要上早班,再不走就来不及了,迟到就会被小气的老板扣除全勤奖。哥哥,加油!我周末回来看你!——小北。"

李南笑了笑,他按着键盘给她回了条短信。

"你比老板更小气,不过看在你大老远地跑回来看我的分上,这次饶了你,但,下不为例。还有,罚你本周回来吃哥做的红烧肉和鱼汤,不胖个五斤不准回去!——哥哥。"

顾青破涕为笑。

昨天跟父亲发生冲突后,她觉得气愤难平,一时冲动从顾宅跑回李家,她原本想在那里安稳地住上几天,但顾青知道自己的心是难安的。

尤其在今天早上,她看到镜子里自己肿起的半边脸,更是难安。

父亲的这个巴掌提醒着她必须回来面对现实,也让她知道,自己不能予取予求地再从李家索要无度。

光是李南的那字字句句的温暖,已经让她觉得奢侈了。

*** ***

顾宅。

暴雨袭击这座城市一天一夜,直到现在还没有趋缓的势态,它席卷而来,连同暴风将楼房外面的大部分绿色植被全部掀掉。

天气像是读懂了别人的心事,总在顾青最难过最失意的时候让大雨

 半岛微光

倾盆而落。

夏树整夜未眠。

昨晚,他从萍姨那里得知顾青与姑父发生争执,还挨了姑父的一记耳光,虽然姑姑加以制止,不许萍姨继续说下去,但夏树能明白顾青心里的痛。

那一巴掌,落在顾青的脸颊上,又何尝不是落在他夏树的心上。

他去敲顾青的房门,但顾青把他拒之门外。

夏树很想在此刻抱抱顾青,哪怕,就一下。

他还在敲着门,长廊里传来细微的声响,他回头,看到顾青从长廊的远处朝自己走来。

顾青穿着宽大的白色T恤,瘦窄的牛仔裤,头发有些潮湿,眼睛亦是湿漉漉地泛着红。她面无表情,根本就没把他放在眼里,她从夏树的身边缓缓走过,径直推门进入房间。

"等等!"夏树拉住了她的手。

她的手冷冰冰的,她缓缓地回头,白皙的皮肤上还清晰地留着红色掌印,她阴沉漆黑的眼珠逼近夏树,"请问,有事吗?"

她的语气,同样是冷冰冰的。

他们之间俨然隔了一条巨大洪流。

"你,昨晚去哪了?"他问。

"你是谁?我去哪里,有必要向你交代吗?"

夏树的心如同被剐了一刀。

"你好吗?"他的心疼疼的。

"好,好得很。我必须好好地活着,把你们欠顾家的债,一点一点讨回来!"

阴沉漆黑的眼珠,冷漠却铿锵有力的话语,把夏树击溃了。

夏树的手一颤,"你知道了什么?"

顾青什么话也没说,她关上了门。

第六章

夏树原想敲门问个究竟,他的手抬起来,却无力落下去。

顾青知道了什么?

他感到惴惴不安。

他从顾青的房间离开,刚一转身,就看到姑姑如针芒一样的眼神瞪着他。

"如今你已经顺利进入墨复,以后少跟她来往!"姑姑发出警告。

夏树不发一语。

"树,你清醒一点!别这么失魂落魄的行不行!"夏爱华数落完,又换了另一种语气,"我本来只想把你安排在公关部,没想到他够果决,直接把你安排在业务部,你知道,那等于公司的命脉,看来他已经对我们完全戒了防备,只要我们稳中求胜,不出三年,我保证,墨复是属于我们的。"

"是属于你的。"夏树转身进房间。

夏爱华跟在身后哄着:"怎么会是我的?我今天所作所为不都是为了你……"

夏树皱着眉,他烦躁地将西装外套脱掉砸向床,"为了谁,姑姑您最清楚!"

夏爱华被夏树反击得下不了台,她一时发愣看着夏树。

夏树低吼着:"这些年来,我生不如死,我晚晚都闭不上眼睛,好不容易盼着她回来了。姑姑,我从不想害人,我只想平静安稳地度过此生。我不要所谓的荣华富贵飞黄腾达,我只想有属于我自己的空间,小小的,无拘无束!"他低头呜咽,委屈得像个孩子。

"熬过这三年,我会给你这样的生活,只要三年,树,相信我,这三年我绝对不伤害她!"

夏树抬头望向姑姑。

"我发誓,我非但不伤害她,我还要保护她,过了这三年,当所有的事情尘埃落定,我为你们制造机会,你用余下的大半辈子去修复与她

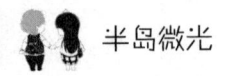

之间的关系,我,我会为你祝福,真的,树,你信我!"

夏树摇摇头。

十年前,她也曾经这样承诺过,结果,还不是趁着他失去了防备之时逼着顾青离开。

他苦笑道:"有件事情,我一直想问,六年前,你究竟跟她说了些什么,是什么阻隔着我与她之间的关系,让我们始终不能亲近?"

"你以为,我会跟她说什么?树,我一再地告诉你,在目的没有达到之前,你与她的过分亲密只会害死我们!有件事情,我必须再次提醒你!那就是夏家与顾家的仇恨!你背负着仇恨的种子,并为此已经承担了身为夏家人的责任,你有必要……"

够了!他捂住耳朵。

这些年来,他每反叛一回,她就必将他不堪的往事在他的耳边重复一遍,且每一次情节渲染都恰到好处。

她抓到了自己的软肋。

他甘愿一次次地屈服。

包括,这一次。

夏爱华准备帮他把西装重新套上,夏树觉得那是为自己强行披上布满刺的战袍,提醒他不得再对旧事旧人眷恋半分,否则只会两败俱伤。夏树怕,怕有一天这件战袍再也脱不掉,与自己融为一体。

他憎恨自己身上流淌的每一滴血。

他拿过西装,头也不回地走了出去。

*** ***

一周后。

顾青拎着大小礼盒回到李家。

母亲心疼地拍着她的背,道:"小北,孩子,在外面吃得饱睡得好吗?看看,你都瘦了,这些东西要花不少钱的,一会儿你去退了。"

"不用,就是买给你们的。"

第六章

"不行！我原本就不赞成你出去工作赚钱，可是你总说想自食其力自己工作，高考结束后就没回来过……"母亲眼眶泛红，"胖婶什么都跟我说了，说你想靠自己的能力读夜校。小北，你哥今年大学毕业，他是男子汉，有能力一肩扛起家庭的所有责任，你，你回来，再不济我继续卖菜也要供你读完大学。"

"妈，我现在其实挺好的。"

"好什么，你看你瘦得……"

"妈。"顾青欲言又止。

她对着疼爱自己的这家人隐瞒自己的身世长达六年。

她对于过去的事情一刻都不曾忘记。

但此刻，面对如此温馨的场面，顾青没有勇气说出口。

她生怕说了，自己唯一的避风港也在瞬间消失。

那，她以后需要去哪里充电，补满自己的战斗力重新回去面对那些虚伪的人？

顾青闭上眼睛，她狠了狠心，上前抱住母亲道："妈，我肚子饿死了，可以吃饭了吗？"

"南，你饭煮好了没有，妹妹肚子快饿扁啦！"母亲牵着她的手坐上了餐桌。

"小北，你的战斗力明显不足！"李南把鸡腿夹到她的碗里，"知道你今天会回来，我早上六点半就杀好了鸡，细火慢炖了这么长时间，怎么样，够意思吧？"

顾青点点头。

"你以前是食肉族，别学着身边的人减肥，你看看你，瘦胳膊瘦腿的。"

平日里李南惜字如金，只是不知道当李南遇见了李小北，他的话怎么会那么多。

这餐饭，在李南一句又一句的叮嘱声中结束了，顾青抢着洗碗，没想到母亲抢着拿碗进了厨房，李南则拉着她的手臂硬是把她拽回了

房间。

李南端详着她,"李小北,我发现你今天不大对劲啊!"

她慌张地把头发顺向耳后,故作若无其事地捶向李南,"你说什么呢!"

"喂喂喂!刚才我还只是不确定,但现在我百分百肯定,你有事情,而且此事不小!"李南言之凿凿,"每回只要你撒谎,你的惯性动作就是这样。老实交代,你到底有什么事情瞒着我们?"

李南靠得很近,他的身上还有开饭前的啤酒香,他笑着挠妹妹的痒,"到底是什么事情?"

要是以前,她会跟着李南一起没大没小地嬉闹,但李南的问题太现实,太直接,太让她无地自容,她猛地推开李南,"能有什么事情,我这么大的人了!"

"该不会是……"李南又贴近她,"你知道我们家处理事情的原则,坦白从宽!"

情急之下的顾青指着李南说:"总说我有问题,你才大大有问题!李南,你退后!再退后!"

李南立刻竖起手,身体紧贴着墙壁向后挪了好几步,他一脸无辜地问:"我没什么问题,不过是……"

"我很好,真的,我觉得现在的自己很幸福,生活无忧,平安喜乐……"

原来所谓的幸福是如此的简单,没有尔虞我诈,没有算计。

顾青怔了几秒。

李南伸长手臂在她面前挥动,见她还没有反应,李南上前抱住她道:"小北,没事儿。如果你真觉得外面太辛苦,你就回来,这是你的家,永远都是。"

"哥。"她的泪又掉下来,"如果我做错了事,向你们撒了谎,你们能原谅我吗?"

"做错了事?"李南想要松开她问个清楚。

顾青把他抱得更紧,"我只想问,你们会原谅我吗?"

"原谅!做错千件万件都原谅你!"李南豪言壮语刚说完,就笑着

第六章

问,"说说,你到底做错了什么?"

顾青摇摇头。

"你该不会真学那些人,偷偷减肥吧?"李南装成大人的架势,双手叉在胸前"盘问"着她。

顾青推了推他,说:"你别没事装老成!"

"你哥哥我现在大学毕业,即将踏上社会,有资格装老成了,再说,刚才妈都叫我男子汉了,这家我有扛起来的责任。小北,你别那么辛苦地读什么夜校的,干脆回来,你今年高考的成绩不错,我觉得你学语言不错,或是去师范学校……"

顾青打断他,"哥,我自己的事情自己能作主,你能不能别老替我规划。"

"刚才做错事还一副委屈样,现在就成了女强人。小北,哥可不想你将来成个企业的管理者,事业上的女强人并不适合你!"

顾青的神情有些落寞。

母亲边擦手边走进来,说:"你也别瞧不起你妹妹,说不定她也有管理者的风范。你还记得六年前她刚到我们家,做事情有规矩有条理,顺带着帮你把很多坏毛病都给改掉了,光是教你餐桌上的礼仪,就不知道浪费了她多少时间。"

"这么说来,小北的前世可能是哪个贵族家的千金小姐。"李南捏着下巴做沉思状。

母亲也一脸陶醉地沉浸在幻想中。

顾青连忙拉着他们的手,说:"拜托,别瞎想了,我呀,现在最喜欢的名字就是李小北,李小北李小北李小北!"

三个人相拥着发出爽朗的笑声。

向来不善言辞的李南的父亲站在不远处,吐着烟雾,嘴角也浮现出淡淡的笑意。

在李家待了长达八小时,母亲挽留顾青留下来过夜,顾青点头答应,她找个时机回房间想给司机老吴打通电话,让他别继续等着自己先回去,谁知道电话还没拨出去,老吴的电话就来了。

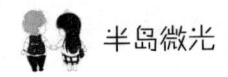 半岛微光

顾青按了接听键。

"小姐，我们差不多该回去了。"

"谢谢你今早送我过来，但是我今晚不想回去，我想留下来。"

老吴焦急地道："那怎么能行，小姐，当初您跟先生约定好了，自此后不会再回李家，而且李家下个月就会搬新家，这是多两全其美的好事儿。小姐，实话跟您说了吧，早上带着您出门，其实我跟先生撒个了谎，我没提您是回的李家，如果您要我自己回去，我可是提着脑袋回去。"

老吴在顾家工作近二十年，对父亲一直都忠心耿耿，顾青从小都是以吴爸直接称呼他，见他说得这么可怜，顾青想想自己如今的身份，她的确该顾大局，不能再随着自己的任性平白去害了其他人。

"五分钟后，公寓门口等我。"

顾青深呼吸，脸上带着笑意地开门走出去，道："爸妈，今晚我可能待不了，刚才组长打电话给我，我们那条生产线有了新订单，我得回去加班。"

"不赚这个加班费行不行？"母亲不舍地拉住顾青的手。

"妈，再加个班，我又能存一笔钱，大学的费用就全都凑齐了呢。"顾青笑着说。

父亲从口袋里拿出一沓钱塞给顾青，道："我们这个家，如今总算是苦尽甘来，不需要你贴补家用，这些你拿着，一个人在外面，要好好照顾自己，我们有时间去看你。"

"不，不用的，我现在住在公司里，不方便其他人进去看。"

"你到底在哪里工作？"李南问。

情急之下的顾青脱口而出："墨复。"

"你是说S市的龙头集团？他们旗下也有工厂？"李南打破砂锅问到底的精神又出来了。

顾青管不了那么多，只能不断点头。她把钱放回父亲的手里说："爸妈，哥，我真得走了，再不走来不及了。"说完一溜烟地跑出去。

母亲泪眼汪汪地看着李南说："南，你看你妹妹，这么小又那么瘦，我真是不想她一个人在外面这么辛苦，如今我们家的坎儿都过了，不用她那么辛苦，下回她再回来，你帮我劝劝她。"

李南重重地点点头。

母亲突然冲回房里拿了一个袋子出来塞给李南说:"看我这记性,快,这是我给小北买的新衣服,你帮我拿给她!"

李南接过袋子一个箭步飞奔出门。

公寓门口。

"小姐。"老吴替顾青拉开了车门。

"谢谢。"顾青弯腰坐进车内。

她捂住脸,希望自己内心对于李家的眷恋及种种都逐渐淡去。

李南追到公寓门口,看到熟悉的身影坐进了奔驰车内。

他追上去,李小北的声音在耳边回响——

"如果我做错了事,向你们撒了谎,你们能原谅我吗?"

他的动作突然静止了。

他呆呆地看着那辆名贵的车,载着他心爱的女孩消失在车海之中。

*** ***

顾宅。

顾青下了车刚想回房间,就被曹渊叫住,带进了白色楼房。

白色楼房。客厅。

顾开复坐在正中央的沙发上,夏爱华则懒散地斜躺着,怀里搂着那只发福的波斯猫,夏树在夏爱华的身后静静地站立着,见顾青来,顾开复轻咳了一声,"今天叫你过来,有件事情想跟你说,你妈妈有了宝宝。"

顾青格外平静。

对于顾青的表现,顾开复和夏爱华感到惊讶。

顾开复说:"我知道这件事情让你一时间难以接受,但是青儿,我

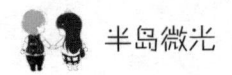 半岛微光

想你明白，我们可以做和睦的相亲相爱的一家人。除了这件事情想让你知道，还有件事情，我想，让你跟树都搬来这边住。"

顾青一口回绝："我在那里住得挺好的，不用了。"

"这两幢房子隔得不远，中间又有条走廊，但有时候跑来跑去的始终不方便。再说，那幢房子也太久了，早几年就时常有漏水现象，一直找人来修补，但都是治标不治本的方法，干脆，你们过来，那边空置着当成仓库。"

"我的房间很好，从来也没有漏过水，我住得习惯，也不怕麻烦。"

"你如果真那么喜欢，也行。"

夏爱华有些坐不住，她微微挪了挪身体。

顾开复又说："那就把原先的房子拆了，再盖幢新的！"

顾青不敢相信这番话出自父亲之口。她看着父亲道："那幢房子是妈妈亲手设计的！怎么能说拆就拆！你以为拆掉再盖起来的，还会是原先的那一幢吗？"

"有什么不可以，找个设计师来，照那个盖幢一模一样的，别说是一幢，就是一百幢，我也盖得出来！"顾开复的语气很强势，"你什么都别说了，苏萍，明天就把小姐的东西全都搬到这边的客房，让她住在二楼书房的隔壁！"

苏萍点点头。

夏爱华漫不经心地抚摸着波斯猫。

顾青原想反击，但看着父亲一副早已决定的架势，她忍了下来。

顾青恨恨地看着在座的每一个人。她控制住自己的眼泪，她不想再让这帮人看到自己的脆弱。

她掉头走出了白色楼房。

顾青觉得自己站在黑暗深渊的边缘，只要稍稍不慎，她就会跌得粉身碎骨。

而这些，是多少人翘首期盼的结果。

她不允许自己这么快就认输。

第六章

而她不知道，与夏爱华的交战，才刚刚开始。

三天后，顾青接到李母打来的电话，向来温婉和善的母亲在电话里向她吼着发脾气，让她立刻回去。顾青担心李家出事，匆匆忙忙地赶回去。

李家客厅内一片狼藉，地上砸碎了很多物品，母亲坐在沙发上哭成了泪人。顾青跑过去抱住她："妈，发生什么事情了？"

母亲甩手给了顾青一个巴掌。

顾青被这突如其来的一巴掌打得懵了，她看着母亲。

"你虽然不是我亲生，但这么多年来我视你如己出，是我自己没有能力，没有能力让你有更好的深造，去读更好的大学，但是小北，这世上的路那么多，你为什么偏偏要走这样的捷径？是什么蒙了你的眼睛！"

"妈，我，我不懂，什么，什么捷径？"

"要说爱慕虚荣，你小北根本不是这样的人，但如果你想日后生活无忧过得轻松，这种方法也是万万要不得！实话告诉你，这些东西全都是一个女人拿来的，她说感谢你对她先生做了那么多事情！"母亲看着顾青，"人家是有家庭的，你怎么可以！"

顾青听得糊里糊涂，她满眼不解地看着目前的状态。

发生了什么事情？她被无故地扯进了一个怎样的局？

在顾青不解的空当里，李南也急匆匆地进门："妈，我面试结束就跑回来……"他看到李小北也在，又看到母亲在哭，连忙问："发生了什么事情？"

"今天，当着你哥的面，小北，你把事情的真相说出来。"

"我只能说，我什么也没做过。"

"小北，我应该相信你，但是今天所发生的一切，都让我怀疑，我们李家能有今天这样的改变，是不是因为你？那个男人内疚，想对你有所补偿，或许吧，你什么都不想要，于是他就顺理成章地补偿了你的这个家。"母亲继续她的推理，"那个赌债债主的凭空消失，素不往来的远房亲戚突然好心地送了我们一套房子，这种天上掉馅饼的好事全让我们遇见了。"

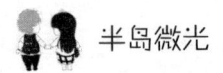 半岛微光

"胖婶也说我们家转运了。"顾青心虚地说。

"对,胖婶还说,上次你都走到了家门口,硬是没有进来,她拿一些参片给你,有这么回事儿吗?"

顾青点点头。

"那我再问你,胖婶说你坐着一辆奔驰走了,也是真的吗?"

李南看着妹妹惊慌的神情,连忙说:"妈,胖婶虽然热情,但她的话也不能全信,我们听听小北怎么说,是吧?"李南焦急地看着她。

曾对李家撒了一个弥天大谎,而且这个谎言一说就是六年,顾青觉得愧疚至极,难道她要为了这个弥天大谎一次次地继续撒谎来掩盖事情的真相吗?

"对不起。"顾青低声说。

母亲又一巴掌抡在她的脸上,"我现在不需要你一声'对不起'!那个男人是谁,他究竟给了你什么,让你这么鬼迷心窍?小北,别贪图眼前的舒适生活,而放弃了你的大好前程!你,你回来,什么工厂夜校,统统都不过是你骗我的幌子!"

"妈,对不起。"顾青低着头。

母亲的手落在她的背上几乎没有停过。

李南挡在妹妹的前面,将他自己的身体当作肉盾,"妈,我知道我知道,您心疼小北,但千万打不得,您曾说过,一家人发生再大的事情都好,都必须团结,怎么这节骨眼上您却忘了呢!"

"我没忘!你也说我心疼她,但她小北能懂吗?我希望她能明白,青春饭吃不上一辈子!"

"小北,你快跟妈解释。"

解释,事实的真相只会使得顾青再一次伤害他们,她实在是没有说出口的勇气。

"这么说,那个女人说的都是真的?你真的!"母亲揪住胸口,她摇晃着站起来,"小北,你,你……"

顾青低着头。

李南看着妹妹说:"小北,你只要说这些都是没有的事,不过是我们凭空多想了,只要你说,我们都相信你!"

第六章

顾青不发一言。

身后传来巨大的声响。

母亲倒下了。

她嘴唇刷白,没有半点血色,双手还揪着胸前的衣服。

"妈!"

李南和顾青同时叫道。

医院。

顾青为母亲办理了住院手续,并缴了住院及手术的押金,她刷完卡转身,看到了一脸痛苦的李南正望着自己。

"哥,今天的事情对不起,妈她吉人天相,会没事的。"

"是真的吗?"他皱着眉问。

顾青无言以对。

"别人怎么说怎么想,我不管,小北,我只想听你说,而且,你说的任何话我都会相信,我相信你!"

"对不起。"

"我不要听你再说对不起,我只想听你的真心话,是真的吗?"

"有些事情,我会找个恰当的时机跟你们说……"

"知道我今天去哪里面试了吗?墨复集团,他们旗下都是公司与营业的店铺,压根儿就没有你口中的工厂,如果工厂女工是假的,那么夜校也就是假的,你还要找最恰当的时机?"

"我还有事,先回去了。"

李南拉住她,说:"别走,我只要你说,这所有的一切都不过是我们想象出来的,你与这所有的一切一切都无关,只要是你亲口说的,我信你!"

这个与自己毫无血缘关系却情如兄妹的"亲人",在此刻给了顾青最最真实的温暖。

别人用尽肮脏手段要击垮她,她也险些觉得自己一脚踏进了那万丈深渊,但眼前的男人毅然决然地用人类最原始的情感拯救了濒临崩溃的她,他给她包容与信任的爱。

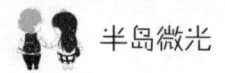 半岛微光

但顾青觉得自己不配。

"对不起。"她轻轻地说。

他笑着摸她的头发,"傻瓜,为什么要对我说这个。"

顾青害怕再这么耗下去,她会脆弱地失声痛哭并把过去的种种全都向李南坦白交代,她知道这是她应该做的事情,但是她害怕。

倘若说了,连这点温暖都没了,还有什么可以支撑她走未来的路?

她快步跑出医院。

*** ***

顾宅。

红砖墙房。

夏爱华抱着那只肥胖的波斯猫坐在客厅。

"回来了。"夏爱华难得心平气和地打起了招呼。

顾青现在心烦意乱,无暇顾及夏爱华,更无心去猜她为什么会坐在这里。

"我送你的礼物,你喜欢吗?"夏爱华用她的长指甲梳理着猫毛,波斯猫懒散地偎在主人身边发出"喵呜"的声音。

顾青停下了脚步。

回来的路上,她百思不得其解,向来温婉的母亲为何今天会大发脾气,还第一次动手打了她,如今被夏爱华这么一问,所有的事情联系在一起,顾青全都明白了。

"是你?"

"我总以为你很聪明,没想到这么迟钝,怎么,惊喜吧?"

顾青简直快要疯了,她已经对这个家彻底死心,甚至尽力做到不闻不问,却不承想"树欲静而风不止"。她哭笑不得地看着夏爱华,说:"你,你故意让他们对我产生误会,你不觉得你的做法很幼稚吗?"

"是幼稚了一点,但他们信了不是吗?"夏爱华一脸得意地看着顾青。

"原来你的目的仅在于此,你以为他们跟我撕破了脸,从此后我就

第六章

跟你们和睦相处?"

"我从来也没这么想。"

"你不这么想,却这么做,夏爱华,我究竟做了什么,让你这么多年对我穷追猛打!我告诉你,你别以为耍这些小手段就可以让我难过从此颓废得一蹶不振!它只会让我有更多的动力,我只会不断地督促自己,让自己变得更加强大!"

夏爱华冷笑着朝她走过来说:"我还以为你攒了多少劲呢,就这样?说些'动力''强大'的鬼话,不过是自欺欺人罢了,还不如来些更实在的。这么些年,我手头多少还聚了些人脉,不如我帮你打个电话,让医院那边对李家妈妈多多照顾,让她别再被'有心人'骚扰,你觉得如何?"

原本不想惹是生非的顾青被这句话激得火冒三丈,她冲过去推着夏爱华,"喂!你够了!我警告你,我的事情我自己会处理!不需要你帮我做任何事情!"

夏爱华"哎哟"一声跌坐在地上。

波斯猫龇着牙从夏爱华的怀里跳开。

顾青转身欲回房间。

谁知道夏爱华在身后痛苦地惨叫:"顾青……"

顾青看着夏爱华:"你够了,别再装出一副可怜样儿逼别人同情!"

"我,求你,求你救我,我……"夏爱华捂住肚子躺在地上。

"喂!你别跟我装可怜,我不会再上当的!"顾青转身就要走。

"青,顾青!"夏爱华痛苦地伸出手,"如果你不救我,我,我会死的。"

"这是你的报应!你仔仔细细地看看你的那双手,它沾了多少人的血才让你到达今天!"顾青在她身边坐下,"还有,我知道奶奶的死并不是一场意外,这一切都是你造成的!"

夏爱华拉着顾青的手道:"顾青,原来你背着我查了这么多的事情,既然你不让我好过,那么我,也绝对绝对不会放过你!"

刚才还装得楚楚可怜,现在却一副凶狠状,顾青站起来冷笑着:"刚才你说你会死,那好,你就去死吧!这一切都是你应得的报应!一

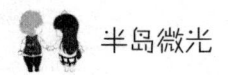 半岛微光

路好走！放心，我不会去祭拜你！我要让你生生世世带着对我们顾家的愧疚死去！让你生生世世都不得投胎！"

夏爱华抓住她，"救我，求你！"

顾青踢开了她的手，"用你的命去偿还你所欠下的，远远不够，远远不够！"

顾青转身，看到一双阴森森的黑得望不到底的眼睛。

那双眼睛直逼向顾青："为什么？"

顾青看着突然出现的夏树，条件反射地问："为，为什么？"

夏树推开她，径直跑向夏爱华身边，他紧张地扶起夏爱华，"姑姑？怎么了姑姑？帮我打电话！快！"

顾青傻傻地站立着不动。

夏树拿出手机拨了几个号码，夏爱华按住他的手，"树，扶我去你的房间，我想躺一下。"

"不行的，你现在的情况，又摔倒了，一定要去医院。"

夏爱华用虚弱的语气说："让，让张锦庭来。"

夏树抱起夏爱华走进房间，他重重地从顾青的身边撞过去，顾青险些就要跌倒，但夏树表现得无动于衷。

这不是顾青一直所期盼的结果吗？两人擦肩而过却形同陌路，为什么，此时此景，顾青觉得自己的血液瞬间都凉透了，她巴不得血液别再供应她可怜的心脏，让她在此刻也倒下去吧。

嘭！夏树把他房间的门踢开。

顾青打了个激灵，她还活着，那，夏爱华呢？会应了她的诅咒而得到报应地死去吗？

夏爱华没死。

这个消息是由夏树告诉她的。

顾青如释重负地舒了口气。

"顾青，在你眼里我一直都是假想敌吧？"夏树冷冷地看着她。

"你认为，我一直都把你当作是我的'假想敌'？"

第六章

"不,不是假想,我是你所面对的敌人,从此以后,继续用你的自私对这个敌人进行残酷的报复吧,只有残酷地不断地刺激我,我才知道自己原来还活着!"

夏树字字句句,如冰锥扎在顾青的心上。

她完全没料到会是这样的结果,但她不想替自己辩解!没错,在看着夏爱华倒下的那一刻,她的确有过希望夏爱华不得好死的念头!

"顾青,把我当作是你的敌人吧。"夏树背对着她说。

顾青的心里一颤。

"我们俩分得清楚,知道彼此间存有距离,才不会造成你的困扰。"他高挺的背清冷地对着她。

"你知道就最好,这样就不会让外面的报章杂志断章取义,很好!"顾青说完掉头就走。

夏树上前扳住她的肩,把她抵在墙角问:"你说的都是真心话吗?"

"当然!当然是真心话!刚才你也亲眼看到我是如何对待夏爱华的,如今是她,下一个我将会对付的人说不定就成了你!"顾青恨恨地说。

夏树的手松开了,他沮丧地垂着头说:"是,我的确该远离,是我太不自知。"

顾青迈开了步子。

"如你所愿,那个未成形的生命不会来到这个世界。"

"你说什么?"顾青猛地回头看着夏树,"我,我不明白。"

"她……"

怎么可能!顾青吓得捂住了嘴巴,她不过是推了夏爱华一下,怎么可能!

"你,你一定听错了!"顾青不相信地摇着头,"这一定是她的阴谋诡计!"

"你不要把每个人都想得那么阴暗!不是每个人所做的事情都一定有所图谋!我告诉过你,让你不要再去惹她!"

"我根本就没有惹她!"顾青看着夏树,"有些事情我没必要向你解释,况且你根本就不知情!你不会了解身处其中的我的感受!夏树,你

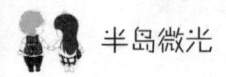

之所以远离我,是因为你也认定,我是故意想要害她,是吧?"

夏树沉默。

顾青拉着他说:"走,去找她问个清楚!我要让她亲口告诉你,所有的事端并不是我惹出来的!走哇!"

两个人在长廊上纠缠不清。

白色楼房。

顾开复紧皱着眉。

在夏爱华公布自己怀孕的喜讯时,顾开复一度以为她出轨,想要跟夏爱华一刀两断,但后来从张医生那里得知事实的真相,他也一笑置之,虽然他不清楚夏爱华接下来会使怎样的手段,但他并未加以制止,甚至连半点的防范都没有。

在此之前,为了防范夏爱华对顾青再做出不利的事情,他不但让顾青改口称夏爱华为妈,更当着夏爱华的面打了顾青一个巴掌,只是他的这些举止非但没有扼制夏爱华想伤害顾青的决心,反而变本加厉地越弄越离谱!直到现在,顾开复才觉得自己一再地放纵是多么荒唐的事情,是他的不加理会才使顾青成了任人宰割的鱼肉!

夏爱华睁开眼睛,一见到顾开复,两行眼泪刷刷地掉下来:"对不起,开复,我没有……"

"爱华,你醒了正好,有件事情我一直想跟你说。"顾开复朝张锦庭使了个眼色。

"当初陈墨的意外离开对我打击非常大,当时我就在想,如果不是她怀孕四个月,被异物撞击应该对她来说没有任何大碍,但是,她……她为此丢了性命,为了这件事情,我一直感到自责,办完她的丧事之后,我请张医生为我做了这个手术。"

张锦庭拿了一张报告递给夏爱华。

夏爱华的脸色铁青得难看,她深吸了一口气:"这,不可能,那我之前的那些症状……"

张锦庭接了顾开复的话说:"其实我之前一直想跟您说,但又担心您心理压力太大,这些孕吐的症状其实从医学层面来说,它被称之为

第六章

'假性怀孕'。"

"怎,怎么可能,你当时明明告诉我……"夏爱华看着张锦庭。

顾开复说:"我担心你压力太大,只想让你顺其自然地接受事实。"

夏爱华心头难掩失落,她还希望借由此事扳倒顾青。

"既然整件事情的开端是个误会,那么,你就跟顾青解释一下,她还只是个孩子,没必要为这种事情担着责任,更没必要让她为此感到愧疚。"顾开复继续道。

夏爱华的眼泪刷地掉下来,说:"开复,如果你以为我是借此事制造你与青儿之间的矛盾,我想你一定是误会了,就算今天我是真的怀孕,我也不可能,不可能认定顾青是故意推我,我……"夏爱华掀开被子,"顾青在哪里,我去跟她解释。"

顾开复静静地看着她。

夏爱华气愤难平地跑下楼梯。

走廊上。

夏树抓着顾青的手,"我不是那个意思,你别这么激动好不好!"

顾青推着他,"那就亲口听她怎么说!"顾青回头,看到夏爱华站在面前,她上前看着夏爱华:"你是故意的,你知道做出那些事情让李家误会我,我一定会回来找你算账……"

夏树完全听不懂顾青在说什么。

夏爱华赶紧抓住顾青的手,"青儿,对不起。"

原本还在拉扯不清的顾青与夏树瞬间静止。

"今天,我只是过来关心你的学习情况,只是没想到聊起过去的事情,你还对我这么反感,是,你推倒了我,我也误以为自己怀孕,所以,刚才,我才会……但现在我清楚了,整件事情都不过是个误会,张医生已经帮我诊断过,我,我根本就没有怀孕。"

夏树看向姑姑。

"对不起青儿,这件事情的确是我的疏忽,我以为……"夏爱华紧握住顾青的手,"我从没想过要把你卷进来!"

顾青甩开她的手,她转头看向夏树,"所有的事情你都明白,不需

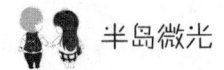

要我再向你解释了?"

夏树的拳头握得更紧。

"我自己知道我惹不起你,但我自认为还躲得来,现在看来,不管我躲得多远,都没有用,因为你会自动送上门来。从今以后,这幢房子不许你再踏进半步!如果你下次不能像今天这么走运,可别再把所有的错全都推给我!"顾青瞪着夏爱华说完,转身走进了红色房子。

夏树还站在原地,他一直盯着夏爱华看。

"别用一种审视者的眼光来看我!"夏爱华推开了夏树的脑袋。

"她所说的都是真的?"

夏爱华不说话。

夏树靠近她低吼:"你说过你非但不会碰她,甚至还会保护她,你说过,只要三年,三年后你会为我们祝福!结果呢!这就是你所谓的保护和祝福?"

他的声音低缓而绝望,脖子里的青筋突起,皮肤呈现潮红色,他的指关节被攥得发白。

夏爱华说:"树,听我的,回房间洗澡睡觉,明早照常进入墨复集团。"

"我不会甘愿一直做一个被别人牵线的木偶。"

夏爱华逼近他,说:"如果你认为自己还有退路,那就扯断了那根线,我们姓夏的先来个鱼死网破,正称了别人的意。"

夏树不经意抬头,竟看到姑父透过窗帘正看着他与姑姑。

他心一惊,不发一语地掉头跑进了房间。

月色当空,但乌云仍在四周飘浮,并未完全散去。

时光静谧,然而在顾宅的每一个人,都无法踏实入眠。

第七章

清晨。

顾开复进了顾青的房间，说："从今天起，方老师不会再来，你可以选择读私立的大学，或是……"他看着顾青，"如果你愿意回到李家，重新用李小北的身份，我也绝无异议。"

顾青看向父亲，她那双清澈的眸里写尽不解，"我不明白。"

"青儿，这次的事情是我处理不当，是我的错，我不该让年幼的你来承担这么多。我最近常常反思，青儿，我有能力让你以后的生活无忧，这样，我为你成立一个基金会，存一大笔的钱，让你这辈子毫无牵绊地生活下去。"顾开复看着宝贝女儿，"我只想你过得平安、幸福。"

"爸，就在不久前，我也质疑过，我是不是应该回来，还记得当时您是怎么说的吗？您说，躲不是姓顾的应该有的担当，躲，我能躲得了多少年！"

"这不是躲！"顾开复急着说。

"是，这是，躲起来安稳地过一世，完全不顾您的感受。爸您忘了，接我回来的当天您说过，您没有更多的六年来找我了，是，我今天还小，但不代表这个世界永远都不给我长大的机会。"

顾开复不敢相信这些话出自顾青之口。

"青儿，你到底想干什么？"

"从今以后，我会恭敬地叫她一声妈，我保证，好好学习，不再给您添麻烦。"

"青儿！如果你心里还是带着仇恨……"

"爸，我只想好好读书，好好孝敬您，待在您的身边，跟您一起生活。"

"真的?"

顾青重重地点点头说:"但是我有一个小小的要求。"

顾开复示意她说下去。

"方老师的课教得很好,但是我还想再报几门课程,另外,能不能借您的大将一用?"

"谁?"顾开复好奇地看向她。

"曹渊。"

顾开复点着她的脑袋,说:"他还真是难得的大将,跟着我十多年,经历过墨复的生死和转变,我向你保证,等你的课程一结束,这位大将就归你了。"

顾青抱着父亲的脖子亲了一口,"爸,谢谢您。"

顾开复还是有些放心不下,他拉着顾青说:"青儿,关于上次调查奶奶的那件事情,我派人查过了,这件事情纯属意外,你听我的,不要再继续查下去。"

顾青点头。

"我虽然希望家庭和睦,但我更希望你能够幸福,要是哪天你觉得累了,我就送你出国,或是……"

"对不起爸,过去一直让您为我担心,我还任性发脾气一走就是六年,我知道我所做的错事,以后再也不会让您为我担心了。"顾青抱着父亲。

顾开复并未露出欣慰笑容。

奔驰车内。

车子行驶在去往墨复集团的路上。

曹渊向顾开复报告今天开会的内容,话毕他又说:"黎明达的案子有了点眉目,根据警方的调查,黎明达并不是意外坠楼,他们做了现场的模拟测试,应该是人为将他推下楼的。听黎明达包养的那个小明星透露,她曾听黎明达说,只要他标下那块地,得到墨复集团的总经理位子是十拿九稳,但是谁向他保了这份承诺,那个小明星也不清楚。"

顾开复闭目养神,双手不停地绕着圈。

第七章

"先生，有件事情，我不知该问不该问。"曹渊难得表现得欲言又止。

顾开复点了点头。

"昨晚，我听说张医生出诊，是不是家里出了什么事情？"

"她故意挑衅青儿，青儿到底年幼，未经锤炼，经不起她几次三番的激将法，就把她推倒了。"

"这么说？"曹渊倒吸了一口冷气，"她费尽心思为自己编织的那个谎言，为的就是要让您误会小姐？"

顾开复点点头道："真是费尽心思啊，只是她千算万算也想不到，张锦庭会把他们之间的所有交易都告诉了我。"

"我下午把名下的几张股票转给张医生。"

"你看着办。"

"小姐这次受了委屈，不知道她怎么想，会不会又想回李家？"曹渊颇担心地问。

"我现在倒是希望她跟我哭闹一回，亲口跟我吵着说她想回去，如果是这样，我现在就送她走。"

"先生……"

"曹渊，我以前做事武断果决，说一是一，即便当初接青儿回来，我也是毫不犹豫！但现在，我开始质疑自己的做法是否正确，我把这么大的担子丢给她，会不会太残忍？她不过是个孩子，别人都还在享受青春时，她却偏要承受这么多！"顾开复哽咽地叹了口气。

"先生，您现在想怎么做？"

"早上我跟青儿谈过，只要她愿意回李家，我没意见，但她拒绝了我，我现在担心，她是为了复仇才留下来，这是我最最不想看到的结果！从前她与树两小无猜，彼此还会有个照应，如今树进墨复已成定局，他们的关系水火不容，我担心青儿……"

"从今天起，我会多派几个人保护小姐的安全。"

顾开复重重地咳了几声。

"先生，您也多保重，这都入夏了，您的咳嗽还是没有好，要不下午去张医生那里看看？"

顾开复摇头,道:"上次我让你查的事情怎么样了?"

曹渊的神情顿时有些凝重,他靠向顾开复轻声耳语。

顾开复紧握拳头,他脸色沉重地交代:"除了多派几个人保护小姐之外,从今天起,关于小姐所做的任何事情,见过什么人,都一一向我汇报。"

曹渊点头。

车厢内的气氛顿时显得格外沉重。

车子疾驶向墨复集团。

※※※ ※※※

墨复集团。

公关部。

身着衬衫系着领带的男人在外面毕恭毕敬地敲着门。

"进来!"夏爱华尖锐的声音传来。

男人推门而入道:"夏总您找我。"

"周总监,坐。"夏爱华格外热情地招呼着他,"听说你平时的爱好就是喝茶,巧了,我昨天刚收到一盒新茶,就请你过来尝尝。"

周晨虽为业务部总监,但时常在会议上遭夏爱华的冷嘲热讽。夏爱华曾说过,没有他们公关部的努力,业务部就是一摊烂泥。周晨虽然常有意讨好夏爱华,但都被夏爱华拒绝,如今真是风水轮流转,夏树进了业务部,向来自傲而居的夏爱华不但知道了周晨的喜好,还有意请他一起尝尝。

周晨笑了笑,说:"夏总真是客气。"

"我们以前在工作上产生了很多的误会,我想周总监也明白,我是对事不对人,今后公关部跟业务部可就是一家人,没有再说两家话的道理。"

周晨点了点头。

"你是销售高手,业务精英,这点是毋庸置疑的,我相信你会把自己的全部本领全都教给夏树,是吧?"夏爱华将第一泡茶倒在面前的品

第七章

茗杯内，一股淡淡的热气朦胧地挡在二者之间，夏爱华虽倒着茶，带笑的眼睛仍旧盯着周晨。

周晨镇静自如地从她手里接过茶壶，完成了续茶的动作，道："放心，以前夏树虽然没有进入墨复，但我们私底下曾碰过几次面，我一定会竭尽全力地做好自己的工作。"

夏爱华满意地点着头。

周晨把第二泡茶倒进质地轻透的品茗杯内，笑说："夏总，您这是好茶，茶汤色泽清透，香气扑鼻。"他端起来品了几口，"入口滑顺，不仅清香，还带着滑顺的甘甜。"

"这喝茶都成了专业了。"夏爱华调侃他。

"夏总过奖。"

茶汤的热气渐渐散去。

夏爱华故作漫不经心地问："听说，除了夏树，你们部门又招聘了一位员工？"

"是位应届的毕业生，在校成绩优异，为人也很耿直。"周晨看了看夏爱华的脸色，改口道，"夏总您放心，他只是进来做一个小助理，并不会影响集团内部大的定局。"

"是由你亲自招聘，还是什么人推荐的？会不会是……"夏爱华欲言又止地看向顾开复的办公室。

周晨顺着夏爱华的目光，心领神会地说："夏总请放心，这个人的背景我了解过，家境普通，跟公司任何人都没有关系，而且，这种小助理的事情，由我们部门直接招聘就可以，完全不需要经过顾先生的面试。"

夏爱华仍不放心，"算起来，他们都是新人，难免会被人拿来比较，我会让夏树用心努力多跟你学习，但也要看周总监是不是愿意费这份心思。"

"夏总请放心，他们都是我们部门的一分子，我会……"

"周晨，你有好的才能，一定不想这辈子只屈就为业务部的小小总监，黎副总的事情我相信你也听说了，这总经理的位子还空着……"夏

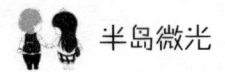 半岛微光

爱华转动着手里的杯子,"质地再好的茶叶,若是遇不到好的泡茶的陶具,怕也是白白浪费了。你和夏树的关系,就像这茶叶和陶具,你是聪明人,懂我的意思吧?"

周晨为夏爱华又倒了一杯茶,"只要有需要我的地方,夏总您尽管开口。"

夏爱华满意地笑着。

素净淡雅的品茗杯上留下一个猩红的唇印。

墨复集团。

业务部。

周晨拍拍手,道:"各位,今天又有一位新同事加入我们的队伍。"他拍着一个男生的背,"来,这位是铭传的高才生,顶着名师推荐的光环进入我们墨复,以后多多努力,希望你在职场上也能辟出一块新天地!"

铭传?原本低头做事的夏树抬起头。

身着白色衬衫的男生踏出一步,他看起来大气沉稳,丝毫不腼腆。

夏树觉得这个人似曾相识。

男生向在座的同事鞠了个躬,道:"各位好,我叫李南,还请多多关照。"他的目光停留在夏树的身上。

夏树朝他点了点头。

"老陈,李南由你带,今晚办个迎新的聚餐,希望各位同事赏脸。"周晨说完,朝夏树努了努嘴,"一会儿我去见客户,你跟着一起来。"

两人刚走到办公室门口,就碰见夏爱华和她的助理。

"怎么?要出去?"

"是,带夏树去见一位客户。"

夏爱华颇满意地点头道:"我正好也要出去,用我的车吧,送送你们。还有,刚才跟周总监谈到茶具,才想起我年初新买的一款,你看我也不喝茶,放在我那里真是可惜了,不如送给你。"

"夏总您客气了。"周晨笑得合不拢嘴。

夏爱华朝助理使了个眼色,"那就先放在你办公室,别再跟我客气,被别人误会可就不好了。走,你们要去哪里见客户,我送送你们。"

第七章

周晨还没开腔,夏树冷冷地说一句:"如果由夏总送,抱歉,我今天就先不去了。"

夏爱华的笑容丝毫未减,她紧拉着夏树,"如今好不容易万事安稳,你别再惹出事端,我可不想让别人以为我们在搞内讧,有多少的不愉快你回家去说!"

夏树沉默不语。

周晨识相地将夏树推进了电梯,一行人各怀心事地离开墨复集团。

顾宅。

顾青背了最后一个英文单词,让司机送走方老师,自己也联络好出租车后匆匆出门。一路上她都觉得今天跟平时有些不同,但当她回头,又没有发现有随行的车子跟踪自己,她在上次跟踪夏爱华去到的酒吧门口下车。

酒吧的外墙用大块的灰砖建造,坐落于繁华市中区,酒吧的门非常窄小,但打开门顺着迂回的楼梯走进去,却发现别有洞天。此时酒吧非营业时间,吧台的椅子全都叠放在角落,通往吧台必经之路,有扇房门虚掩着,里面传来男人的咒骂声。

"操!那是我儿子,却还要认别人做父亲!你说我是不是太窝囊?"一个男人用粗犷的嗓音说着话。

顾青快步走过房间,在酒吧里绕了一圈,也没发现夏爱华的身影,她蹑手蹑脚地准备离开。

"大哥,别喝了,我听说警察已经把那事定案了,当天我们三人全都有份参与,等他们找到证据,我们可就逃不掉了!"一个尖细的声音结结巴巴地催促着。

顾青在此刻才感到害怕,她的后背已经有了一层薄汗,她匆忙地转身就走。

"逃?我没打算,我跟那个姓黎的没有任何关系,就算警察真的怀疑我,但我的动机是什么?"男人反问。

"老大,除了姓黎的,我们身上还背了好几条人命。听传闻,最近姓顾的也在怀疑他母亲的死。"

男人抽了对方一个巴掌,道:"当时警方都说是意外,他能怀疑什

 半岛微光

么？你别危言耸听，再说，就算他们想重新立案调查，人都已经成灰了，他们能拿我怎么着？"

尖细的声音担心地说："那姓顾的不是什么好惹的，听说他黑白两道通吃，如今稳坐S市的商业龙头，老大，要不我们……"

S市的商业龙头，姓顾，怀疑他母亲的死。

所有的线索联系在一起——

……

顾青吓得不知所措，她站在酒吧门口徘徊犹豫，脑海里不断回响那两个男人的对话，原本要推门离开的顾青又返了回去。

她小心翼翼地再次来到那扇虚掩的门前，透过视线，她看到里面坐着两个男人。

尖细声音的男人面向顾青，人长得瘦黄，一双眼睛黯淡无光，不停地搓手看向坐在对面的男人。有着粗犷声音的男人扎着一束头发，身材魁梧，因为背对着顾青，室内的光线又太微弱，顾青虽然努力想要看清男人的长相，但还是没有看清，但可以肯定，那天就是他跟夏爱华在酒吧门口会合。

如果，他们与奶奶的死有关，那么，夏爱华……

顾青虽然一直都将奶奶的意外死亡与夏爱华联系在一起，但在此刻，她还是感到震惊。

尖细声音的男人开始流鼻涕，情绪也变得有些不安。

长发男人抄起沙发边的杯子朝他丢过去，"阿华！你是不是还在抽那东西！"

阿华耷拉着脑袋。

"就你这熊样，还想说要跑路！"长发男人拿出一包东西砸向阿华，"等我把手头这桩事情结束之后，我跟那娘儿们要一笔钱，我要带着我儿子走！"

阿华直点头，道："老大去哪里，我就跟到哪里。"说完他贪婪地打开长发男人丢来的东西。

顾青拿出手机，想发一条信息给父亲，没想到刚拿出手机，就看到楼梯处下来一个男人，他远远地叫："小姐！"

第七章

长发男人警觉地跳起来:"谁!"

一个陌生男人走近她:"顾小姐,你果然在这里。"

此时的顾青没时间多想,她朝那个陌生男人使了个眼色,"快走!"

两个人跑出了酒吧,顾青被那个陌生男人带上了停在路边的车,车子从酒吧门前疾驶而过。

车内。

陌生男人向顾青解释自己的身份,原来他是顾开复暗中派来保护她的,名叫迈克。顾青被刚才所发生的一切吓傻了,她转头望向窗外,确定后面没有车子跟来,她将身体往椅子里缩了缩。

决定留在顾家,是今天早上一瞬间的决定。

父亲对待夏爱华及夏树不薄,为什么夏爱华频频视顾青为眼中钉,非要置她于死地?

六年前,夏爱华如刀锋利的话语还在耳边——

"夏树跟你亲近,但你以为他真把你当作是亲妹妹?你少做梦了!是我,是我让他跟你成为朋友;是我,是我让他求你的父亲别送你出国;你知道树私底下怎么说你吗?他说你胆小如鼠令人讨厌!还说你功课太烂让他丢尽了脸!你还想跟他考同一所大学!哈哈,真是做梦!

"他昨晚是答应了你要带你一起去旅行,但今天早上呢,他根本就没有出现,知道为什么吗?你昨晚喝下的那杯牛奶,你亲爱的树哥哥亲自,亲自加了安眠药在里面,那个傻瓜,他不过是需要我编一个理由给他,他压根就不想带着你一起去毕业旅行!

"你就在这暗无天日的储物室里永久地住下去吧!我向你保证,不管你变得多丑多臭,都不会告诉他你的存在!你不过是他的一个小小玩具,丢了也不要紧,丢了,他自然会去找新的来替补。"

……

顾青吸了一口冷气。

她曾经给过夏树一次机会,她企图相信自己儿时的感觉,直到现

 半岛微光

在,残酷的现实已经抽了她一个又一个耳光,她还妄想自己起码能够获得一个安全之所,直到昨晚,那幼稚得离谱,却又致命的一击。

倘若夏爱华是真的怀孕,借她之手亲手杀死那个未成形的孩子……顾青不敢想象自己以后的路是如何的举步维艰。正是在那时候,顾青才意识到这是一场战役,没有硝烟,但会让她死得很难看,为了保护自己,保护父亲,保护墨复,顾青必须让自己全副武装。

这也是她突然决定留在顾家的重要原因。

车内。

迈克看着顾青,说:"顾先生让我们暗中保护你,可是你进去酒吧已经有一段时间,而且你好不容易走到了门口,又退了回去,我才会那么鲁莽地冲进去,小姐,你还好吗?"

"我没事,谢谢你。"顾青疲惫地将视线转向了窗外。

车外。

狂风大作,天空乌云密布,乌云以压倒式的姿态倾向整座城市,车子驶向山道。

*** ***

墨复集团。

顾开复正与各部门主管开会。

"全球股市持续低迷,最近集团上半年的报表已经出来,盈利微薄,集团股票呈现下跌趋势,虽然已经尽力弥补,但所蒸发的市值仍是很大的损失,接下来的一年,将会是墨复最艰难的一年,我希望各位同仁能够踏实努力……"

曹渊急匆匆地敲门进来,在顾开复的耳边轻语几句。

顾开复点了点头,处变不惊地看着手里的财务报表继续道:"相信各位也知道黎副总出事的消息,集团虽然遭遇危机,但不会影响正常运转,接下来的一年,我相信,不仅仅对墨复是个考验,更是对全球经济

第七章

的一场严峻考验,我们必须要咬牙坚持下去。各位知道,总经理的职缺一直空着,我不会明确地表示这个位置将会是谁的,但只要努力,人人都有机会。我期待着各位的表现。"

直到各部门主管退出了会议室,顾开复才看向曹渊,"此事千真万确?"

"是,在夏氏旗下的天衍融资之前,她就跟叶德在一起,为什么分开没有人清楚。刚开始的几年,他们的联络不多,只是不知道为什么,最近这些年联络得越来越频繁,叶德名下的那间酒吧也是夫人出全额投资的。这几年,酒吧虽有盈利,但一直缺乏管理。叶德与他的手下阿华,这几年频频伤人入狱,我本来只是无心看看那些伤人的名单,竟然发现他们所伤害的人多半都是墨复的对手。"

"你是说,有人指使他们这么做?"顾开复心里早已有了答案,只是他不敢相信这些是真的。

"如果说一桩案件是巧合,但这么多的巧合,就让人感觉太意外了。"曹渊分析得头头是道。

顾开复捏了捏眉心说:"如果真是这样,黎明达一事就有眉目可寻,而老太太的那场意外,也就能够揪得出谁才是幕后主使。"

"我马上派人去查。"曹渊说完欲退出去。

顾开复扬了扬手,道:"对了,我让你安插在业务部的新人,进来了吗?"

"是,已经开始工作了,暂时没有人对他的身份表示怀疑。"

"多分些工作给他,暗中找个得力的人多带带他。"

曹渊点头退了出去。

安插在业务部的新人,不是别人,正是当初收养顾青的李家的长子李南,李南与夏树乍看之下五官有些相似,但他们的个性却是截然不同。

夏树的情感内敛,易矛盾与纠结,不善于表达,尤其是在夏爱华的长期压制下,性格中暗藏着暴躁和不安分,虽然表面和善,实则内心令

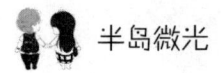 半岛微光

人捉摸不透。而李南则是温和的,做事有条理,虽出身平凡,但有眼光有远见,思维也更缜密。

虽说让李南进入墨复并不在顾开复原本的计划之内,但他也觉得冥冥之中有人暗中助了他一把力,让他还能为顾青去做点儿什么。

若非自己当初创业心切,与夏家旗下的天衍发生纠葛,就没有今日跟夏爱华的这箭在弦上的紧张气氛。

透过落地窗,S市的风景尽收眼底,多少平地而起的楼房皆由墨复旗下的房产公司建造。商场浮沉,藏着多少钩心斗角的把戏,他自认为这一场自己亦能扭转乾坤,以此保全自己的荣华及集团龙头的位置。

顾开复原本紧皱的眉慢慢舒展开了。

顾宅。

白色楼房。

卧室。

夏爱华换上一袭纯黑丝缎长礼服,搭配着金色手包,短发被梳得根根分明,挑眉下画着重眼影,一双猩红的唇显出她的强势做派,她往身上喷了些香水,原本蜷缩在一旁的波斯猫突然跳起来。夏爱华把手包砸向它,"被你吓死了!"

波斯猫跳上了她的床。

"下来!"夏爱华朝它凶。

波斯猫懒散地闭上眼睛。

夏爱华走向它吼:"你下来!"

门外有人敲门。

"进来!"夏爱华走向波斯猫,发现身后没有动静,转身的时候才发现静静站着的夏树。

"树?"夏爱华感到意外,她笑了笑,"如果我没记错,自从我搬进这幢房子,你从来,从来也没有来过我的房间,怎么?也想跟我一起去参加慈善晚会?树,今天我是这场慈善晚会的赞助人,我正缺个帅气的舞伴,不如……"

第七章

"别为我做任何事情。"

"什么?"夏爱华看着他。

"不需要凭借你的关系,让周总监把他的那单客户给我。"

夏爱华原本想解释,但看着夏树认真的神情,她突然笑起来,"你该不会以为,是我暗示周晨把那单客户让给你的吧?"

"姑姑,我是成年人,不再需要任何的假想,我有自己的判断逻辑。"

"那我很想听听你的判断逻辑。"

"都不重要了,我之前24年的人生,都是你在帮我做主……"

"我也没能帮你做全部的主!"夏爱华似乎有意提醒他,"例如那一次,顾青的母亲突然出现,我没有让你为我做任何事情。"

这是夏树心头永远的伤痛,他总以为总有一天能忘,但姑姑非但不想忘,还以此不断地要挟他。

夏树深吸了一口气,道:"现在,我只想由自己做主一回,进入墨复是我的选择,我想凭自己的能力去做自己的业绩,凭自己的真才实学为自己争取。"

"凭你自己的能力?"夏爱华挑着眉斜看着他,"哈,这么幼稚的话今后在任何人的面前都不可以再提。不管别人是否知情,都认为你在打官腔摆姿态。你若想快速成功,没有十年绝对不行!是,我现在为了你的成功不断地铺路,夏树,我不需要你感激我,但是我希望,你能认清自己的形势!墨复是个多大的摊子,每一笔的交易金额都在上千万,凭你自己的能力,谁放心把那么大的案子交给你?"

"如果不行,我就退出墨复,重新进入车队。"

"退出?"夏爱华走近他,当年的小男孩长大了,可是夏爱华却越来越看不懂他,她要他往东,他却偏要往西。夏爱华伸手在他的脸颊重重地拍着,"你现在是在跟我谈条件吗?早干吗去了?现在谈这些已成定局的还有用吗?"

语气是询问,但落在他脸上的巴掌却是一个比一个响亮,夏树觉得自己眼冒金星。他站稳了,语气坚定地说:"如果不行,我就退出墨复。"

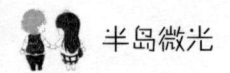 半岛微光

"今时今日,树,你以为你还有选择的余地?这些年来,顾开复极力掩饰,从不让你的身份曝光,就是怕外面的舆论会对他不利,如今好不容易天时地利人和,你顺利进入墨复,你还在闹什么?"

夏树步步紧逼,"我的身份曝光一事,与姑姑有关吗?"

夏爱华迟疑着,她看向夏树。

"原来真的是你!"

"你应该感谢有我这样的推手!我这么努力为的是什么,不就是为你挣一个似锦前程!"夏爱华压低着声音,"我不管你是高兴也好,不爽也罢,如今事都已成定局,别说如今你退出墨复我不同意,就连顾开复也是骑虎难下,我看你是要置谁于不义!"

夏树停顿在原地。

"还有,从今以后你都别再打重回车队的主意,我已经为你单方面解约,赔偿金已经由我全额支付,从现在起,忘了过去的所有。如今你只有一个身份,姓顾也好,姓夏也罢,你是墨复集团的少爷。有我在,你就一定会是墨复集团的接班人!"

夏爱华拾起地上的手包,怒气冲冲地边下楼梯边喊:"司机,开车!"

波斯猫懒散地朝着夏树"喵呜"地叫唤。

一道闪电在窗前闪过,紧接着是震耳欲聋的雷声,在闪电与雷声的酝酿之下,一场大雨倾盆而落,豆大的雨点砸向玻璃,也让夏树的心里如同泡了雨水般地咸湿难受。

夏树痛苦地闭上眼睛,两行清泪从他的眼眶流了下来。

*** ***

雨在清晨的时候停了。

长廊两侧的茉莉花瓣内盛满了雨水,清风吹拂,雨水便纷纷滚落。

白衣男子静静地站在走廊尽头,有一种冷清的孤单,听到脚步声,他转过身来,"青儿,早。"

"早。"顾青低头从他身边走过。

第七章

他一把拽住她的手:"别把我当作敌人。"

"那是什么?"漆黑明亮的双眸望向他。

"只要不是敌人,任何角色都可以。"

她缓缓摇头,道:"不行,我眼里除了树哥哥,就是敌人。树哥哥死了,你只剩下这唯一的角色。"

他痛苦地闭上眼睛,浓密的长睫毛微微颤抖,"我,我再也回不了车队了。"他徐徐地张开眼睛,漆黑的眼里盛着一股湿气。

赛车,如今维系他们之间关系的最后一根线也断了,他还真是绝情。

顾青冷冷地提醒他:"是你选择进入墨复的,难道你忘了?"

"如果我说我现在后悔了,你会怎么想?"他看着她。

"你说要把我们俩分得清楚,知道彼此距离,这样才不会造成我的困扰。"

"我们之间必须要这样吗?"夏树握紧她的肩,"只要你愿意相信,我还是你的树哥哥,我愿意为你做任何事情,只要你需要!"

"我愿意相信。"漆黑的眸子坚定地看着他,"我相信了,结果呢?"

他紧紧地抓住她的肩,他的声音有些哽咽:"今后我会用尽所有来弥补你!"

"我怎么知道这是不是一场阴谋?先博取我的同情,再弃我于不顾!夏树,我被这样的手段伤了太多回,任何软弱的心肠如今都被练得硬邦邦。"

"只要你愿意相信,就这一回……"

"我凭什么相信你?"顾青拨开了他的手。

"我愿意为你……"他突然沉默了。

夏树自问,他能给顾青什么?

顾青笑,这承诺都说不出来,还让自己信他?她冷漠地说:"不敢劳烦您,树少爷!"说完,顾青欲走向白色楼房。

夏树用力地抓住她的手,语气几近哀求地说:"相信我!"

"我,不能,也不会!"她淡淡地,却又掷地有声地说道,"再也不

 半岛微光

会,相信你!"

冷漠,把夏树心底的绝望彻底地掏了出来,这是他最害怕看到的局面,他无法再压抑内心所有的情绪,他低吼:"为什么,为什么我们之间会这样?!"

"你该问问你自己,夏树,为什么我们之间会这样?!"

夏爱华从客厅内看到夏树和顾青在拉扯,她走了出来。

"你们,在吵架?"夏爱华问着问句,但眉眼间仍有藏不住的狂喜。

夏树站着不说话。

顾青笑盈盈地走过去,"妈!"

夏树惊愕地看着顾青。

夏爱华疑心自己听错了,她看向顾青,问:"你,你叫我什么?"

"妈!"顾青依旧笑意盈盈,"昨天听爸说,您做了一场慈善晚会的赞助人,什么时候还有呢?我也想去长长见识。"

夏爱华点头,"如果下次有,我再叫上你。"

"我想去定制几套礼服,这样跟着您出场才不会丢您的脸。"

夏爱华按捺不住,她看着顾青,毫不留情地问:"你想干吗?"

"爸说别让一家人生分了,我不想节外生枝地制造出更多的矛盾,更加不想让我爸为我担心。"顾青语气诚恳地说。

夏爱华看向夏树道:"你都听到了?"

夏树低着头不说话。

"明天下午,我带你去看看礼服。"夏爱华说完转身又走进楼房。

"谢谢妈。"顾青边说边跟着夏爱华的步伐往前走。

夏树一把拽住她。

顾青甩开他。

夏树看着姑姑消失在视线里,拖着顾青硬是把她拉到长廊的角落里,"十年了,你有多抗拒那个字你比谁都清楚,为了这件事情,你跟姑父起了多少冲突!"

"我已经忘了。"她说得云淡风轻。

第七章

夏树简直不敢相信自己的耳朵,"忘了?那她不久前诬陷你害死了她的孩子,这件事情你忘了?"

"她只是误导,而你是第一个相信这件事情的,难道你也忘了?"

顾青以牙还牙的本事让夏树倒吸了一口冷气,"正因为我理亏,我觉得我不该误会你,所以我才会愧疚,才会想让你相信我一回!"

顾青摇头道:"抱歉,我还是选择相信我自己!"

"你是一定要把我当作敌人?"夏树看着她问。

"在你决定进入墨复,我就说过,从此之后我们只能是死敌,我不信任你,而你也从未信任过我。她布的那个局多幼稚!可是你相信,这就足够了,她达到了她的目的。"顾青看着夏树说,"但是现在,我与夏爱华之间,只有母女的情分,不会再有任何别的东西,我会做好自己的本分,也希望你能。"

"你恨我吗?"夏树问。

"你做过了什么吗?"她问夏树。

"我……"他词穷。

夏树觉得自己心里巨大的伤疤被掀起,里面夹带着血肉模糊的过往,他还没有勇气向顾青坦承自己所犯的罪行,他沮丧地向后退了若干步。

"我,什么也没有做过。"他答得毫无底气。

顾青冷笑。

这个与自己相识十年的少年,如今虽然成长,时光却将他们之间的情分冲得淡薄。

她从夏树的身边走过。

"还有一件事情!"他的手突然又用力地钳住她。

她的手臂被他紧抓得发红,但神情却非常自然,"你说。"

"你,选择跟她当母女,却要把我当作你的敌人吗?"

他们从来都是顾青的敌人,除了敌人,没有多余的角色,但顾青愿意在这时候骗一骗夏树,她违心地点了点头。

夏树的手放开了。

顾青掉头便走。

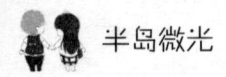 半岛微光

红墙上的绿色植物一片翠绿,只是它们被雨水冲刷得更鲜艳,而夏树的内心,有着刷也刷不净的罪孽。

他紧握拳头,痛苦地捶向石柱。

*** ***

墨复集团。

夏爱华拿着企业年度公关工作计划,她拿起电话就是一阵炮轰,"下半年的公关预算减少了这么多?谁?顾董虽然决定了,但还没有开会表决吧,这么大的事情为什么没有知会我?那我就权当没有看到这份工作计划,接下来该有的活动,我们公关部照旧!"

挂断电话后的夏爱华依旧气愤难平,她拿起桌上的咖啡杯向门外砸去,吓得助理欧咪急忙冲进来,"夏总!发生什么事情了?"

夏爱华黑着张脸不说话。

欧咪生怕自己被骂,赶紧将地上的咖啡杯碎片收拾好,退出房间。

夏爱华的办公桌上电话响起,她深呼吸,把电话接起,"公关部夏爱华。你,你的胆子真是越来越大了,我说过,不准你打电话进公司来!"她没好气地吹着额前的头发,"说,这次又想要多少钱?什么?!"夏爱华坐直了身体往门口看了看,确定没有人,她把话筒放在耳边,"什么时候的事情?昨天?为什么现在才告诉我!"

周晨从办公室里走出来,他把一个信封递给李南,"李南,帮我把这份报表交给公关部的夏总。"

原本正在核算报表的夏树下意识地放慢了动作,他装作在忙于工作,耳朵却竖起来听周晨与李南的对话。

"总监,是什么报表?"李南问。

"别管别问,你只负责帮我把这份报表交到夏总的手里就好。"

李南虽然心存疑惑,但没有再多问,他拿着信封就走出了业务部。

夏树见周晨转身进了办公室,快步跟上李南,"李南,我正好要去

第七章

公关部,这个,我帮你带去?"夏树指着李南手里的信封。

"这……"

"她是我姑姑,我中午约她一起吃饭,快要来不及了。"夏树故意看了看手表。

李南虽然初进入墨复,但带他的前辈已经把集团的所有事情全都告诉给他,他知道夏树与公关部的夏总有着某种特殊的关系,见夏树执意要他手里的信封,李南不知该如何处理,也正在他犹豫的空当里,一直带他的前辈突然在身后叫他:"李南,你过来,昨天的报表数据有几处都是错的!"

"你赶紧去忙,这个我帮你拿去。"

"谢谢。"李南把信封给了夏树。

夏树接过信封快步走向公关部,他在转角处趁别人不备,偷偷地将信封里的文件抽出来查看,虽然都只是业务部的销售记录,但姑姑何时也插足管理业务部的事情了?

夏树走向姑姑的办公室,见欧咪正往手上贴着创可贴,他走上前问:"怎么了?"

欧咪低着头委屈地说:"有人生气了呗,我负责善后却不小心给扎了。"她抬头看到来者是夏树,连声说道,"树少爷对不起,我不知道是你,我没事。"

夏树淡淡一笑。

"树少爷您稍等,我打电话给夏总。"

夏树的手把她提起的话筒压下去,"没关系,我直接去找她。"

欧咪看到夏树的手上缠着纱布,她看着夏树问:"树少爷,你这是怎么了?"

"放心,我没有捡谁扔的碎片,是我自己不小心。我跟姑姑约好了一起吃饭,我看时间差不多了,就来找她。"

"我问夏总是否准备好了。"

"不必,我直接去找她。"

欧咪点了点头。

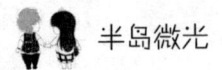 半岛微光

夏树走近夏爱华的办公室。

办公室的门并未关严,他的手落在门板上刚要推开,就听到里面传来激烈的争执声。

夏树停在门口。

"你浑蛋你,谁让你插手管那些事情!再给你一次机会?叶德,你扪心自问,我给过你多少的机会?当然,这是你惹出来的事,你必须自己解决!"

夏爱华突然压低了声音。

夏树凑近上前。

"当初你是怎么让一个老太太消失的,如今就让那个丫头怎么消失!"

夏树手里的信封突然掉到地上。

"谁?"夏爱华警觉地叫道。

夏树迅速地退了回来,他拍拍欧咪的桌子,"我刚想起,早上姑姑交代我做的一件事情我还没有完成,今天的饭局取消,如果她问起,就说我没有来过。"

欧咪点了点头,道:"放心,我保证把这里锁起来。"她做了一个给嘴巴拉上拉链的动作。

"改天请你吃饭!"夏树匆匆忙忙地离开公关部。

夏爱华打开办公室的门,看着欧咪问:"刚才谁来过?"

欧咪表现得极其淡定,她扑闪着大眼睛,笑着说:"没有人来啊。"

"没有?"

"我一直坐在这里,没有任何人来过。夏总,如果没什么事情,我先去吃中饭了。"

夏爱华挥了挥手。

欧咪往前走。

夏爱华叫住她:"真的没有?"

欧咪神情自若地摇了摇头。

夏爱华并未松一口气。

叶德的这通电话无疑将夏爱华逼向一条死胡同。

那个十年来倔强得不肯妥协的女孩,那个十年来如同一根芒刺的女

第七章

孩,那个曾无数次打乱自己计划的女孩,那个,今天早上还叫自己一声"妈"的女孩。

她是非除不可了。

夏爱华的眼神里渐露出凶光。

夏树匆匆将信封原封不动地还给李南,他蹲在李南的办公室旁边,压低声音说:"李南,这份表格还是由你交给夏总比较合适,毕竟是总监安排给你的工作,刚才是我太冒昧没有多想,非常抱歉。"

"好,我这就送去给夏总。"李南接过信封。

"等等!"夏树欲言又止。

李南疑惑地看着他。

"是这样,刚才我去找夏总的时候,她正在发脾气。虽然你刚来公司,但你应该了解我跟夏总的特殊关系,一直以来我们的工作与生活都分得很清楚……"

"我知道,一会儿我去给夏总送文件的时候,绝对不会提起你曾经去过她的办公室。"

夏树感激地看着他,"谢谢!以后有任何需要我帮助的事情,你尽管开口,我会竭尽所能去帮助你!"

李南拿着信封出去。

办公桌前。

夏树的眉头紧皱,耳边一次次地响起姑姑的话——

"当初你是怎么让一个老太太消失的,如今就让那个丫头怎么消失!"

夏树以前虽未跟姑姑共事,但他了解姑姑的行事作风,只要谁妨碍姑姑的前程,她都会尽全力清理干净。

只是,一个老太太和一个丫头,怎么能令姑姑那么生气,非要让对方消失不可?

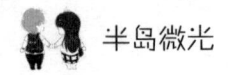

"树少爷。"

曹渊不知何时站在眼前。

夏树这才回过神来,"您好。"

"顾先生订了午餐,看你还在,请你一起过去。"

自从进入墨复集团,虽然在同一间公司,但夏树与姑父很少再有交集,如今姑父找他,无疑也是为两人的沟通营造了一次良好的机会。

用餐结束后,顾开复问:"是菜不合胃口,还是工作太辛苦?"

"都很好。"

"怎么觉得这餐饭你吃得心不在焉,遇到了什么困难没有?"

"我,的确有个问题想请问您……"

顾开复扬了扬眉,道:"愿闻其详,也希望我以自己的社会经验帮你排忧解难。"

"我和姑姑,这些年来都受到您的照顾,我觉得您比给我生命的那些人更珍贵,您对我很好。"

顾开复笑了笑,道:"树,懂得感恩的确是好事,但别弄得太煽情,今天就咱爷俩,你有什么事情,有什么疑虑,我希望你能够掏心窝子全都跟我说。"

要向他坦白吗?夏树犹豫了,他根本就没有证据证明姑姑伤害了一个老太太和一个小丫头,甚至连让她们消失的方式他都无从知晓,单凭他所听到的,能够作为指证姑姑的证据吗?

指证!夏树的心里一惊,他为何会想到这个词?

如果万一,他所听到的属实,而他将这些均事无巨细地告诉了姑父……

姑父正满脸期待地看着他。

"姑姑她……"

突然,夏树的脑海里闪过一个画面——

那天,姑姑故意挑衅顾青并诬陷顾青,并让夏树误会是顾青使得姑姑失去了孩子,夏树与姑姑发生了激烈的争执。

第七章

"我不会甘愿一直做一个被别人牵线的木偶。"

夏爱华逼近他，说："如果你认为自己还有退路，那就扯断了那根线，我们姓夏的先来个鱼死网破，正称了别人的意。"

夏树不经意抬头，竟看到姑父透过窗帘正看着他与姑姑。

他心头一惊，回到现实中，顾开复与他近在咫尺，他险些就把姑姑的罪状说了出来。

"你姑姑怎么了？"顾开复慈祥地看着他。

"对不起……"夏树语带愧疚地低着头。

"怎么？"

"其实……"夏树抬起头，"当日我在医院曝光，记者对于我的身世非常了解，所有的资料都是姑姑放出来，她故意想让我的身份浮上台面，她……对不起，我知道这件事情后也是非常地震撼，但是我没有勇气说出来。"

"只是这样？"顾开复的眼底难掩失望。

夏树笃定地点头。

顾开复叹了口气，他看着夏树，问："知道为什么我支持你的赛车事业吗？"

夏树摇头。

"我在你的赛车中看到了坚持与执着的精神，这点让我很钦佩。你吃得了苦，认定的事情就会去完成它，只是目标还不够坚定，我希望通过一场场的比赛能够将你的心智锤炼得更加成熟。同时，我了解你，树，这个梦想是你所热爱的，你追逐它，为此甘愿付出，所以从一开始，我并不支持你进入墨复，我觉得以你的资质，成为全亚洲的车王指日可待。"

夏树从来不知道自己在姑父心里的分量如此之重。

他感激地看着姑父。

"但随着你的身份曝光，有些事情明显失控了，这是我所未能料到

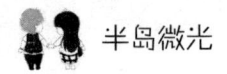

的。我同意你进入墨复,但不代表放任你背弃多年的理想与坚持。内心的真善美,丢不得,夏树。"

姑父的语重心长,字字句句都敲在夏树的心田。

姑父视他如己出,给了这么多中肯的意见,而他却在紧要关头刻意向姑父隐瞒了原本想诉说的真相,他果真不够坚定。

"工作的事情,别给自己太多压力,只要多多准备,总是有机会的。"

"谢谢。"

"青儿太任性,她跟你发脾气的那些事情,我全都知道。只是过去六年,我一直没能陪着她,心里对于她,始终都是愧疚的。你作为男子汉,青儿小时候最信任的哥哥,多担待。"顾开复站起来拍拍他的肩。

"我……"夏树欲言又止。

"还有事?"顾开复一脸期待地看着他。

"谢谢您,我会好好努力!"

顾开复嘴角流露出的笑意在这九个字中渐渐消失,随之流露出的无奈与失望占据了他整张面孔,他没再多说,点点头转身离开。

夏树懊恼地朝空中挥了一拳。

餐厅外。

顾开复突然剧烈地咳起来。他的身体半弓着,剧烈的咳嗽使他脸部涨红,他用手帕掩在嘴边,他感觉一股湿热的液体从喉咙里直奔而出,手帕的正中心是一团鲜艳的血渍。

曹渊见状立刻上前,道:"先生您怎么了?"

顾开复淡定地摆了摆手。

曹渊惊见顾开复的嘴角还有残余的血迹,惊慌地道:"先生,您现在不能再回集团,我马上联络张医生,让他派车来,为您做全面检查。"

"先送我回去。"

"先生,我不能让您这样回去,您现在需要看医生,让他评估您的健康状况。"

顾开复指指曹渊,"你呀,跟着我这么些年,越来越啰唆!"

第七章

"先生,只要您健健康康的,以后不管您怎么说我都行,但现在请您听我的,让张医生检查一下。"

顾开复固执地坚持着:"下午有个会议……"

"如今虽然后辈个个都还是经验太浅,但也要给他们机会去放手一搏!"曹渊努力劝着顾开复。

顾开复调整呼吸,道:"曹渊,夏树就在后面,他一会儿就出来,现在,我需要你的配合,对于我身体有恙的情况不得声张。走,我们回去。"

"先生。"

"如今人心难测,他对我还有所防备,三言两语跟你也说不清。"顾开复闷咳了几声,疲倦地看着曹渊,"回去!"

曹渊不敢怠慢,赶紧搀扶着顾开复离开。

第八章

顾宅。

张锦庭为顾开复量完血压，有些担忧地问："先生最近是否压力过大？"

"还好。"顾开复微闭着眼睛，答得轻描淡写。

"鉴于您目前的身体状况，我还是建议先生来我们诊所进行全面的健康检查。"

"那些检查年年都做。"

"是，但去年直到现在，也都超过一年了，先生您还没到诊所报到。还有，刚才听曹助理提起您前些天咳血……"

"这个曹渊，真是越来越婆妈。"

"之前的咳嗽是风寒引起的，吃了药还是未能见效，先生，我下周派车来接您，我们去诊所做一个全面的检查。"

"都是些小问题。"顾开复答得毫不在乎。

曹渊沏了一壶茶进来，见张锦庭丝毫劝不动顾开复，他倒了一杯茶放在顾开复的床头柜，转头说："张医生，看诊的时间我再跟你商量，今天真是辛苦你，我让老吴送你回去。"送走了张锦庭，曹渊刚要开口，就被顾开复拦了下来，"曹渊，如果你想劝我去检查，我劝你还是别开口。"

"如今小姐回来了，先生应该保重自己的身体。"

顾开复突然看向曹渊，"小姐，小姐回来了？"

曹渊担忧地看着顾开复。

顾开复拍拍脑袋，"是，青儿被找着了。"

"先生您没事吧？"

"我没事，别用这种眼神看我，曹渊。对，青儿回来了，我最近太

第八章

忙,一时间没有明白刚才的意思,没有其他任何的问题,我记得,我记得!"顾开复端起茶杯,刚放在嘴边,他又看向曹渊,"青儿回来了,人呢?"

"先生,今天您跟树少爷吃饭的时候,小姐打过电话来,说她想回李家看看。"

"李家?"顾开复疑惑地皱着眉。

"您说李家老太太刚出院,小姐也有好一阵子没回去过,就答应了。"

顾开复的神情显得凝重,他看着曹渊,"帮我联络张医生,让他帮我排下一次检查的时间,我想先休息一会儿,下午的会议你帮我主持。"

曹渊点头离开了房间。

顾开复揉着太阳穴,疲倦地靠在床边。

刚才的一瞬间,顾开复全然忘了顾青回来的事实,是他最近太忙,还是他潜意识中仍旧希望顾青从未回来?

前几天跟夏树一起吃饭,原本顾开复并未起疑心,但见夏树欲言又止,随后又极其流利地说出了夏爱华让他曝光在娱乐记者前的事。顾开复对夏树开始起疑,他派人着手调查后才知道,就在跟自己用餐的不久前夏树才匆忙从夏爱华的办公室离开。

夏树究竟听到,或是知道了什么?

他又把曹渊叫进来,"开车,带我去李家。"

墨复集团。

夏树坐立难安地晃着手里的笔,自从那天在办公室无意听到夏爱华的电话,好几天过去了,他都提心吊胆,生怕当年的事情再次发生。他每天打无数的电话回到顾宅,虽然得知顾青平安无事,她的生活作息如常,但夏树的心里仍旧感到不安。

"其余的同事都外出用餐,怎么就你一个人还在?"

"我……"他的笔掉在地上。

"你最近心不在焉又事事躲着我,怎么了又?"夏爱华严厉地看着他。

"没事。"

 半岛微光

"我希望你能够花点心思!好不容易进了业务部,你的一举一动都会被别人放大,你必须做到完美无缺。"

"我会尽力。"

"尽力?树,你最近的怠慢我看在眼里,你每天魂不守舍地打电话回去找顾青,你究竟想做什么!"

夏树站起来提醒她:"姑姑,只要顾青是安全的,工作的事情我会用心完成。"

最近不仅夏树躲着自己,连顾开复都对她冷淡了不少。

她看着夏树说:"安全?你听到了什么?"

"我什么都不知道,也不想知道。"

"那就拿出你的魄力!好好地做出一番业绩出来给所有的人看!你看看你!"

"姑姑,您是夏总,但我的直接主管是周总监,我是否需要做出业绩,那都是我的问题,我不需要把我的工作一一向您报告!"

夏爱华怒不可遏地瞪着他,"我不想让你在同事里难堪,也没心情跟你在这里吵先乱了自己的阵脚,树,业务部的李南,他会是你的强劲对手,作为刚入部门的新人,你们会随时被拿来做比较……"

"谢谢您的指教,但是我相信这些事情我可以应对!"

"应对?你可知道李南目前负责的是全球百强的大客户,如果你再不努力,我怕你会输得很惨。"

李南,这个名字小小地触动着夏树的心灵,如果当初自己未曾放弃铭传大学金融系,他们将师出同门。如今虽在同一条起跑线,可是李南的能力及机智的确让夏树佩服,但夏树不想与之为敌,更不想再去争夺什么,他不过是想得过且过地混日子,让他撑过三年光阴。

"为了你,为了我们,别输得一干二净,你必须得努力了,树!"

夏树低头不语。

夏爱华愤怒离去。

墨复集团。

电梯外。

第八章

他挂断电话，他看到眼前晃动的一个熟悉身影，连忙追上去，"周总监！"

"李南？怎么，慌慌张张的？"

"总监对不起，我家里临时有点事情，我想下午请假。"

"下午我们部门有场会议，你确定？"

"对不起！"李南深深一鞠躬，"事发突然，我必须赶回去。"

周晨点点头，道："下午的会议记录我让助理发到你的邮箱，明天你上班的时候看看，如果还有不清楚的，就问问老陈。"

"谢谢总监！"李南心急如焚地一路小跑。

电梯门打开，夏爱华板着一张铁青的脸走出电梯，她看着一个似曾相识的背影发呆，那个背影奔跑着，像极了夏树每每获奖之后的神情，她总能在电视的直播画面里看到夏树奔跑的背影，她感慨良多地苦笑着。

"夏总好！"周晨弯着腰。

夏爱华象征性地点了点头，指着那个奔跑的背影问："那是谁？"

"夏总不知道？他就是我们业务部的新助理小李。"

"李南？"夏爱华感到诧异。

上次从周晨那里得知李南家境普通，夏爱华的潜意识中一直认定他不过是个平庸的小子，没想却是个挺拔英俊的小伙子，且背影竟与夏树如此相似。

周晨不觉有异，笑着说："对，他就是李南，上次我们部门的迎新会，夏总没来参加，但是非常感谢您的大力赞助，那天同事们玩得很尽兴，一直没找到机会跟夏总道谢。"

"这个李南，工作表现如何？"夏爱华问。

"作为新人，他的表现可圈可点，有魄力，他在铭传大学读了双学位，主攻营销和金融。"

"铭传大学？"夏爱华心头又是一惊。

周晨这才察觉夏爱华的神情有异，他笑着说："夏总放心，他虽然有魄力，又拥有双学位，但我并没有主动带他，而是让部门的老陈带着他。"

"但他却负责全球百强的客户!"

周晨尴尬地笑笑,说:"全都仰赖跟着老陈。我也没想到老陈的关系网会那么广,上次集团会议,顾先生把全球百强的客户指名给了老陈。"

"顾先生直接指名?"

周晨有些委屈地说:"这老陈是公司里出了名的保守派,稳中求胜,没有任何的创新,带的一些新人要么是辞职走人,要么直接管理他……"

"例如你?"夏爱华一针见血,"如果我没有记错,当初周总监也算是老陈旗下的得力大将,最后不也是踩着他上位?"

周晨窘迫地傻笑着说:"夏总,没什么事情我先回去了。"

"周总监!"夏爱华叫住他,"这李南急匆匆地是要跑去哪里?"

"说是家里临时有事,跟我请了假。"

夏爱华若有所思地点点头,说:"明天把李南的履历表复印一份给我。"

周晨点点头,心情并不愉悦地进了电梯。

夏爱华的视线里已经无从捕捉那个背影,但心头平添了一丝阴霾,她拿出手机拨通了叶德的电话号码,"是我,你说要下手的事情,处理得怎么样了?记住!务必要做得干净利落,事成之后我给你一笔钱,你离开后就别再回来!"

挂断电话,她阴郁的眼里露出凶狠的光。

*** ***

李家楼下。

顾青委屈地坐在楼间的楼梯上,见李南来,她几乎是扑进李南的怀里。

"小北,怎么了小北?"他担忧地问。

怀里的少女仰起头,漆黑的双眸里闪着柔亮的光,"我想你,想妈妈,想爸爸。"

"小北,只要你愿意回来,这个家门永永远远都向你敞开!"

顾青无比眷恋地望向那扇紧闭的门,那扇曾承载了她无数欢笑的

第八章

门,顾青哭着摇头,"哥,对不起,都是我的错,我回不来了。"

"怎么会回不来?只要你紧紧牵住我的手,可以的,可以的!"李南牵着她的手往上走。

顾青原本迈出的步子陡然间停了,她垂头丧气地摇头,道:"没用的,妈还在生气,她还不能原谅我。"

"除了她自己要想明白,你也需要给她一个解释。"

再多的解释在此刻都是苍白的,六年前的蓄意隐瞒已是无法改变的事实。

"哥,我不想再惹妈生气,既然她不想见我,我在这里坐坐就好。"

"只要你愿意迈出这一步,只要你愿意解释,只要你愿意去澄清我们所误会的一切……"

"你也误会了吗?"她望着他。

李南迅速摇头,道:"只要不是你亲口对我说的,所有的一切都将不是事实。"

顾青内心感动无比。

"小北,听我的,回来,继续完成你的学业,哥哥我现在找到一份好工作,只要我愿意去努力,一定能保你前程无忧。"

李南深情地望着她。

她露出了久违的发自肺腑的笑容,"谢谢哥。"

李南情绪澎湃地拍拍她的肩膀。

但她随即说:"但是我不能。"

"为什么?"李南不解地看着她,"小北,这段时间你究竟经历了什么?为什么你再不肯跟我交换秘密?"

秘密?她何时拿自己的真心来跟李南交换秘密?

顾青愧责地看向李南,"哥……"

"你跟我之间从来都是无话不谈,为什么这一次,小北,你要刻意地跟我疏远?是谁要挟了你,或是,你有难言的苦衷?"

她的眼帘低垂,浓密的睫毛弯翘着,那张洁净无邪的脸庞平添了几分愁容和心思,李南扳住她的肩膀,"小北,如果你不说,我们全家都会被你折磨得疯掉!那幢房子我们已经退还给了那个远房叔叔,我求求

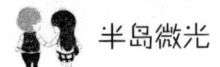 半岛微光

你,小北……"

"哥,我向你保证,那些事情全都是妈幻想的,我没有受任何人的小恩小惠,我更加不会为自己的虚荣出卖自己的青春。"

李南认真地看着她。

隐瞒了六年的秘密!

她犹豫着是否要告诉李南。

那双真诚的眼神深情地看着她。

"哥,其实我是……"

……

楼道内静悄悄。

李南静静地看着眼前的女孩,安静地聆听她给的答案。

不管她说什么,他都会相信。

……

"其实我是……"

走道里传来急促的脚步声,"小姐,先生找你。"保镖迈克匆忙地说完就上前拉着顾青。

顾青感到疑惑,她要回李家,父亲明明已经答应了的,为何还要找她?

"我有些事情想跟哥哥说,你先回去。"顾青拒绝跟迈克走。

"小姐,别让我为难,先生着急想要见你。"迈克执意要带走顾青。

李南见状一把推开迈克,"你松开!她已经拒绝要回去了,这里才是她的家!她今天哪儿也不去,就待这儿了!"

身形魁梧的迈克虽是训练有素的保镖,但他们一直都以武力解决问题,他抡起拳头就朝李南挥去,李南反应急速地将脑袋一偏,迈克的拳头砸在墙壁上,他恼怒地又扬起了拳头,顾青毅然地将身体挡在李南的

第八章

前面,她朝迈克咆哮着:"你,住手!我现在不想回去,你先走!"

"对不起小姐,恕难从命,先生的车子就在外面。"迈克臭着一张脸。

父亲在外面?他来做什么?

"先生是谁?"李南看着她。

事出突然,只言片语无从概括,顾青纠结地看着李南。

迈克的电话响起,他把电话递给顾青,"小姐,先生要跟你说话。"

顾青接过电话,她的神情越来越凝重,她挂断电话,看向李南。

"我下次再来找你。"

"有我在,你不必担心,小北,我有能力保护你!"李南拖住她的手。

她挣开他的手,"对不起。"

随即由迈克护送着一路走出了公寓。

李南看着两手空空的自己,他担心小北出事,快速地又追了出去。

公寓外,他看见小北坐进了奔驰车内,他快步上前,他看到了坐在小北身边的男人。

男人重重地拍着小北的手,而小北则伸出双臂拥抱住男人。

那个男人,竟是墨复集团的总裁——顾开复!

李南的脚步如同灌了千斤的铅,他抬不起脚步,只能眼睁睁地看着奔驰消失在视线内。

顾宅。

红砖墙房。

顾青难掩复杂的情绪,她虽然用手掩住口鼻,但眼泪还是如同断了线的珠子一样掉落。她委屈地哭道:"这些都是真的?"

顾开复神色凝重地点点头。

顾青冲到电话机旁,她拎起话筒按了几个键,顾开复见状赶紧出手切断了顾青与外界的通话,"青儿,事到如今,我们唯一能做的,就是'忍'!"

"为什么?"她痛苦地哭着。

"小不忍则乱大谋!"

"我不管您有多大的谋,那是一条生命,是奶奶的命啊!我不信谁

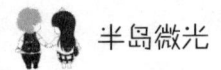 半岛微光

那么有能耐可以只手遮天,我一定要报警,我要让法律严惩那些坏人!"

"叶德不是等闲之辈,他身边有的是为他扛下责任的兄弟。青儿,如果这次失败了,奶奶的仇,我们就永远也报不了!"

"我不懂不懂不懂不懂不懂!为什么好人没好报,坏人却依旧在外面逍遥?!"

"青儿,控制住你的情绪!"顾开复拍着女儿的背,"这是件非常残忍的事情,选择告诉你,我挣扎过犹豫过甚至退缩过,但你是我顾开复的女儿,你是墨复集团的未来接班人,你的情绪必须深藏不露……"

太难了,为何她不能够快乐无忧地享受青春?

为何她要背负如此重大的家族使命?

顾青抿着嘴唇,下巴依旧抖动得厉害,她的眼眶已经哭得泛红,"可是奶奶……"

"奶奶不会白白送命,她是用自己最后的生命为她亲爱的孙女铺就一条坚不可摧的道路。青儿,你要记住,凡事要忍、藏、让,直到最后,你才能够擒获你所想要的。"

用她的青春,奶奶的生命,来铺就这条她原本就不想走的路,太不值得了。

顾青叹了口气。

"总之,我答应你,我会让奶奶安息,会为你铺平未来走的路。"父亲的手紧紧地握住她的手,"哪怕是付出我的生命,我也要为你完成这些。"

"不要……"顾青满脸是泪,"我最爱的人全都离开了,爸,别再让我离开你!"

"只要是最爱你的,都会前赴后继地守护你,放心!"

顾青摇头。

清澈的泪珠在她的脸上滑动,顾开复心头一酸,将女儿重重地搂在怀里。

*** ***

墨复集团。

第八章

李南坐在办公格子里出神,他的脑海里无数次闪过的画面让他感到痛苦——

奔驰车内,男人重重地拍着小北的手,而小北则伸出双臂拥抱住男人。

他抡起拳头重重地捶着自己的脑袋。

"小子,跟着我是有多痛苦,你看你,对外和颜悦色游刃有余,没想到对自己这么下得了手!"老陈重重地弹着李南的脑壳。

"师傅。"

"蔫了?你是受什么打击了小子?"

李南苦笑。

"如果是工作的事情,告诉我,我保证帮你把所有的阻碍都杀得片甲不留。"

顾开复,算是他的阻碍吗?

李南闷头说了一句话。

老陈失控地尖叫一声,办公室的人纷纷望向他们,老陈压低了声音敲着李南的头道:"你脑壳肯定是坏掉了!小子,这是多好的机会,别人想求都求不了的,你倒好,推得一干二净!"

"师傅……"

"你要说直接找总裁说去,我可不想蹚这趟浑水了!"

李南有种初生牛犊不怕虎的冲劲,他站起来,"去就去!"

总裁办公室。

李南把话重复了一次。

顾开复非但不动怒,还发出了爽朗的笑声。

"全球百强的客户,你不费吹灰之力就全都掌握在手,你居然说不想要这些客户?为什么李南?你需要说一个让我信服的理由,而我现在对这个理由充满了好奇。"

"我现在就像个无名小辈,怀揣行走江湖的梦想,我当然幻想有一天能够成为武林高手，但是我不想借别人给的一身武功，这些东西来得快去得也快，让人心里不踏实。"

"既然你想行走江湖，你是无名小辈也好，武林高手也罢，这些客户如同一份武林秘籍，你在天时地利人和的情况下得到了它，有什么不踏实的？"

"谢谢总裁的好意，但是我无功不受禄，还是请您收回吧，而且集团内比我优秀的人才多得是……"

"我就自诩一下，我觉得自己是个伯乐，而在我的眼里，你就是我所寻找的千里马。"顾开复不改初衷。

"事到如今，我也只能跟您打开天窗说亮话，或许在您未寻得我这千里马之时，您就已经知道了我的来路。"

"哦？"顾开复脸带笑意地看着李南。

他越来越觉得这个小伙子有意思。

李南能够将任何事情都分析得如同白开水般地透彻，没有隐瞒，没有心机，把青儿交给他，相较于交给夏树，更让顾开复觉得稳妥。

李南毫不拐弯抹角，"顾先生，李小北是我的妹妹。"

顾开复点头，"那又如何？"

"其实自从今年高考结束后，她的行为举止就非常怪异，突然搬家自己出外找工作养活自己。"

青儿果真守信用，对于她的过去丝毫未提。顾开复欣慰地笑着："那样很好。"

"不好，自从她搬出我们家，所有的一切都变得不好，她从不提她工作的事情，有一次我逼着她讲，她告诉我她在墨复旗下的工厂。"

"这也是你为何进入墨复的原因？"顾开复问。

李南点头。

顾开复又一次露出了笑颜，真是无心插柳柳成荫。

"您，对于小北应该并不陌生。"

顾开复点头，道："丝毫不陌生，她是我的女儿，她的真名叫顾青。"

"什么？"李南简直不敢相信自己的耳朵，他本能地重复，"她是您的女儿？"

第八章

"是，我找她找了六年，才让她再次回到我的身边，我应该好好地去答谢你们一家对于青儿的养育之恩，但是青儿不想放弃'李小北'的身份，我想也是，在她需要关爱，需要一个拥抱的时候……"

"这二者并不冲突，为什么她不愿意？"李南并不理解。

"说来惭愧，我并不是个称职的父亲，我虽然找到了她，但她并不愿意跟我回家，我的确使用了一些非常规的手段，迫使她必须跟我回来……"

"有些话，身为墨复集团的一个小员工来说，说出来并不恰当，但是我想以李小北哥哥的身份来跟您说一句，您不觉得自己的做法太残忍了吗？她不过是个十七岁的女孩，该无忧无虑享受青春的女孩，您却用非常规的手段，迫使她必须跟您回来！"

"是，你说得没错，自从青儿回来后，她跟我相处得并不融洽，我们时常冷战，她把自己的内心锁起来不愿意与我交谈，直到发生一连串的事情之后，她才愿意向现实妥协。"

李南心疼妹妹的遭遇，难怪每次与她相逢，她的精神状态都不好。

"发生一连串的事情？"

李南可想而知其中的痛苦。

"这些事情说来话长，李南，你可能认为我做事太狠，不给自己留任何余地。但我希望你明白，商场上万万不能优柔寡断，否则就会被敌人的利剑直刺入喉。"

"这些道理我懂，但是让一个十七岁的女孩来接受这些事实，会不会太残酷？"

"不瞒你说，如今我跟青儿都是背水一战。墨复集团虽然是我名下的产业，但它已经是上市公司，我手头的持股率虽然仍属最大，但难保不遭有心人的暗算。李南，我没想到你会进入墨复，那些不是由我操控的，只能说冥冥之中，命运让你来帮助我们。"

"我不懂。"

"我属意让顾青做墨复的接班人，但这其中藏着巨大的阻碍，我必须培养一名得力干将，在未来的路上能够帮助顾青，而这个人，就是你！"顾开复望向李南。

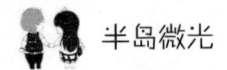 半岛微光

李南感到吃惊,"我?"

"是!我知道她一定不会安排周晨带你,于是业务部最保守的老陈便被指派带了你。在外人眼里,我跟你毫无瓜葛,把全球百强的客户转由你负责,也就最最不会引起别人的怀疑。"

"她,是夏总吗?"

"如今的你我,就不是毫无瓜葛了,我们以后的接触势必会越来越频繁,我提醒你李南,你必须提防她身边的所有人,包括夏树。"

"为什么你认定我会帮你?"

"不是帮我,是帮顾青。"

一句话,直接戳中了李南的要害,更加掐断了李南对于所有事情的好奇,他甚至忘记此行的目的,他已经完完全全地被顾开复说服。

是,只要她是快乐的,不管她是李小北或是顾青,只要是她,他甘愿奉上自己的生命。

公关部。

夏爱华拿着李南的履历表,照片时里的李南洋溢着青春气息,浅黄色的立领POLO衫更显出他热情的个性,她看着表格里一项项的内容。

李南,男,二十二岁,毕业于铭传大学,拥有营销与金融双学位。母亲是家庭妇女,父亲是卖菜小贩。

出身果然平庸。夏爱华面露不屑。

有个妹妹,名叫李小北,十七岁。

儿女成双,也算是好福气,夏爱华竟有点羡慕李南的母亲。她把履历表随手往桌上一放,无意间瞄到了李南家的住址。

住址?夏爱华的脸色变得很难看!

那住址,夏爱华亲自开车去过,当时还带了不少的补品,目的就是为了羞辱顾青的养母!闲聊之下才知道顾青并未将她回到顾家的事情告诉养母,夏爱华就说顾青是介入别人婚姻里的小三,让养母与顾青之间生隙。

夏爱华觉得心口发疼,愤怒的血液在她身体内肆意翻腾着。

自从顾青回来,她的日子没有一天是好过的!

第八章

她想借怀孕一事扳倒顾青,却不料顾开复早已做了绝育手术。

若非当天她反应及时,当日被赶出家门的人就是她!

她让夏树进入墨复,却不料顾开复也安排了自己的人进入,而且就在夏树的身边!

在她放下心防的同时,他竟将全球百强的客户全都给了李南!

是她的疏忽,才造成今日不可挽救的后果!

她的恨,早已经灌满了内心的条条血脉!她恨不得立刻将顾家所有的人逐出,拿回属于她的,属于夏家的天衍!

夏爱华的脸色铁青,一双眼睛瞪得发红,她将履历揉成团丢向门口,拿起电话拨给业务部的周晨。

办公室的门突然被推开,夏树气冲冲地走进来。

欧咪在一旁连连道歉:"抱歉夏总,我没能拦住树少爷。"

"你先出去。"

欧咪匆忙地关上门退了出去。

夏树看到地上的纸团,他捡起来,"你真的拿他的履历来看!"

"我是管理高层,想看一个员工的履历不违法,也不需要向你做任何报备。"

"我不敢越权来指责您,但他只是一个小员工,并没有做错任何事情,为什么您要让总监记他大过?"

"夏树,我是对事不对人,他无故旷工半天,严重影响了工作进度,你觉得是否要记他大过?"

"他昨天下午请假了。"

"你是亲耳听到,还是看到了?姑且不说你是否听到看到,请假的流程他走了吗?我没有看到他的任何请假记录。夏树,我们是上市公司,所有的一切都必须按照规章制度!"

夏树笑了笑。

夏爱华恼怒道:"你笑什么?"

"觉得您把每个人都当作假想敌,尽心尽力地为我排除一切障碍。

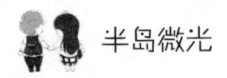

您可能是防患于未然,却让我的生活圈越来越窄,这些年来,我有无数的敌人,却永远都没有朋友!"

"朋友?你当他是你的朋友?"夏爱华从夏树的手里夺走那份履历表,她把表格摊开,指着"家庭成员"那一栏气愤地道,"你知道她是谁吗?!"

"李小北?"

"哼!"夏爱华冷笑,"她有另一个身份,跟你非常熟悉。"

夏树的心里已经有了答案。

"就是顾青!"

他还是感到吃惊。顾青的另一个身份是李小北?

"看看,顾家人演的这场戏真是完美无缺,答应你进入墨复,同时也安排了一个隐形人,如果不是我细心察觉,一旦你们成为朋友,他就是潜伏在你身边最大的'间谍'!"

夏树被突如其来无比复杂的关系网弄得头晕,他摇摇头,"应该只是巧合。"

"巧合?那你觉得,以他那么精明的人,会把全球百强的客户交给一个毫无经验的新人?就算他想托付,那个人也应该是你,不是吗?"夏爱华意味深长地看着夏树。

没错,得知姑父指名将那些客户交由李南负责时,夏树内心也矛盾纠结,但他不也同样对姑父隐瞒了诸多秘密?姑父如此对他,纵然他内心感到失落,在此刻却仍觉得这不过是因果报应。

"我拜托你,积极一点,进入墨复集团的业务部不过是我们要走的第一步,你不能就这么安定地想就此不再往前!"

办公桌的手机响起,夏爱华恨铁不成钢地瞪了夏树一眼,走过去接电话,当她看到来电显示时,下意识地将手机握在手心,转头看着夏树说:"不必替一个不是你朋友的人求情,况且是他错在先,没什么事情以后少来公关部走动!"

夏树转身离开。

业务部。

夏树看着时钟一分分地消逝,他的内心久久无法平静。为了掩盖自己的罪行，他默许了姑姑对自己所做的任何决定。

进入墨复，尽管它与自己的梦想背道而驰。

疏远顾青，尽管她是自己多年来追寻的梦。

他不自觉地看向李南。

李南的轮廓在某些时候与自己颇为相似，但李南的笑容更具感染力，他有活力，有主张，具有极强的表达能力，他的确比自己优秀。但只要想到过去六年，顾青都与这样的人生活在同一屋檐下，夏树对李南突然又多了几分嫉妒。

李南在他的注视下走到了面前，"夏树，你怎么了？"

夏树这才意识到自己的无礼，他笑了笑，"没事，只是想说我们认识的时间也不短，不如……"

李南的电话突然响起。

李南做了个抱歉的动作，他接起电话，语气温柔地说："小北。"

小北，顾青。夏树很自然地将二者联系在一起，他不自觉地竖起耳朵。

李南依旧笑着，"那你想吃什么拿手好菜？好，那我就鸡汤猪肘烤鸭伺候着你，好不好？"他呵呵地笑着，"你哪里胖了，小瘦子一个，好，周末见。"

夏树几乎能够想象得出顾青与李南之间的那份亲昵，他觉得心酸难过。

挂断电话，李南看着夏树问："你刚才说什么？"

"本来想说周末跟你聚聚，怎么，你有约？"

"对不起，我这周末真有约，我们家的公主要回来吃饭！"李南眉开眼笑。

公主？顾青果真担得起这个名号，她的确该被人以公主的待遇来疼爱及呵护。

只是这个人，不是自己。夏树感觉自己的心撕心裂肺般的痛，对于李南的嫉妒，已不再是初前的几分，而是燃成了熊熊火焰。

第九章

夏雨罕见地淅淅沥沥地落了整夜。

夏树睁着清亮的眼睛躺在床上，自从进入墨复之后，他每天的睡眠不足四小时，夜夜都在过去的回忆里耗尽所有精力后才能勉强入眠。今夜，毫无悬念地，在如曲的滴答声中，夏树又失眠了。

他听到外面有轻微的动静，他将视线瞄向了门外。

一整夜，他的门就这样敞开，生怕顾青变成一只精灵飞回李家，更怕她再也不回来。

他隐约看到了顾青的身影，他弹跳起来，冲到门边。

顾青身着淡粉色的棉质衬衫，袖口及下摆缀满蕾丝，腰间的棉质腰带紧系，勾勒出她的曲线，一条浅色的牛仔短裤，下摆亦缀着蕾丝。她穿着一双白色球鞋，长发束起，更显得她轻灵动人。

"你要去哪里？"他轻问。

她转过身，唇色如水蜜桃般娇艳，脸颊透着淡淡的胭脂红，漆黑明亮的眼睛里带着笑意。

"怎么？我去哪里做了些什么都必须告诉你吗？"

笑容中的冷意与疏离使夏树心痛。

他们近在咫尺，却如同隔着万水千山。

"不是。"他痛苦地摇头，"我不是那个意思。"

"不管你是不是都好，你不是墨复集团的接班人，我也不是你手下的员工。"

如同冷冰冰的一条线，隔绝了他们。

第九章

"我，只是关心你。"

"那，谢谢你。"连最后的一丝笑意都消失在那张美丽的脸庞上。

夏树重重地关上了门。

他对她满腔的爱，炽热的爱，在此刻，全都冻僵了。

顾青离开没多久，姑姑来敲他的房门，"树，你睡醒了吗？树？"

房间内静悄悄的，夏树觉得自己要死掉了，他连张口说话的力气都丧失了。

"树？树？"夏爱华站在门外笑了笑，"真是，平日里最早起的今天还赖着，算了，工作也挺辛苦，你继续休息。"

她的手机突然响起来，夏爱华刻意压低声音，"叶德，你说。"

叶德？夏树听到这个人名时本能地站起来，他将耳朵贴近门边，仔细地听着外面的一言一语。

夏爱华拿着手机边走边讲，她讲话的声音极低，夏树无法得知她究竟在讲什么。

夏爱华走向长廊，夏树迅速地从房间里走出来紧跟在她身后。

"叶德，他早就对老太太的意外死亡产生了怀疑！你让我平静？你跟我说了那么多的事情我怎么还能平静？一旦他派人查了，以他的能力，查到你我不会超出半个月，我希望你尽快做完这件事情后离开，让所有的线索全都断了！"

夏树简直不敢相信自己的耳朵。

莫非，顾家奶奶的死亡与姑姑有关？

他靠近石柱继续听着姑姑与那个名叫叶德的人的对话。

"对了，我还需要你帮我教训一个人。他叫李南，住址你也知道，是，教训一下就好。"夏爱华径直走向白色楼房。

走回房间的夏树惊觉自己的脊背出了一层薄汗，他把房门落了锁，在室内焦急难安地来回走动。

他所听到的一切，足以令他震撼！

姑姑虽没有直接取人性命，却是幕后主使者，而她与叶德有什么关

 半岛微光

系？而他们究竟在一起密谋什么？

他需要把所听到的一切告诉姑父吗？

夏树的耳边响起姑姑的话——

"看看，顾家人演的这场戏真是完美无缺，答应你进入墨复，同时也安排了一个隐形人，如果不是我细心察觉，一旦你们成为朋友，他就是潜伏在你身边最大的'间谍'！"

他摇摇头，"应该只是巧合。"

"巧合？那你觉得，以他那么精明的人，会把全球百强的客户交给一个毫无经验的新人？就算他想托付，那个人也应该是你，不是吗？"

自己与李南，有某种神奇的联系，存在千思万缕的连接，更致命的是，他们的共同存在是矛盾的。

他拿起电话的手犹豫着，是否要拨一通电话给姑父。

耳边又是姑姑的声音——

"我还需要你帮我教训一个人。他叫李南。"

他矛盾着。

"对不起，我这周末真有约，我们家的公主要回来吃饭！"

李南的眉开眼笑犹在眼前。

他纠结着。

他想起自己曾经祈求——

"别把我当作敌人。"

"那是什么？"

第九章

"只要不是敌人,任何角色都可以。"

"不行,我眼里除了树哥哥,就是敌人。树哥哥死了,你只剩下这唯一的角色。"

他做不成她的树哥哥,却有能力去剥夺别人做她哥哥的权利。

他内心燃烧的熊熊火焰一刻都不曾停歇。

夏树挂上了电话,神情空洞地爬上床。

顾青的绝情将他的爱冻僵了,此刻他身体内的爱与恨正处于两种极端。让爱与恨去争吵喋喋不休吧,他累了。

他拉过棉被,用瘦长的手指缓慢地将它盖过了眼睛。

*** ***

李家。

李南在厨房里忙着做一道道的菜,母亲一直不安在身边打转,"南,你说小北会不会生我的气?上次她回家我都没给她开门。"

李南故弄玄虚地说:"有可能,您也知道小北有时候很任性,脾气太犟,都不知像我们家的谁。"

"像我像我!"母亲揽着小北的所有缺点,"我有时候真怕,她一犟起来了就再不回这个家了。她虽然聪明听话,但到底还是个女孩子,六年前我们把她从路边带回来的时候,她身上的伤痕到现在我还记得,我,生怕她受任何的委屈!"母亲的声音有点哽咽。

"妈,过去的事情都过去了,这些年,小北在咱家过得多快活,我们虽没给她公主般的待遇,但我们是真心把她当公主一样疼的,尤其是您,妈,您就别瞎伤感了,一会儿小北回来,见您这样也会难过,您可别把她给招哭了。"

"南哪,如果上次那个女人说的是真的……"

李南知道母亲提的人一定是夏爱华,他没好气地回:"什么女人?"

"就是……唉,我不该不听小北的解释,不对,我本就不应该怀疑

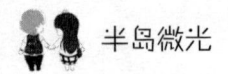

她,她的品行怎么会不清楚?我现在真的很后悔自己曾对她做的事情,我还动手打了她。"母亲自责不已。

"妈,您就别难过了,也别多想,总之以后,我们只听小北说的,别人的任何意见都左右不了我们。"李南扶着母亲坐到客厅的沙发,"今天呢,您就好好休息,看着新闻,我呢,还有几个拿手好菜,炒好了估计小北也就到了。"李南哼着歌为母亲打开了新闻频道。

母亲抓住李南的手臂,"小子,你今天很奇怪,精神特别好,你在兴奋个什么?"

"没什么。"李南的眉眼间都洋溢着笑。

"你以为你瞒得过我?"

"总之我有什么高兴的事儿,都肯定跟我们家有关,小北一会儿可就回来了,今天她有大事宣布!"

受到李南的情绪影响,母亲显得有些兴奋,她高兴地问:"是什么是什么?"

"等着小北回来揭晓谜底。"李南又哼着歌进了厨房。

公路上。

雨势未减反增,路上的行人与车辆匆匆而过,湿滑的路面让老吴无法分神,他专心地握着方向盘。

坐在后排的顾青看了看手表,就快要抵达李家了,而她隐瞒了六年的秘密,在今天就要全盘托出,尽管父亲向她保证,李南在得知这一消息后显得格外平静,但顾青对于李家的愧疚丝毫未减。

昨晚,父亲除了告诉自己李南已经得知事情原委,还告诉她另一件事情——原来在机缘巧合之下,李南进入墨复集团工作,且与夏树同属业务部。父亲对于夏树的不信任虽然并未说明缘由,但他把手上全球百强的客户给了李南,这点已经证明了谁在父亲的心里占有更重要的位置。

顾青很高兴李南能够进入墨复,但同时又担忧,觉得自己已经亏欠李家六年的情感,如今又要让李南陪她共同经历水深火热的家族争斗。

依顾青的想法,李南这个局外人完全可以避免参与进来,干净自如地离开这场战局,但从父亲的眼神里,顾青知道,在某种层面,李南与

第九章

父亲已经达成了男人间的共识与默契,她知道自己无力改变,只能使自己狠心地离夏树更远,更陌生,更疏离,更绝情。

一如刚才。

她能够看到那颗少年颤抖的心以及感受到他的绝望,但顾青别无选择。她选择与夏爱华为友,与之友善不起冲突事附和故作乖巧听话,这些都已经触及她的底线,她无法再容忍对着第二张姓夏的面孔做出同样的事情,尤其是,当她知道,夏爱华有可能就是害死奶奶的幕后凶手以后。

顾青的恨,日日夜夜地凝聚在体内,只等着有朝一日,将她与奶奶的所有冤及恨全都来场了结。

就再也谁都不亏欠谁。

车内。

顾青忍不住打了个喷嚏,她抽了抽鼻子说:"吴爸,冷气太强了,好冷。"

老吴随手将车内的冷气关掉。

前方的一条小路里突然冲出一辆小货车,货车直撞向奔驰,老吴将方向盘一个打转,车子紧贴着货车。

两辆车身发出摩擦声,老吴喊道:"小姐,别担心!"

顾青紧张地拉住车内的手把,吓得连连大叫。

老吴迅速地转动着手里的方向盘,车身撞向路边的护栏。

老吴将方向盘扳了回来,虽然惊吓连连,但总算有惊无险。

顾青稍稍松了口气。

身后的小货车突然掉转方向,朝着奔驰又冲撞过来,老吴加速,两辆车在路上互相追逐。

"小姐,情势不妙,你赶紧打电话给先生!"

顾青惊慌地从口袋里摸出手机,她摇摇晃晃地对着手机拨号,谁知道后面的小货车加速对奔驰穷追不舍,它对着奔驰车连连追撞,顾青在

车内东倒西歪,连手里的手机都掉到了座位下。

"吴爸!"顾青吓得失声痛哭。

"别担心!"老吴的声音沉着稳重,听不出半分的焦急,他用力地踩着刹车。

"吴爸,现在怎么办?"顾青吓得乱了手脚。

"你先打电话给先生,我能撑多久就撑多久!"

顾青伸手摸索着掉在座椅下方的手机。

砰——

车身被货车猛烈撞击。

顾青趁势抓住了手机,她颤抖着拨通了父亲的电话。

两辆车并行在湿滑的道路上,道路两旁的车辆纷纷避之。

砰——

顾青的头重重地撞在玻璃上,她一阵眩晕。

手里的电话又被甩了出去。

砰——

货车毫不留情地对着奔驰车猛烈撞击。

老吴狠下心,将油门踩到了最底,两车之间很快有了差距,纵然他紧张得满脸都是汗水,还是安慰着顾青:"小姐,没事了。"

顾青也舒了口气,她伸直手臂拿到手机,听着父亲在那头焦急地问:"青儿,你怎么了青儿?"

"刚才……"顾青看着车子趋于平稳也舒了一口气,她转而安慰父亲道:"没什么事。"

"真的没事?"父亲担心地问。

"真没事,爸,感谢您为我所做的一切,我就快到哥哥家了,晚上见。"

"好,我等你回来。"

顾青笑着挂断电话,她看见老吴脸色苍白地直踩刹车,而此时的车速已经高达120千米/小时。

第九章

"吴爸……"

他的整张脸几乎拧成了一团,用尽所有力气试图控制车子的速度,但都无法改变,他的声音有些颤抖:"小姐,车子的刹车系统被人动了手脚。"

车子在路上如同飞般。

顾青从吴爸的脸上已经知道此行凶多吉少。

而想害自己的人,十七岁的顾青心知肚明。

仇恨的种子具备的力量太邪恶,也太惊人,它无时无刻,如同挥之不去散之不尽的冤魂,时时刻刻地缠住顾青,她失去了十七岁少女该有的纯真,她何尝没有跟夏爱华玩心智斗心机?说到底,她也该为自己的行为负责,但就算夏爱华再恨自己,也不该搭上一个无辜的吴爸。

车子迅速驶过,撞上了路边的安全护栏,猛烈的撞击使车身发生了剧烈的翻动,顾青只觉得自己随着车身的翻动而感到一阵眩晕,一股湿热的带着腥味的液体从她的额头直流而下,几乎以猛速的姿势盖过了她的眼睛。

她的眼前闪现一条明亮的光芒——

六年前,她滚下山坡跌落在李家的车前,李南伸出手将她抱起来。
六年后,她结束高考后站在学校门口,夏树执伞温柔站在身后。

过去往事一幕幕地快速播放在她的眼前,她太疲惫,已经超出意志力,再无法呼唤自己,她的脑袋,昏沉地,无力地,垂了下去。

*** ***

墨复集团。

顾开复挂断了顾青的电话之后,随即被公关部召去开了一场无关紧要的会议,他从会议室里出来就直接叫上曹渊,"联络迈克,看小姐是

 半岛微光

否已经到了李家。"

曹渊低着头,语带哽咽地回他:"迈克正赶来。"

"让他保护小姐,往这里来做什么?还不够乱的吗,你看看这一场会议,偏要定在周末的日子里开,开得让每个人心里都不痛快!"顾开复摸着右眼,喃喃自语,"都不知道今天怎么了,这右眼几乎没停过。"

"迈克说有急事向您报告。"

"什么事情需要他大动干戈亲自地来!"顾开复的语气有些火爆。

"我见电话里他也解释不清,所以就……"

顾开复挥挥手,"算了,这事跟你无关,是迈克自作主张地要来,又不是你要捆他来,等人来了,带进来就好,我手头还有些合同需要审核。"

曹渊点了点头。

李家。

李南将汤又放在灶台上煨着,他站在厨房的窗口向下看,视线里仍然没有出现小北的身影。他嘟囔着:"小瘦子,再不回来,这鸡汤里的肉可就不那么鲜嫩好吃了!"

"南!"母亲在客厅内焦急地叫着。

"来啦!"他边应着边关掉炉火。

"小北……小北……"母亲焦急地说。

"您盼星星盼月亮地总算是把她给盼回来了,等会儿不能直接吃饭,怎么说也得罚一杯!"李南边说边走向母亲。

母亲慌忙地指着电视里正在直播的现场新闻道:"小北……小北……"

"小北?"李南疑惑地将视线转向电视。

电视新闻的直播现场。

镜头正拍摄着现场一起惨不忍睹的车祸,奔驰的车头严重变形。

李南看着车身的时候已经有不好的预感。

现场记者报道:"初步怀疑雨天路滑,而当时车速太快,司机当场死亡,坐在后座的乘客虽然系了安全带,但情况仍然危急,伤者目前正送至东霖医院,如有最新消息,本台记者将继续为您做最新报道。"

第九章

后座的伤者被救护人员抬起,全身都被固定在担架上,她身上的衣服全都被染成了血红,李南瞥见她身上戴着的红绳挂饰,紧张地叫道:"小北!是小北!"

李南拿起沙发上的一件衬衫就往外冲。

"南,等我!"

"妈,您先待在家,我先去东霖医院看看她的状况,我们保持联络!"李南心急如焚地跑了出去。

墨复集团。

迈克惊慌失措地跑进来,隔着窗帘,夏爱华将外面的一切慌乱皆看在眼里,她得意地笑着,她打开网上银行的页面,往叶德的银行卡里汇了两百万元,操作完最后一个选项,她猩红色的唇上扬着,拿过手机给叶德打了通电话:"钱我已经汇了,赶紧走!"

顾开复从办公室里跌跌撞撞地冲出来,尽管曹渊和迈克在一旁搀扶,他还是一个踉跄摔倒在地。

外面很快恢复了寂静,夏爱华傻傻地笑起来,笑声越来越响亮,越来越凌厉。

"哈哈!"她张大她猩红色的嘴巴,脸部肌肉却僵硬得做不出任何的表情。她抹掉眼睛里溢出来的泪水,眼神突然恶狠狠地说,"顾开复,我夺不了你的心,就夺了墨复!我不能拥有你的孩子,那么,我就亲手杀了你的孩子!"

一丝笑又诡异地漫进了她的眼睛,她失控地发出笑声。

医院。

顾开复赶到的时候,顾青正被众人从救护车上抬下来,她戴着氧气罩,严重的失血造成她脸色苍白。顾开复冲上去紧握住顾青的手,"女儿,是我,我是爸爸!有我陪在你身边,你千万要挺住。"

值班医生及护士接过顾青的病床,一行人急匆匆地奔向手术室。

李南也赶来了,在手术门口,他给妹妹加油打气:"赶快好起来,今天的菜再热过就不好吃了,但我保证,只要你好起来,以后我每天做

 半岛微光

满汉全席给你吃!"

顾青被推进了手术室。

冰冷的医院长廊。

冰凉的水珠附着在瓷砖上。

护士们来回穿梭,顾开复忙着签下一份又一份的同意书。

顾青的情况不容乐观,不仅全身骨折,脑部更是受到剧烈的撞击,医生尽力抢救,但顾青仍旧在与死神拔河。

护士又出来,引领着顾开复去抽血,意气风发的顾开复瞬间苍老了许多,炽热的白光下,他鬓角的白发看得李南心里难过万分,他只能一次次地乞求,求死神放过这个命运颇多曲折的女孩,求顾青能够顽强地战胜死神。

时间一分一秒地流逝。

天色渐暗,暴雨停了,晚霞映出五彩的光。但守在医院的每个人的神情仍十分沉重。

*** ***

顾宅。

夏树的房间。

他睁开了眼睛,外面的天色被晚霞照得通红,他从床头柜上拿起手表,嘴角漫出一丝苦笑。

纵使被姑姑派的人教训了一顿,李南应该也不会感觉到疼痛吧?他迎接到他的公主了吧?

夏树打开房门走出去,通往顾青房间的走廊的夜灯并未点灯,她还没有回来。相较顾家,李家的生活更让她眷恋难舍,不然也不会一住就是六年。

这让夏树的心里更难过。

他原本以为,只要任由叶德去教训李南,他的心里就能够平衡,甚

第九章

至得到欣慰的快感,但是他没有,嫉妒之火将他的全身烤得火热,他烦燥不安地扭头走了出去。

载着顾青出门的车果然还没有回来,他将视线转向了姑父的车,连他的车都不在。

白色楼房内,只有客厅的电视发出刺眼的荧光,夏树一阶阶地走进了白色楼房的楼梯。推开房门,客厅内传来播报新闻的声音。

姑姑抱着那只波斯猫,面无表情地坐着,时不时地扯动一下那双猩红的唇。

新闻画面是对一家医院的现场直播,记者对着镜头说:"目前伤者仍未度过危险期,如有更详尽的报道,我们将随时为您插播。"

姑姑发出刺耳的冷笑。

"姑姑。"夏树叫她。

她匆忙地关掉电视,怀里那只肥胖的波斯猫顺势溜走了,她的神情有些慌乱,又藏着小得意,眉眼挑高看着夏树,"怎么了?"

"今天萍姨没煮饭吗?"他看着漆黑的厨房。

"是,今天我给所有的人放了假,难得高兴,让他们也休息休息。"

夏树也不接话,转身走进了厨房。

"怎么?你饿啦?我知道你手艺好,但今天我真的不想在家里吃饭,要不,我们出去庆祝庆祝?"

"庆祝?"夏树疑惑地看着她。

"我们很久没有单独吃饭了,还记得上次那间西餐厅吧,我那瓶红酒还存在那里呢。"

那是他开赛车赢得的第一场比赛。的确,他已经太久没有单独跟姑姑一起用餐了。想到顾青回到李家聚餐的温馨画面,夏树点了点头。

姑姑显得很雀跃,她上下打量着夏树,"你要不要去换套衣服?"

答应陪姑姑一起出去用餐,暂时放下姑姑所做的一切事情,这已经是夏树的底线。

他冷冷地回:"不了。"

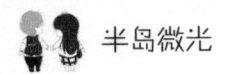
半岛微光

姑姑手舞足蹈地摇摆着身体,"你帅,穿什么都好看,我可得去换件衣服,不然怎么也衬不了你。等我啊,我很快。"说完哼着歌快步地跑上楼。

夏树站在客厅里。

天气已经被一块黑色的幕布笼罩,客厅内的微亮光芒来自窗外的路灯,在此刻,更投射出夏树的孤独。他拿起茶几上的电视遥控器,将电视打开。

直播新闻,依旧是那幢医院,记者脸色沉重地说:"据了解,伤者虽完成脑部的清创手术,但因脑内有瘀血,直到现在仍是昏迷状态。"

夏树将视线投向了楼梯口,他有点后悔刚才答应姑姑要出去吃饭。

且还以"庆祝"的名目。

庆祝什么?庆祝顾青再也不需要他了,庆祝他被最亲近的人遗弃了?

他觉得心里难过,有一种酸酸的情绪,一次又一次地在心里翻腾。

"从画面中我们可以看到,当时路面的刹车痕很长,应该是车速太快导致这场意外,虽然有目击证人证实当时有另一辆小货车与奔驰车发生擦撞,但现场并未找到那辆小货车。警方发现,路口的监视器基本上都被破坏,这起不幸的交通事故,究竟是意外还是人为?伤者年仅十七岁,车辆翻覆的时候压断了她的肋骨,全身多处挫伤,生命情况非常危急,直到目前,仍未脱离生命危险。"

夏树将视线转向电视的新闻画面,他被眼前的画面惊呆了。

奔驰车已成一堆残骸,道路上的刹车痕迹清晰可见,以夏树的赛车经验来看,他知道当时奔驰车的车速一定不低。

"在这场车祸中,男性司机当场死亡,现场可说是惨不忍睹。据了解,死者名叫吴奎,五十八岁,任墨复集团司机一职,而车祸中另一位十七岁的女性,很可能就是墨复集团总裁顾开复的女儿……"

夏树的脑袋轰地炸开了。

新闻画面里,被担架抬起的女孩正是顾青,顾青全身是血,处于昏迷状态。

"这是本台记者在东霖医院为各位发回的现场报道,如有最新情况……"

第九章

夏树转身往外冲，跑到车库，夏树这才发现只有姑姑的跑车在，他又折回白色楼房。

夏爱华穿着华丽礼服从楼梯上缓缓走下来。

夏树满脸通红地向她伸出手，"车，车钥匙。"

夏爱华欣慰地笑说："到底是长大了，挺绅士，好吧，今晚你来当司机。"

夏树接过钥匙，他没有忍住，抬头看着夏爱华问："上次，我的车在赛道上翻车，真的是你亲手策划的吗？"

"好端端的，还提这件事情做什么？"夏爱华面露不悦。

他就是想知道。

"你是我的……"夏爱华改口道，"你是我一手带大的，我怎么可能会害你？而且，那么大的一场国际比赛，你也太高估了我的能耐，我有什么本事可以在你的赛车上动手脚？"

"那为什么？"

"我不过是想让你跟顾青之间彻底地断了，别再拖泥带水地彼此惺惺相惜，这样，你才能铁下心来进入墨复。"

"为什么？我要这么傻，问你这个问题，我知道你根本就不会承认。"

"我怎么可能会伤害你！"

"是，你不过是借着我去伤害顾青，每一次都是！我们所亏欠顾青的，已经太多太多了，她不过才十七岁……"

"你到底怎么了？"夏爱华冷冷地看着他。

"我们，好残忍！一次次地伤得她体无完肤！"

"你说什么？"夏爱华吼他。

他暴怒地回她："你应该问问你究竟做了些什么！车祸，又是一场车祸，只是这一次，是置人于死地！不给别人任何活路的车祸！老吴死了！顾青直到现在还没脱离生命危险，这些全都是你做的！对吧？"夏树扬扬手，"别否认！那样只会让我更加瞧不起你！我们用别人的血为自己铺路！甚至用别人的血暖了自己！现在，你又要害死一个手无寸铁的孩子！她才十七岁！"

夏树满脸都是泪水，因为情绪太激动，脖子及额头的筋全都突起。

"树，你听我说……"

"别说了！"他痛苦地闭上眼睛，"她都要死了，你却要出去庆祝。"他哭着说："你拿她的生命来庆祝？"

夏爱华冷笑。

夏树绝望地紧握住手里的钥匙，钥匙的锋利面将他的手心烙出了血。

可是就算他将所有的鲜血都给顾青，也未必能够保她一个安全健康的未来。

她冷冷地看着夏树说："是，你说的一切，都是我指使别人做的。取别人的血来暖自己？这句话说得太好了，但暖自己的人又何止是我一个？你，树，你也未必能全身而退？"

夏树懊恼地顿足。

她不依不饶地继续说："是，我手上沾了不少人的血，甚至顾家老太太，都跟我有关。"

"为什么？"夏树不解地看向她，"顾青离开后，她将我视为顾家唯一的命根，她疼我，她愿意把一切都给我！"

"你在质问我？夏树，事到如今你居然质疑我？如果不是她怀疑陈墨的死，如果不是她一意孤行地决意查下去，我会动了灭她的念头？我所做的这些为的是什么？不是为我自己，我为的是保你安全！不然我不会铤而走险！至于顾青，你说我小气也好，恶毒也罢！我只知道，只要她存在一天，不管她对我有多友善，总有一天，她会威胁我们的地位！"

"你口口声声承诺的三年呢？"

"那你答应我积极奋进不择手段的承诺呢？我所做的一切，不过都是为了你！全是为了你！"夏爱华咆哮着。

是为了他！

所有的一切都是为了他！

他罪恶之手不断地沾染上更多的孽！

夏树的眼神闪出凌厉的光，他看着姑姑纠正她："不，不是为了我，是为了你自己！"

第九章

"你,我,天衍!我们是一体的!夏家的荣辱全都在此一战!"

"不惜在这条路上祭上无数无辜的生命?"

"这么多年,我在顾家生活得如何,你比我清楚!我有多痛苦!"

"你痛苦,但顾奶奶、老吴、顾青何其无辜!为了你一己之私,你,不,是我们,我们害死了多少人的性命!"

夏树毅然决然地往前走。

"你要去哪里?"夏爱华拎着长裙,匆忙地从楼梯上冲下来抓住夏树。

"我要去把所知道的一切全都告诉姑父!"夏树甩开姑姑的手。

"不行!你不可以这样做!树!"夏爱华企图拉住夏树。

夏树的身体里装满了愤怒,他无法停下自己的脚步。

"树!你不能去!以顾开复的脾气,一旦他知道这些事情与我有关,他会亲手杀了我!树!"夏爱华苦苦哀求。

"姑姑,我做不到!我做不到继续为你隐瞒,我要向他坦白,甚至要告诉他十年前,十年前是我推倒顾青的母亲,如果不是我,她也不会离开人世,我与顾青之间就不会有这么多的纠葛!"

"不可以!你不可以这么做!"夏爱华拖住他的手臂。

夏树推开她。

夏爱华险些跌倒,但她的手依旧紧紧地抓住夏树,"树,我求你,我还没有得到墨复,我没有拿回我应得的一切,你这样,无疑就是把我推向死路。"

"我们已经把太多无辜的生命推向了死路!"夏树坚持要出去。

"树!你不能去!树!"夏爱华痛哭着,"树,这么多年来,有件事情我一直瞒着你,我把这件事情告诉你之后,如果你坚持去告诉顾开复,我由着你。"

夏树的脚步缓慢下来。

因为这片刻的迟疑,夏树有点恨自己,就是他一直犹豫不决,才会让姑姑一次又一次地去伤害顾青。

他抬起了脚步。

夏爱华惊慌失措地拉住他,"树,你,你是我的孩子!"

"你是我的孩子!"夏爱华将脸埋在手心里轻声呜咽着。

夏树停住了脚步。

他是，姑姑的孩子？

这是怎样的逻辑？他疑惑不解地看向夏爱华。

夏爱华深吸了一口气，"我那时候还小，不懂事，因为家人一直忙于工作从来不陪我，我的学习不好，整天在外面跟混混在一起，也是在那时候，我认识了叶德。"

叶德？

夏树从没想过自己的身世会与这个人联系在一起。

"不久后，我发现我有了孩子。那时候我还未成年，我担心害怕，只能哭着求助哥哥，哥哥让我把孩子生下来由他抚养，并且随他的姓。如果哥哥和天衍不出事，我就不会沦落到在酒店上班，那样就不会遇到顾开复，更加不会为了夏家而展开报复！"

这些都是夏树从不知道的。

他仔细地听着。

"我的父亲——你的外公——他把天衍经营得非常出色，天衍的高销售额让他在这一行站稳了脚跟。谁知顾开复对于天衍早就别有用心，他试图将天衍的私有化经营模式改成上市企业模式，并且不断地说服你的外公。你的外公动摇了。不久后，天衍因上市导致资金流动经营不善，很快倒闭，我的父亲和哥哥在这场战役中成为顾开复的炮灰！这所有的一切都是顾开复造成的！只有他一个人脱了身，并很快另起炉灶，准备建立新公司。"

夏爱华语带恨意："在顾开复准备建立新公司阶段，我跟他居然在酒吧遇见，他向我隐瞒了他结婚的事实。我知道他是顾开复，为了接近他，我不择手段，甚至把自己工作赚来的钱全都贴给他！不久后，墨复集团正式成立，在新公司的酒会上，我见到了陈墨，才知道'墨复'的真正含义。他，没有真心对我！他！是让天衍倒闭的幕后推手，这个仇，我必须要报！为此我策划了十年，一步步地走到了现在，我要让他把天衍百倍千倍地还给我！"

第九章

夏树简直不敢相信自己的耳朵。

他痛苦地摇着头,"不可能!不可能!"

他一直恨他的父母,责怨他们没有尽任何的义务,只是把他随意地丢给对自己严厉管教、连个拥抱都吝啬给予的姑姑。

如今,这个对自己严厉管教,连个拥抱都吝啬给予自己的人,竟是自己的亲生母亲!

还有比这更狗血的人生剧情吗?

夏树无法接受这个事实,他执意地冲出去。

夏爱华跟着他跑到车库,她不解地看着夏树,"为什么?我们血浓于水,你却要置我于死地?"

夏树苦笑道:"血浓于水?你一次次地拿我所做过的错事来要挟我,让我听从你的安排!连顾青的父亲都知道我的性格我的梦想我更适合做什么,你呢?你从不愿意了解我,甚至从不愿意向我敞开心扉。这些年来,我是你踏向荣华的垫脚石,是你迈向富贵生活的一个可有可无的傀儡!"

一个巴掌清脆地落在了夏树的脸上。

"为什么你的想法会这么极端?"

她居然还有资格如此质问自己?

夏树冷冷地笑道:"是,我的想法极端,这全都承蒙您的教育!"

"你到底希望我怎么做!"

"我希望,我希望刚才你说的所有的一切都是假的。相较之下,我宁可知道顾青已经对我死了心,顾家的人对我仇恨至极,我也不希望自己是你和叶德的儿子!"

夏树愤愤不平地说完,打开了车门坐进去。

夏爱华激烈地拍打着车窗。

夏树将车窗只打开了一条缝,说:"既然我是您的儿子,那么,我就有权力为自己的母亲选择一条正确的路!我还是坚持着我的决定,我要去告诉他们,事情的真相!"

夏爱华突然笑起来,"哈哈哈!哈哈哈!好哇,既然你想来个鱼死网破!就来吧!反正到最后,我跟你是注定的两败俱伤!只要你有胆量

 半岛微光

迈出那一步,好!我支持你!哈哈哈!"

夏树启动了车子。

"制造车祸的人是叶德,幕后的指使人是我,是我催他尽快动手,好让我们以后的日子都无后顾之忧。还记得吧?夏树,今天早上在长廊的那通电话,你听到了的!但你并未加以阻止,你在某种程度上纵容,或是默许我们的做法,不是吗?"夏爱华质问夏树。

夏树的耳边响起那句——

"叶德,他早就对老太太的意外死亡产生了怀疑!你让我平静?你跟我说了那么多的事情我怎么还能平静?一旦他派人查了,以他的能力,查到你我不会超出半个月,我希望你尽快做完这件事情后离开,让所有的线索全都断了!"

难道他们所密谋的事情是为了制造顾青的车祸!
夏树当时的确想将事情告诉姑父,但当时他犹豫了!
是嫉妒使他迷失了方向!

夏爱华见夏树的动作迟疑,她冷冷地笑了笑,"原谅我,我原本没想把你拖下水,但就在我挂断电话的时候,我意外地从玻璃门的另一侧看见了躲在石柱后面的你!我知道你与李南迟早都会有心结,你那么在乎顾青,应该很想在这时候,有人出手帮你教训一下李南吧?"

"你!你利用我?"夏树失望地看向她。

这是自己的母亲吗?她说与自己血浓于水,为何却一次次地将自己推向万丈深渊?

"不,不是利用,是彼此关照,彼此保护。"

夏树重重地拍了拍方向盘,车子发出刺耳的鸣笛声。

夏爱华退了几步,静静地看着坐在车内的夏树。

这个从小脆弱得不堪一击的小男孩,在经历重重考验之后,如今终

第九章

于展现出点男人的做派,尤其当她耍了手段让叶德去教训李南,那是个多拙劣的谎言,但夏树愿意去相信,他沉着冷静地回了房间,把自己关在房内就是一整天。

从那一刻起,夏爱华心里已经笃定地知道,夏树,是必定与她站在同一边的。

尤其是现在,看着他愤怒的表情里难掩的愧责与失落,夏爱华更加胸有成竹。

夏树猛踩下油门,车子一溜烟地驶出了顾宅。

车子在蜿蜒的道路上飞速奔驰,有好几道弯,他险些放任自己让自己跟随着车子一起坠落到山谷,但想想母亲那个凶狠的表情,他担忧顾家所有人的未来之路。

顾青,顾青。他一次次地呼唤着这个名字。
顾青,顾青。她生死未定地仍旧在与死神拔河。

他曾口口声声地承诺,要用自己的毕生守护着顾青,为了这些承诺,他分秒都不敢松懈。他知道自己做得烂透了,他与她之间的关系早已千疮百孔,想到这里,夏树感到心灰意冷。

迎面的车辆闪着刺眼的光,司机不停地按着喇叭,他朝夏树喊:"不要命啦!"

夏树用力将方向盘转向了道路的右侧。

夜色如幕,医院灯火通明,门口的大批媒体仍未散去,夏树丧失了最后一丝将真相托盘说出的勇气,他掉转车头,红色跑车很快淹没在车海之中。

顾青说得没错,过去的树哥哥早就死了。
他被欲望和贪婪害死了!

第十章

半个月后。

东霖医院。加护病房。

顾开复穿着防护衣从里面走出来,曹渊帮他解开了防护衣的带子,顾开复又看到了李南和他的母亲,顾开复走上去,"李南,难得周末,你不在家里好好休息也就算了,怎么又把你妈带来了?"

李南的母亲刘素芳搓着手,说:"顾先生,您别责怪小南,是我自己偏要来,我在家里待着揪心,只要能让我看小北一眼,不,不是,只要能让我看顾青一眼,我也就满足了。"

"我之前应该亲自登门向你们道谢!感谢你们这六年对青儿的照顾,都是我想得不周全,失了礼数!"

"这些我都懂,小南什么都跟我说了。"

"青儿那天回去,也是想跟你解释。"

提起顾青,顾开复语气哽咽。

"如果我知道是这个结果,我一定,一定不会让她回来!"刘素芳心怀愧疚。

"妈,顾先生,顾青吉人天相,一定会没事的,刚才医生也说,顾青脑部的瘀血已经散了,如今这几天恢复意识,就可以转出加护病房了。"

"这半个多月来辛苦你了,不仅忙着工作,还家里医院两边跑。"

如果他的辛苦可以换来顾青的苏醒,那他所有的付出都是值得。

李南点头道:"应该的!"

顾开复欣慰地点点头,他看着李南问:"我交给你的事情办得怎么样了?"

第十章

"以顾青名义办的慈善基金会的所有手续已经在申请了,只是您说将地址设在墨复集团的新大楼内,这样,会不会违背您原本的初衷?"

"当初的确有这方面的考量,但青儿被害成这样,能否醒来还是个未知。我处处为'别人'留机会,没想到'别人'却步步都设了杀机,如果真的有心抗衡,那就来场硬打硬的仗!"顾开复脸色沉重地说完,他拍了拍李南的肩膀,"我先回集团。"

"顾先生,您最近也是医院和公司两边跑,要不要回家休息?"

顾开复思忖着,家,只有算计和战争的地方,能称之为家吗?

有护士拎着一篮水果,曹渊接过来,他翻看了一下卡片说:"先生,是树少爷派人送来的。"

"分给八楼儿童病房的孩子们吧。"

李南迅速接过果篮,"我拿去就好,顾先生需要休息……"

曹渊接话:"先生,要不我先送您回家?不管您现在心里想什么,都必须要装作若无其事,要知道,最近公司的大决议可都由夏总直接下指令,树少爷对她也是言听计从,我怕再这样下去,墨复迟早会……"

顾开复终于点了头。

顾宅。

夏爱华站在长廊的内侧,手拿着剪刀,将外围的茉莉花枝干都修剪了一番,她突然想起什么似的叫来了管家:"去!后院还有两株香椿,把它给砍了!"

管家迟疑着,"夫人,那是老太太生前种下的,也都好些年了,而且现在先生又不在,砍了它怕是不好吧?先生知道该又生气了。"

"就因为他不在我才砍呢,快去!"

"这件事情,要不要等先生回来,问过他的意见我再去做?"

"给你两个选择,要么砍,要么滚蛋!"夏爱华气得将剪刀摔在地上,"你不去,我去,你把工具给我拿来!"

顾开复的车远远地开进来,夏爱华顿时没了底气,笑容迅速掩盖了她的愠怒,她跟到车库前替顾开复打开车门,"你说你真是,这么久连

趟家也没回。"

顾开复疲倦地捏了捏眉心。

"你把公司和家里这么大摊的事情全丢给我，我每天真是累死了！也就今天才难得休息。"夏爱华娇嗔地说。

顾开复看都没看她一眼，径直往前。

夏爱华紧紧地跟着他，"怎么样，青儿的情况怎么样了？"

"很好，医生说清醒的可能性非常大，这几天尤其关键，所以得时刻守着。"顾开复故意说。

洋溢在夏爱华脸上的笑容顿时减了不少。

"夏树呢？也忙吗？"顾开复紧盯着夏爱华问。

她立刻愁容满面，"树，他也挺忙的，最近他负责的一位大客户，一旦谈成了，这股市不佳的阴霾很快就能挺过去，我对他抱有很大的希望，同时也给了他巨大的压力。"

"当初他出车祸住院，青儿日日夜夜地陪了他三天。"

"是，他也很自责，所以他要尽一切能力将这个单子拿下，以减轻您的负担啊。再说，树这孩子不善于表达，不像别人，只做表面功夫，每天公司医院地四处奔波，业务全都荒废了，如果不是看在他照顾的是青儿，我早就在会议上点名批评他了！"

顾开复当然知道夏爱华指的人是李南，他似笑非笑："也多亏了李南，让我知道人情冷暖。谁做表面功夫，谁暗藏心机，爱华，你我都在社会上混成了老江湖，早也该炼成火眼金睛了吧？"

夏爱华语塞。

"这次置青儿于死地的，我已经查出了眉目，一旦我揪出了幕后主使，我一定会让这个人死得很难看。"顾开复盯着夏爱华。

夏爱华闪躲着他的目光，"警方现在也完全没有办法。"

"他们需要按照章程来办事，而我，非常时期用非常手段！"

"犯法的事情可做不得，别害人的人没抓着，自己反倒被害了。"夏爱华提醒。

"这些年来，我亏欠了青儿，谁知道这帮人还不知死活地踩进了我的地雷！我，跟这种人势不两立！"

第十章

夏爱华虽然做事狠毒，但她还敬畏顾开复三分，此刻她被吓得说不出话来。

"对了，老太太当日的意外，我已经查到了，我相信青儿的这件事情同他脱不了干系，目前正派曹渊的人紧盯着他。"

"谁？"夏爱华紧张地问。

"这件事情我只能告诉你，因为你是我所信任的人，这些年来，我们一直都互相扶持。"

夏爱华沉默着。

顾开复靠近夏爱华的耳边，他说了一个人名。

夏爱华脸色大变："叶……叶德？"她故作镇定，"你说他是害死老太太的凶手？还驾车制造意外事件导致青儿受伤？"

"他想置青儿于死地，若非老吴当时将车子撞向路边的分隔岛，青儿未必能够如此幸运。"

"可是，他的动机是什么？"

顾开复靠近她，"这也是我最最好奇的事情。"

夏爱华不自觉地将手握成了拳头，神情不安地来回张望。

"除此之外，我还查到了叶德与他手下阿华近年来频频伤人，巧合的是，他所伤害的人，全都是墨复在生意场中的竞争对手。"

夏爱华冒了一身的冷汗，她脸色难看地回道："这，应该都是巧合吧？"

"两个不靠正当手段谋生的人，必定有大财主在背后资助他们，你认为呢？"顾开复停下来看着夏爱华。

夏爱华眼神闪烁着答道："大，大财主，不太可能吧，这些，连道上的小混混都称不上，怎么可能！"

"我之前一直希望这位背后的隐形人能够收手，至少我不会跟她再去讨论老太太意外身亡的事情，我宽容地往后退了一大步，她却不满足地向前连将了我好几局。爱华，你知道我的做派，也知道我查出事情真相的后果。"

夏爱华极力控制自己的手别再哆嗦，她的笑容僵硬地挂在脸上，直

 半岛微光

到顾开复去浴室洗澡,她才找到空偷偷溜出房间。

"喂,是我!"夏爱华小心翼翼地四处张望,"所有的事情他已经知道了,你离开S市没有?为什么还没离开!"夏爱华急得直跺脚,"处理这些问题时,他心狠手辣是出了名的,不管怎样,你今天都必须离开S市!什么?你到底想怎样?好端端的为什么要见树?"夏爱华对着电话吼:"你疯啦!"

她走到后院,环顾四周,接着说:"好!这次听你的,但是,下不为例!"

夏爱华吐了一口气,匆匆走向夏树的房间,她试图推开夏树的房门,却不料房内落了锁,她在外面敲门,"树,是我,让我进来!"

没有任何的动静。

她继续敲门:"我有急事,必须找你解决!"

手机短信的铃声响起,发信者竟是夏树,信件内容:"什么事?"

夏爱华又连敲了几次门,"你把门打开,我亲自跟你说。"

又是一条短信:"说吧,我听得到。"

夏爱华气冲冲地抬脚踢向门,剧烈的踢撞让她的脚生疼,她对着门缝低吼:"人命关天的大事,你去不去随你!"

门突然打开了,夏树邋遢地穿着灰色T恤和一条棉质短裤,光着脚就往外冲,"是不是青儿怎么了?不行,我要去见她!"

夏爱华真想一巴掌掴在这小子的脸上,混账东西,满脑子想的全都是顾青顾青,如今她也命悬一线,就没见夏树努力积极地为自己着急?

她瞪着夏树。

夏树冲回房间穿了双夹脚拖,夺过她手里的钥匙又往前冲。

夏爱华抓住他的衣领,硬是把夏树的身体往自己的身边揪了揪,闻到一股刺鼻的酒味,夏爱华生气地从夏树的手里夺过钥匙,"你看看你,魂不守舍,多大点出息,瞎折腾自己,她还没死呢,你就寻死觅活的!"

夏树耷拉着脑袋。

夏爱华憎恶地拖着他,将他塞进了跑车内。

第十章

红色跑车刚驶出顾宅,顾开复拨通了曹渊的电话,"她出门见叶德,让迈克多带几个人跟着,别跟丢了,在他们会完面后把叶德给我带回来!"

过去的半个月,顾开复从各方途径都找不到叶德的下落,他不能明目张胆地派人砸了那家酒吧,唯一能做的,只能是忍,等。

他故意在夏爱华面前说出关于叶德那么多的事情,为的就是让夏爱华主动联络叶德。很显然,叶德仍在S市,她去给旧情人送行无可厚非,但是,为什么非得拖上夏树?难道夏树早已与夏爱华结为同盟?

十年的精心照顾,也无法将这个孩子凉薄的心喂养得温暖如春,顾开复为夏树的前景感到担忧,他皱了皱眉,他把自己锁在书房,收发邮件,以及约见各位股东董事开一次重要会议。

*** ***

西餐厅。

服务生询问夏爱华是否有订位,夏爱华不耐烦地挥了挥手,"别吵,我约了人。"她看到坐在墙角的叶德,朝他扬了扬手,带领着夏树走过去。

"不是去见顾青吗?"夏树问。

"不是只有她没命,我们也要自身难保了。"夏爱华把夏树按到椅子里,"你坐着,想吃什么我去给你拿!"

夏树起身欲走,却被对面的男人一手按住。

男人的力气很大,他紧紧地扣住了夏树的手,他的长相很奇怪,长发被扎成了马尾,笑起来的时候一脸横肉,露出几颗镶金的大牙,脸上一道从眉角至嘴唇的刀疤让人触目惊心。夏树不想被一个陌生男人所控制,他展现出他的蛮力,两个人在餐桌上较量起了手劲,两不相让如同势敌。

"小子!光靠蛮力还不行,适当时也得使使手段!"男人用他宽厚的大掌拍着夏树瘦弱的肩骨,男人发出"嘶"的声音,"你妈总说你成了有钱人家的少爷,吃得好穿得好,怎么瘦成这样?"

这个男人是谁？居然知道自己是夏爱华的儿子？

夏爱华将一盘沙拉推到夏树面前。

男人不满地朝地上啐了口痰，"你是怎么当妈的，一直让他吃素？这男人，就得有酒有肉的才是痛快！还有，约的这什么狗屁地方，坐着让人别扭，伸伸腿都让人他妈的不舒服！"

"你以为我想见你？若不是你要见……"夏爱华看了看夏树，改口道，"懒得跟你说，吃完这餐饭，我们各奔东西！"

不管这男人是谁，夏树对他都没有好感，浑身散发着一股子的匪气，说话粗俗难耐，她什么时候与这种人为伍了？

难道他是……

一个假想在夏树的心头萦绕。

"各奔东西？老子这才刚跟儿子团聚，你就让我走，要走你走！"

"叶德！你别蛮不讲理！"

果然！他就是叶德，夏树丢下叉子头也不回地走出餐厅。

"树！"夏爱华紧张地叫他。

叶德和夏爱华追到了餐厅门口，见夏树拦了出租车扬长而去，夏爱华推推叶德，"你今晚必须走！"

"走？两百万你打发一个叫花子，这么多年来我是你的奴隶，为你冲锋陷阵，好不容易灭了那死东西的威风，你却让我走！夏爱华，你是我的女人，那个，是我的儿子，我得结结实实地守住这块阵地，我哪儿都不去！"

夏爱华不以为然，匆匆取车紧跟上夏树。

这些年来，她处心积虑地策划着这一切，事情好不容易朝着她设定的目标走去，她不能在这时候让夏树搅了自己的局。

夏爱华将车速飙高，一路驶回了顾宅。

东霖医院。

夏树来到加护病房的门口，恰巧看到曹渊坐在外面，他冲上去恳求："曹叔叔，我想见见青儿。"

第十章

曹渊为难地摇头,"小姐目前还未脱离危险,先生吩咐过,没有他的同意,任何人都不得进入加护病房,小姐现在身体虚弱,一旦引发感染,后果将不堪设想。"

夏树跪在地上,"求你,我只要见她一眼,看她一眼我就走。"

"树少爷,我知道你担心小姐,但这几天是她苏醒的关键时期,我们必须小心翼翼地为她挡住外界的……"

"我不是细菌,更加不是病毒,我想要见她!这些年来,我亏欠她的太多,我只是想见她!我给姑父……"夏树刚叫出口,内心就觉得讽刺。

如今夏爱华不再是他的姑姑,他还有何资格去叫顾开复一声姑父?

两人对话间,加护病房的门突然打开了,夏树以为是顾开复,抬起头来却看到了李南。曹渊上前帮李南解开了防护衣的带子,贴心地说:"你也别待得太晚,公司里还有一堆的事情需要你协助先生共同完成,我送你回去。"

李南!他为什么会在这里?

自己被拒绝在外,而他却在加护病房内自由进出!

协助先生完成一堆的事情?

夏树再也控制不住自己的情绪,他上前朝着李南的脸挥了一拳,"浑蛋!你别仗着跟她相处了六年的时间就企图将她夺走,我告诉你,她是顾青,不是你的什么李小北!更不是你的公主!"

李南用拇指擦掉嘴角的血渍,"原来你什么都知道了,你知道我约的公主是顾青。"

夏树弓着背满脸杀气地准备再次出击。

曹渊眼明手快地从后面抱住夏树,"树少爷,这里是医院,你这样会妨碍小姐休息,请你冷静一点。"

李南嘲讽地说:"冷静?他应该愧疚自责,恨不能这一拳是挥向他自己。他比我们都更清楚这场车祸并不是一场单纯的意外,你!"李南那双锋利的眼睛逼近他,在他的耳边说,"你!应该比谁都更清楚!"

夏树多希望当日的一切都不过是自己的幻觉,如果他能够及时通知顾青,只要他愿意,这场车祸完全可以避免。

 半岛微光

都是因为李南！若非李南意外出现，而且与顾青对话如此亲昵，他怎么可能会乱了分寸！

两个男人剑拔弩张地互相敌视。

顾宅。

夏爱华从车上下来直奔夏树的房间，没想到却在长廊上遇见顾开复，他不看她，只是静静地说："我们谈谈吧。"说完径直转身走进了白色楼房。

谈谈？

顾开复对于所有事件究竟知道了多少？而她在匆忙之中的各种安排是否已然露了马脚？若顾开复发现这所有的一切与自己都脱不了干系……夏爱华不敢任由自己的想象无限制地继续发挥，她硬着头皮跟着顾开复的脚步。

书房。

顾开复坐在沙发上，见夏爱华进来，他拍了拍身边的空位，示意她坐下，这个微小的动作令夏爱华感到些许的兴奋，甚至内心笃定自己是安全无虞的。

依她对顾开复的了解，若他知道所有事件的幕后主使是自己的话，不会如此和颜悦色地对待自己，夏爱华的嘴角露出了一丝笑意，她并未坐向顾开复的身边，而是选择在他的对面坐下。

"爱华。"他的声音有些沙哑，"我们之间，有没有什么秘密？"

这是在试探自己吗？夏爱华原本伸直的腿不直觉地缩了一下，她抿抿猩红色的嘴唇，但这种不安与局促很快有所调整，她露出了笑容，故作天真地摇了摇头，"开复，别的夫妻之间是否有秘密我不知道，但我与你之间，我对天发誓，我们之间坦然透明，没有半点秘密。"

顾开复点点头。

他残酷地发现，自己并不了解夏爱华，她的好恶、喜怒、哀乐，他通通一概不知。

顾开复带着愧疚地说："有件事情，我一直都没有告诉你。"

第十章

夏爱华内心一触。

"当年，我在商场做生意，经历了无数次的挫败，所以我很怕输，对于任何事情都必须做到完美。很快，我加入了一个即将上市的集团，认识了这家集团的老总，他是我的伯乐，他对我才能的赏识及肯定，我，至今未忘。凭借这个机遇，我为自己的人生赚得了第一桶金。但是这位伯乐，却因集团上市的时间及契机不对，虽然经历了经济改革的最初时期，但是他没能撑过这一关，公司的市值更是在一夜间蒸发。"

这是夏爱华人生中最残酷的事情，当年她正值青春期，享受着如同公主般的待遇，没想到一夜之后，她看着夏家的繁荣迅速消逝，这也造成她日后每走一步都为自己做好十足的谋划。她不愿意这种悲惨的人生在她的人生中第二次上演。

她一直以为再提夏家之事她能心如止水，此时此刻，她知道自己内心仇恨的火苗从未灭过。

他顾开复总算是为曾经的错事付出了自己必须要偿还后果的代价，她要让顾开复尝尝，失去一切的痛苦，尝尝家破人亡的痛苦！

"不久后，他申请破产，当时我已经有能力接手这间公司，并且想将它列入我即将要创建的公司的一部分，但是它最终被别人拍下，我并没有帮到这位恩人。"

不可能，照哥哥的说法，天衍是被顾开复独吞，将它成功转型后卖掉的！

夏爱华的脑子有点乱。

"我知道，当年商场上对于这件事情有很多谣传的版本，我一直没有理会，是因为我跟那位老总都相信，清者自清。不久后，那位老董宣告破产，他的儿子不堪负重而自杀。"

听到这里，夏爱华无法不动容，她的父亲、她的哥哥在这场商战中不仅失去了斗志，更是纷纷失去了自己的生命，一夜之间，她从昔日的大小姐沦落成了酒吧妹，昔日里跟她称兄道妹的那些道上混混们更是将她拖入了颓靡的夜生活，为了夏树，为了自己，她日夜都想着如何"报复"。她的青春里的爱啊，全都在那一夜之后发生了彻底的改变。她看不起轻易放弃生命的人，夏爱华坚信，总有一天，属于天衍的一切会重

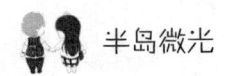 半岛微光

新回到她的手里。

当顾开复第一次出现在酒吧应酬客户时,别有用心的夏爱华就将顾开复牢牢锁住,并为此展开了长达十多年的铺陈与计划。如今,她稳握墨复集团超过20%的股权,只要她稍加使劲,墨复集团落入她手中的可能性极大。

为了这一天,她等待太久,耗尽了自己的心血。

父亲与哥哥的仇恨,她总算是要报了。

顾开复看着她,"十多年前,我第一次进入酒吧,就认出你是夏董的女儿。我想,你应该不希望我提起你的过去,这么多年来,我从来也没问过你。"

这些年来,她从未在顾开复的面前提过自己的身世,她以为顾开复对自己的过去毫无兴趣,原来,他不但知道,还刻意回避,只怕伤害到自己?夏爱华觉得自己的心隐隐作痛。

"那时候我已婚,却无法抑制每天想要见你的那颗狂热的心。对于你父亲和哥哥的死亡,我觉得自己背负着重大的责任,那不是一个男人可以推卸的责任,为此,我宁肯背叛陈墨,也不愿意让你再受任何的委屈。你跟你的父亲一样,对我无比信任。你赚取的所有的钱都给了我,我发誓,我要对你好!"

当年,夏爱华将她赚取的钱全都给了顾开复,目的不过是希望顾开复记住自己的恩情,以便她未来实施报复计划的每一步。如今,过去的一幕幕回放,她用的是手段,在顾开复的眼里看到的却是一段又一段已经无法用金钱来衡量的恩情。

他们注定是互相相欠,而欠的东西,永远都无法偿还了。

"我跟你之间纠扯不清的这段感情,陈墨全都知道了。她跟我哭闹过,见我仍然无动于衷,她对这份感情彻底死了心,她最后恳求我,让她离开也可以,但是你一定要对青儿好。"顾开复懊恼地捶着头,声音哽咽,"我当年真的太浑蛋,完全不知道她已经有了身孕,是我,是我将她逼向了死路!"

难道当年陈墨找她,不是为了兴师问罪,只为求她善待顾青?夏爱

第十章

华感到万分惊讶。

"陈墨离开后没多久,我娶你过门,但对于她们母女的愧疚从未消逝。我对青儿疏离,是因为我很害怕在她的身上看到陈墨的影子,我很害怕知道自己其实并不愿意相信她就那么离我而去,我……"

顾开复的这些脆弱,夏爱华从来都不知道。

她甚至想伸手抱一抱这个男人。相守十余年,他们也共同经历了一场场的磨难,夏爱华一直不愿意承认自己内心有块暖暖的爱是只为了顾开复而存在的,她不愿意承认,生怕那块暖暖的爱会毁了她精心策划的复仇大计。

她强迫自己的心变得硬邦邦的。

一如,这么多年来,她只爱猩红色的口红,她必须把自己包裹在无尽的恨里,才能使自己的外壳越来越坚不可摧,她的夏氏复苏之梦才不会破灭。

"她们纷纷离我而去,所以我疼你宠你纵容你,对你所做的一切睁一只眼闭一只眼,只要你不违反大原则,只要我们之间没有秘密,我愿意,我愿意这一辈子就这么跟你相守下去!"顾开复死死盯着夏爱华,"但是你,你!你太令我失望!你强行关押青儿,甚至不愿意放过她,你派叶德杀她,六年前她险些就死了!"

夏爱华惊愕地看着顾开复,原来他什么都知道!

"青儿回来后,你对她百般刁难,我看在眼里,却也很少加以制止。我怀疑老太太的死与你有关,但是我不愿意继续调查下去,我害怕事实的真相一如我的推测。我知道,这所有的一切就像是一个隐形的瘤,在体内悄无声息地慢慢膨胀,但总有一天会炸开。果然,青儿暗中调查你,她怀疑叶德是杀死老太太的凶手,为了阻止她继续查下去,为了让这个家安宁,为了保你的安全!"顾开复皱着眉,"我呵斥她,阻止她继续查下去!我怕你再对青儿暗中下手,私下派人保护她!可是,你仍旧不肯放了她!"

原来他什么都知道!

夏爱华冷笑。

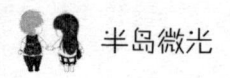半岛微光

她猩红色的唇格外艳。

她的眼泪闪出了泪光,他全都知道,却一味地纵容她,只为保她安全?她信,她信这是顾开复的真心话。

她曾说过自己多么痛苦,其实只不过是她将自己的痛苦无限放大,她的恨,早在她决定报复之前,就已经成了畸形的恨,这些恨如同毒雾,遮蔽了她所有的感观,她盲从地往前走,心里除了生生不息的恨,其余的什么都入不了眼。

"哈哈!"她笑得很夸张,脸上却淌下两行泪,"你知道?为什么还能装作若无其事?"

"我希望这个家庭是完整的!"

"完整?自从她回来,这个家就不再完整了!"

"如果你知道这些年来,我对你的感情,我相信你能够理解我,理解我为何属意将墨复留给青儿!我亏欠她们母女的太多太多,我能给的,只有让青儿的未来更安稳,更幸福。除了墨复,我想不到还能有什么可以给她。我将毕生的心血给了陈墨最爱的女儿,她在九泉之下应该也能安息,不会再怪你我了吧!"

为什么顾开复藏了心里密密麻麻的关于对自己的爱,过去他从没说出来?!

夏爱华突然冲上前,她狠狠地咬住顾开复的颈间,在那里留下一个深深的瘀痕,顾开复不躲,只是平静地仰起头,任着夏爱华的唇野蛮地落在他的颈间。

她能感觉到他颈间血脉的迅速跳动,她停了下来,将头埋进他的颈间,不可抑制地哭起来,温热的泪水流淌在他的脖颈,顾开复紧紧地抱住了她。

*** ***

加护病房内。

李南帮顾青捏着手指,他讲着顾青以前最爱的童话故事,说完了还不忘提醒:"你再不醒过来帮我更新记忆里的童话故事,我就不会讲其

第十章

他的了。你知道的,这些故事全都是你讲给我听的,还记得吗,小北?"

他刚叫了声小北,顾青的手指就微微地弹了一下。

李南有些兴奋地拉着顾青的手,"你,小北,你听得到我在说话吗?"

病床上的顾青仍旧在沉睡中。

"小北?"李南轻声在她耳边呼唤着。

她的手指明显地弹了两三下。

"小北!"李南激动地按响床前的呼叫铃,"医生!快!医生!她醒了!"

医生与护士急速地赶往加护病房,坐在椅子上打瞌睡的夏树弹跳起来,他拉住其中的一个小护士,"发生了什么事情?是不是病人出现了什么情况?"

"不是,病人有苏醒的迹象,医生正要去对她进行检查。"

苏醒!顾青,你总算醒来了!

顾青!夏树站在加护病房外,控制不住地流下了眼泪。

清晨的阳光温暖地照耀在病床上,顾青醒了,所有的意识都逐渐恢复,只是左臂和双腿的骨折让她仍旧需要在病床上躺上三个月的时间。当她看到久违的阳光,以及面前男生的笑脸,在昏迷期间一直沉甸甸地压在心里的一个梦,似乎也成真了。

她伸出没有受伤的手臂,缓缓地将手伸向了那张脸庞,她叫:"树哥哥。"

站在顾青面前的李南原本已经将身体微微往前倾斜,但听到顾青说话,他又迅速地退了回去,他转身离开病房,将已经打算离开的夏树叫住,"她叫你。"

"叫我?"夏树不确信地质疑着。

李南重重地点了点头,道:"她在找她的树哥哥。"

夏树的心头一颤。

树哥哥,这久违了的称呼,这已经被自己下令死去的称呼。

 半岛微光

他冲进了病房。

她虚弱地躺着,嘴唇苍白,与白色的床单几乎融成了一体,只是那清亮的眸子还是漆黑的,她的全身几乎都用绷带缠绕固定,看到他来,顾青又抬高了手,"树哥哥。"

他冲上前将顾青的手紧紧握住。

"树哥哥。"她握紧那双手,又昏睡了过去。

他们之间所有的怨念,如在此刻放下,该有多好。

夏树缓缓地伸出手,抚摸着顾青的脸庞。

顾宅。

夏爱华看着熟睡中的顾开复,她将顾开复的手机从床边取走,意外看到几条电话留言,好奇心驱使她按了听取键。

"先生,按照您的指示,已经跟踪到叶德,夫人离开后我们就动手。"

动手?昨天顾开复说的那些莫非只是故弄玄虚只为让她引出叶德?

夏爱华拿出手机拨打叶德的号码,却得到对方关机的答复,她拿起顾开复的手机听取了另外的几条留言。

"顾先生您好,这里是宇灏律师事务所,我是蒋律师的助理海伦。上周您说要改遗嘱的事情,蒋律师已经帮您拟好了,将您旗下的所有股份及墨复集团全都交由爱女顾青,并且以顾青的名义成立一个慈善基金会,如果没有问题,您今天下午就可以过来在这份遗嘱上正式签字。"

夏爱华觉得自己的手在颤抖。

他分明说最爱的人是自己,为何却将所有的财产全都交由顾青?

夏爱华听取了最后一则留言。

声音来自曹渊,他激动地说:"先生,打您电话没打通,小姐醒了!所有的意识都恢复了,我这就来接您!"

她将电话握在手心,手臂的肌肉因为太用力而全都拧结在一起。

"爱华!"顾开复从楼上下来,"今天这么早起?"

夏爱华慌乱地拨着头发,转身的时候给了顾开复一个灿烂的笑容,

第十章

"醒来还能看到你在身边,真是最大的幸福,这样的时间对于我来说太珍贵,舍不得白白浪费了。"

顾开复牵过她的手,"等过完这阵子,我们一起去欧洲旅行,抛开所有的烦恼。"

他为顾青铺好了未来之路。

那她呢?夏爱华为自己的前景感到担忧。她还年轻,她还想在事业上继续发光使自己更加强大,她用尽一切的手段终于使得自己握有超过20%的墨复集团的股票,怎么甘心将这所有的一切白白放弃?

昨晚顾开复的那场真心告白,并未真正地打动她。

夏爱华淡淡一笑,"到时候再说吧。"

"我要去医院看看青儿,你要不要跟我一起去。"

夏爱华拖住他的手,"开复,我们之间还有很多的问题需要解决。"

"什么问题?"

"你昨晚说的一切,都是真的,甚至是残酷的事实,既然你已经知道,我也不能再故作无辜!是,我认识叶德,他是我的前男友,这几年他刚从牢里回来,他找我帮忙,我手头比较宽裕,就投资了一间酒吧让他管理,但是所有的事情不是你所认为的那样开复,我没有指使叶德做任何的事情,我跟老太太生活在同一屋檐下,我怎么可能会害她?还有顾青,她是你的女儿!虽然我知道你默认了她为墨复的接班人,但那又如何?我跟树生活得非常安稳,我没必要为这件事情而起杀机。"

顾开复看着她,问:"你没有?"

"残害你亲人的这件事情,我真的没有做过,但有件事情我必须承认,城北的那块地皮是我指使黎明达标下来的,我当时只是为了哄你高兴!"夏爱华边说边小心翼翼地观察着顾开复的神情。

顾开复显得格外平静。

她继续说:"黎明达标下那块地皮之后,我注意到你非但不高兴,还被蔡董等股东连连质问,我很内疚,刚好叶德打电话来……但是我发誓,我没有指使他为我做任何事情,所有的事情都是叶德一厢情愿。"

"真的?"顾开复如此问,但眼神里的疑问越来越多。

他不信自己。也对,连夏爱华自己编这些谎话时都说得如此心虚。

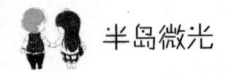

但她不能在此刻认输,她要向顾开复开口讨一个永久的保障。

夏爱华声泪俱下,"我知道我错了,做这件事情的时候,我觉得自己就像是被魔鬼附了身,我不是无心去伤害他的,我知道我错了……"夏爱华假惺惺地掉着眼泪,"我想,我可能不能跟你一起去欧洲旅行了,我,我会去自首,我自己将所有的过错全都揽下来。"

说完她往前跑。

顾开复拉住她,"爱华,我承认,当我知道你涉及这些事情的时候,我感到愤怒,但如果你说这些事情与你毫不相干,所有的事情都是叶德逼你的,我愿意相信你!我,我不想失去你!"

夏爱华的内心不是没有感动。

"爱华,我眼下最担心的就是青儿,但她是我的女儿,凭她的意志力,她一定会醒过来!爱华,只要她醒过来,我们就放下过去所有,我愿意跟你重新开始。"

夏爱华知道了顾青苏醒的消息,她故意问:"如果她没有醒呢?"

"相信我,她会醒过来的。"顾开复紧握住夏爱华的手,"我们一起离开,去全世界开阔我们的视野,如果中途你累了,不想再继续走了,我答应你,我答应你,立刻在那里停下来,跟你永永远远地生活在那里。"

可能顾开复早已知道顾青醒来的消息,不然他不可能说得如此肯定。

如今顾青醒来,进入墨复集团不过是转眼之间的事,如今她左右逢源,左有曹渊右有李南,那么夏树呢?这个可怜的孩子,他的位置究竟在哪里?

夏爱华并没有因为自己的暂时解脱而感到半分庆幸。

顾开复亲吻她的脸颊,又一次问她:"一起去医院看看青儿,好吗?"

看他们如何大获全胜,看她自己是如何落败并且必须归依顾开复?

她不甘心!

她摇了摇头,"不了,她刚醒,应该不想第一眼看到的人是我吧。"

"她,她醒了?爱华,你刚才说青儿醒了是吗?"顾开复难掩激动

第十章

之情。

莫非他不知道顾青已经醒来的消息?

曹渊一路小跑进来,"先生,您准备好了吗?"

"曹渊,青儿醒了,是真的吗?"

曹渊点了点头,"是的,医生已经为她做了全面检查,小姐的意识全都恢复了,树少爷现在在医院陪着她。"

树,原来他跑去了医院!昨天跟顾开复交谈,她险些忘了自己匆匆回来的目的,得知夏树在医院,夏爱华显得喜忧参半。

"爱华?"顾开复看着她,"一起去医院?"

夏爱华摇了摇头,"还是让她好好休息,我找时间再去看她。"

"好,我跟你说的旅行计划,你好好考虑。"

她看着顾开复的身影渐渐消失在视线里,夏爱华从沙发一旁的柜子里拿出浴巾,从侧门走向了泳池,她纵身一跃,喷溅出无数的水花。

她用力地往前游。

多年来的处心积虑,在一夜之间,她得到了答案,也看到无穷无尽的失望。

她要如何给自己及夏树一个完美的交代?

*** ***

去往医院的路上,顾开复紧皱着眉,神情并未显得轻松。

曹渊问:"先生,您怎么了?"

"曹渊,我不知道再一次地纵容对于所有人而言,是对还是错?我不知道,曹渊,我第一次感到迷茫,对于太多事情都无能为力,我现在,只盼着青儿能够尽快恢复,有你和李南在她的身边,我相信她很快就能够适应。"

"先生,一定要这么做吗?"

"你就别瞒我了,张医生为我检查的那份报告我已经看到了,有一颗肿瘤压迫着我脑内的神经,那是主管大脑的记忆神经,随着肿瘤的不断增大,它随时会夺取我的性命。我必须要在有限的时间里,好好珍惜

身边的人与事,我跟爱华经历了这么多,生死早该看淡了,只要她愿意跟我走,过去她做的一切,我都能够原谅她!"

"小姐呢?先生就忍心这么丢下她?"

"这是为她创造更多的可能性,况且还有你跟李南,我放心。"

"先生。"曹渊语气里带着不舍。

"你呀,真是越来越啰唆!又不是此后再也不能见面了,我答应你,每年放你一个半月的长假,让你带着全家满世界地逛,这总行了吧?"

"我想带她们去看先生。"

"好,哪一天我在一个小山庄安定下来,酿了酒等你来,我们也诗兴一回,月亮和星空当我们的背景,山边的虫鸣当作是伴奏,我们,好好聊聊!"

顾开复对于未来生活几乎充满了期待。

他从口袋里拿出一把质地极好的钥匙递给曹渊,"但是,如果她不愿意跟我走,你找个适合的时间,把这个交给她。"

曹渊觉得这把钥匙似乎有种不祥的预兆,他的手停顿着没有接。

顾开复塞到他手里,"别垂头丧气的,大好人生才刚刚开始,如果她不愿意跟我走,我就留下来,让张锦庭把我脑子里的那颗肿瘤拿走。不过,这回酿酒的人可就是你了,你这几年必须好好赚钱,好建一个小山庄,以满足一下我想把星空当作背景的这种愿望。"

"一定!"曹渊紧紧地握住那把钥匙。

顾宅。

苏萍拿着手机走到泳池边,她对着还在游泳的夏爱华叫道:"夫人,您手机响了好几回。"

夏爱华从水底浮出了脑袋,"是谁?"

"不知道,是陌生的号码。"苏萍为她递上了浴巾,夏爱华从泳池里一跃而上,她接过手机,果然是个陌生的号码,已经拨了不下二十通给她。

是谁?

她向来对这种电话毫无兴趣,更加不会主动拨回去,但今天,在鬼使神差的某种异常心态的驱使下,夏爱华按了回拨键。

第十章

电话那头居然传来叶德的声音:"爱华吗?"

他,他不是被顾开复的手下所控制了?

"你,你在哪里?"夏爱华故作镇静地问。

"爱华,那个老东西找人想要弄死我!我杀了他的两个手下,他们迟早都会追到我!"

夏爱华掩着声音走到角落里吼他:"那你还不赶快走!"

"我说过,我不会走的!我要找到那个老东西,我要报仇!"

"你疯啦,你报什么仇,他跟你没有任何瓜葛!"

"他娶了我的老婆,养了我的儿子,这还不是男人最大的耻辱?!"

"你!你简直不可理喻!你在哪里,我要见你!"

电话那头突然安静了。

"叶德,你到底想要做什么?"

"我要拿回属于我的一切!"

"叶德!"

话筒里传来嘟嘟的声响,夏爱华将电话再回拨,叶德显然已经不在电话机旁。

夏爱华换了衣服赶往医院。

医院。

曹渊走进病房,夏树靠在顾青的床边睡着了,大概是听到脚步声,夏树抬起头,看到是曹渊,他立刻站起来揉了揉眼睛。

"先生呢?他没来吗?"

夏树摇了摇头,"没有,没有看到他。"

"奇怪,我在医院的正门放下他,看到他走进医院我才把车子开去停车场。"曹渊拿出手机给顾开复打了通电话,电话接通了,却始终处于无人接听的状态。

"我出去找找。"曹渊说完转身跑出了病房。

时间一分一秒地流逝,曹渊与夏树将医院的所有出入口都找了一遍,可是都没有发现顾开复的踪迹。坐在病房外的曹渊突然想起什么似的,他掏出手机拨了电话给迈克,可是电话却处于无人接听的状态,曹

 半岛微光

渊紧皱着眉,一种不祥的预感笼罩在他的心头。

夏爱华刚想将车子转向医院的停车场,她的手机响起来,来电者是顾开复,她犹豫了片刻,最终还是将电话接起。

"哈哈,惊喜!"

"怎么会是你?"夏爱华急速将车子停在路旁。

"怎么?我够意思吧,知道动不了那丫头,索性就把老东西带走!"

"你疯了叶德!我的事情不需要你插手,你,现在在哪里?"

"你想干吗?"叶德的语气变得不友善。

"你把他送回医院,或是说个地点我去把他带回来,叶德,算我求你,我不需要你再为我做任何事情!"

"不需要?这十多年来你从没说过'不需要我',每次你有困难你都会主动找我,我为你除去所有的障碍,全都是你默认的,如今眼看功成名就了,就不需要我了?"

夏爱华痛苦地垂着头,"求你,你离开这里,开始新的生活。"

"我所谓的新生活,就是他妈的跟你在一起!这么多年了,爱华,你不是不明白我的心思。如今他在我的手里,我一定要把他……"

"不要!"夏爱华叫住他。

"你这么紧张他?"叶德的语气里带着醋意。

"叶德,我们不要在电话里讲,你在哪里,我来,我来找你,我们坐下来心平气和地……"

"不必了,我打电话给你,并不是跟你商量,而是通知你结果。"

"不要!叶德你冷静一点,他的存在对我们并没有任何伤害。"

"他跟你说了什么?你就这么相信他,没有伤害,我会被人揍得像猪头一样!如果不是阿华来救我,被撂倒成为无名尸的人就是我!"

"那也不能……"

"我问你,如果他回去,我儿子能继承他的财产,他能将集团里的所有事情都交给树打理吗?"

夏爱华停顿了。

电话那头发出狂傲的笑,"那就别怪我对老东西不客气,所谓'人

第十章

为财死,鸟为食亡',我叶德也不能对此例了外!"

"你……你放了他!"

"我不能放了他,放了他,我就是跟我自己过不去,这些年来我盼的是什么?"

夏爱华不说话。

"这件事情,你就当作不知道,我今天没有打过电话给你。"

"叶德!"夏爱华紧张地叫住他。

这些年来,他对她言听计从,若是她反对的事情,他怎么也会避讳三分,只要她愿意开口继续乞求,她相信,叶德能够为她手下留情。

夏爱华的耳边响起了几句话——

"顾先生您好,这里是宇灏律师事务所,我是蒋律师的助理海伦,上周您说要改遗嘱的事情,蒋律师已经帮您拟好了,将您旗下的所有股份及墨复集团全都交由爱女顾青,并且以顾青的名义成立一个慈善基金会,如果没有问题,您今天下午就可以过来在这份遗嘱上正式签字。"

不!

不行!

身为父亲,他为顾青做好了万全准备。如今顾青醒来,身边左有曹渊右有李南,在他们的辅佐之下,顾青很快就能稳坐墨复集团接班人的宝座。

身为母亲,她为夏树做过些什么?

这些年来,她何时真正地当夏树是自己的儿子?他们之间小心翼翼,半分的亲近都会让夏爱华感到局促不安。她爱夏树,却从未给过他一个拥抱,她爱夏树,却将陈墨之死牢牢地扣在夏树的身上,她爱夏树,却未曾真正筹划为他做过什么。

她选择了放弃说服叶德,她虚脱般地挂断了电话,继续发动起车子,从医院外围绕了一个弯,原路返回了顾宅。

第十一章

三个月后。

顾青在医院拆去了手臂和双腿的石膏之后，李南和曹渊带她在医院附近的餐厅内用餐，顾青吃得很少，她用餐布擦了擦嘴巴，淡淡地说了句：" 今晚我想回家。"

曹渊和李南的脸色都有些局促。

李南哈哈干笑了几声，"怎么了，住在我们家不好吗？"

"很好，妈对我照顾得无微不至，可是……"顾青撇着嘴，脸上挂着委屈，"我躺了这么长时间，一回也没看到我爸，我，我想他。"

在李家住了这么长的时间，她享受着公主般的待遇，但顾青的内心却感到失落，她把这种失落掩得很深，生怕因此伤害了尽心尽力照顾着她的那些人。

这些天里，她总梦见父亲，梦见他远远地站着，在一片黑色幕布的背景下安静地站着，他的头顶有一束微亮的蓝光。在梦里，父亲安静地不说话，甚至都不移动他的脚步，任着她哭着喊着朝他奔去，每每她觉得自己就要触及父亲的手时，她就从梦里醒来了。

"先生这阵子一直都忙。"曹渊说。

忙忙忙，她听这个理由已经听了无数遍。有时候她醒来，李南或是养母也会面带惋惜地看着她，告诉她昨晚父亲来过，可惜她睡着了，为了不打扰她休息，父亲在她床边陪了她很久后才离开。

"还是前晚来过，我又不小心睡着了？"顾青看向李南。

李南极配合地点点头。

顾青生气地说："你骗我！为了等他来，我每晚都不敢睡，我每一

第十一章

晚都在等他！为什么？为什么他不想见我！"她看向曹渊，"他怎么了，身体不舒服吗？"

"不是，他身体非常健康，他没事。"

"他以为我不会醒了，所以放弃了我？不可能，他说过没有更多的六年来找我，我答应过他，不会再离家出走，他不会生我的气，到底发生了什么事情，谁能够告诉我！"顾青情绪激动地边说边哭，"我躺了一百多天，我想我爸，我现在才知道那六年他是多么辛苦才熬过来的，是我不对！"

李南痛苦地看向曹渊，"要不，把所有的事情都告诉她？"

顾青满脸是泪地抬起头。

两个男人脸色沉重，气氛的异常让顾青感到不安，她着急地问："发生什么事情了？我爸……我爸怎么了？不，不对，我的车祸并不是一场意外？有人想害我，查出是谁做的了吗？"

曹渊摇头，"那段路的监控器全都被预先破坏了，警方虽然也认定是人为，但还是一无所获。"

她大口地喘着气。

"你大病初愈，一定要控制好情绪，深呼吸。"李南赶紧上前拍着她的背。

"求求你们，告诉我，到底发生了什么事情？"顾青紧抓住李南的手。"哥，到底发生什么事情，你告诉我好不好？"

"别哭，你擦干眼泪，我带你去见他。"

顾青听话地擦干眼泪，紧跟着曹渊和李南。

深秋的山路上显得无比萧条，疾驶而过的车子吹得落叶飞舞，顾青也随着那些叶子而忐忑不安起来。

车子缓慢地停在顾宅门口，曹渊从驾驶座下了车，对于曹渊的反常举动，顾青将头探出了窗外，顾家门口的镂空高大的铁门换成了不锈钢的电动门，迎面走出来的人也不再是以前的园丁，她不顾李南的阻止，打开车门冲了出去。

多少天来，藏在顾青内心里的那个炸弹爆开了，把她的心伤得支离

破碎,她不能问,只要一张口,那磅礴的情绪如同千军万马顷刻从她瘦弱的身体里奔来。

她的预感是不是真的?父亲真是生病,被夏爱华夺了实权?她用力地摇摇头——不可能,不可能,她不信!

"你有预约吗?"一个黑瘦的男人挡在门口,"不行,夏总说了,没有预约的人,通通都不能进去。"

"你是新来的,我不怪你,但是你睁大眼睛看清楚了,这位是顾家小姐。"曹渊指着顾青说。

"我们主人不姓顾,姓夏。"黑瘦的男人还没说完,就见苏萍走过来。

苏萍见到曹渊和顾青,赶紧小跑过来,"小姐,曹先生,你们怎么来了?"

"萍姨。"顾青看着她,"我爸呢?他在哪里?"

苏萍心疼地看着顾青,"小姐,你身体好点了吗?"

"我好多了,我很久没有看到我爸了,他是不是身体不舒服,他在哪里?萍姨,拜托你把门打开好吗?我想见他,我想他!"顾青摇晃着门。

男人突然伸出手来推顾青,"你是从哪里来的野丫头,这里只有夏总和树少爷,没有你要找的爸!"

顾青踉跄地往后退了一步,李南和曹渊上前扶住她。

苏萍推了男人一把,"不管她是谁,你对一个女孩子都不能下这么重的手,说穿了,你也不过是个看门的,有必要这么欺负一个小姑娘吗,遥控呢,把门打开!"

"没有夏总和树少爷的同意,我不能放他们进去!"男人固执地说。

这一句,证实了顾青内心的猜测。

曹渊问:"萍姐,他们都在家吧?"

"都在,不过夫人刚刚午睡。"

"能不能拜托你一件事情,帮我们告诉树少爷,说是小姐回来,我想他会让我们进去。"

"这个……"苏萍为难地说,"树少爷早上跟夫人吵架,吵得很激

第十一章

烈……"

"这是我的家，我回我自己的家不需要向任何人通传吧，为什么我不能进去！"顾青摇晃着电动门，她用脚一直踢，"让我进去，我要进去！我想见我爸！爸！你听得到我说话吗，我是青儿啊，我回来了！爸！"

苏萍偷偷抹着眼泪。

男人冲上前将顾青往后推了推。

曹渊和李南扶住顾青，好不容易把她架上了车。

曹渊站在车外打电话，坐在车内的顾青则看着李南问："发生了什么事情？为什么，为什么会这样？"

李南安慰她："会好的。"

会好的，多苍白无力，连他自己都忍不住想叹口气，但此刻的李南必须坚强，作为一个男人，他必须要替顾青扛下所有的一切。

他又重复了一次："总会好的。"

"我爸呢？是不是我爸生病了，他是不是病得太重，没办法出来见我？把我们拦在外面一定不是他的主意，就算他拦我，也不应该拦你跟曹叔叔啊，是不是出事了？"

李南把顾青揽过来安抚着她的情绪："别担心，他好得很，非常自由，没有人能够禁锢他！放心，曹渊已经在处理，我们很快就能看到他！"

曹渊打开车门："小姐，再稍等片刻，只要蒋律师一到，所有的问题就可以解决了。"

一辆轿车缓缓地停在顾宅门口，蒋律师和他的助理走下车。

在蒋律师出示了证件及一系列的电话沟通之后，电动门被缓缓打开，顾青在众人的陪伴之下，一群人急促地进入顾宅。

白色楼房。

夏爱华披着鲜红色的披肩坐在沙发里，那只肥胖的波斯猫懒散地眯着眼睛，夏爱华听见了动静，转身看了看就笑道："曹渊、李南，你们

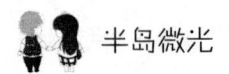

跟我们既无血缘关系,又无雇用关系,这时间来,不太妥当吧?"

曹渊与李南,与他们不再是雇用关系?怎么可能!

顾青脑子里有太多的疑团等待被解开。

夏爱华看着眼前的女孩,她大病初愈,身上少了些锐气,看着也与陈墨不太相似,她有些得意地笑着:"集团有太多事情需要我处理决定,也没时间去看你,怎么样,在李家生活得还习惯吧?小北,哦,不对,顾青。"

顾青压根就不想理她,只是问:"我爸呢,你把我爸怎么样了?"

夏爱华一怔,片刻后她看向曹渊和李南:"怎么?你们全都没告诉她?瞒了她这么久,啧啧,你们可真有能耐,怎么就隐瞒了这么久!"

"发生了什么事情?我爸呢?"顾青急得直跺脚。

"也好,让我平静了这么长时间,刚好整顿整顿集团内的风气。"夏爱华扬着眉。

"凭什么是你整顿,到底发生了什么事情,我爸呢!"

"我们先把正事处理了,一会儿他们会回答你的。"夏爱华不耐烦地说。

顾青看着李南慌张又痛苦的表情,她摇晃着李南的肩膀:"哥,发生什么事情了?我爸到底怎么了,你可不可以告诉我?"

红砖墙房。

夏树隐约听到了顾青的哭声,他习惯性地打开房门看向了顾青的房间,通往顾青房间的走廊显得格外寂静,但顾青的哭声并未中断,哭声里带着的惨烈与绝望,让夏树的眼眶都不禁灼热起来,他抹了抹眼角,顾青的哭声依旧未止,夏树将身体前倾,他确定,哭声是从那幢楼房中传来的。

顾青来了?

顾青来了!

这是让他矛盾并感到痛苦的一件事情,为此他整天盲目地如同一个机器人似的进行着工作,把所有的烦忧与激情都抛诸脑后,若不是还有一个顾青,他早就放弃苟延残喘地继续活着了!

第十一章

如今，顾青来了，她好吗？身体恢复得如何？知道了吗？对她的创伤会有多大？

这些疑问如同巨大的推力，夏树拔腿就朝那幢楼房奔跑过去。

夏树跑进来的时候，没有任何人注意他。

她瘦弱的背影更显孤单，当初因为做颅内手术，她的一头秀发被剃光了，如今长出的毛茸茸短发温和地贴在她的小脑袋上，他默默地走向顾青。

蒋律师在沙发上坐下，他从信封里拿出几份文件，"这些都是顾先生在世的时候立的遗嘱。"

遗嘱？！顾青觉得脑袋一片空白。

"在顾先生出事之前，他曾经跟我提过想要更改遗嘱，他想把旗下的集团股份全都转给顾小姐，并且成立一个名为顾青的慈善基金，很遗憾……"蒋律师捏了捏鼻梁。

"哥。"顾青的声音显得格外微弱。

夏树以为他叫自己，表情显得过于欣喜，然而顾青并未发现自己，她望向了李南："哥，我爸怎么了？"

夏树失落的心感到隐隐作痛。

李南默不作声。

夏爱华则得意地笑着："请问，这份遗嘱他是否签了字？"

蒋律师摇摇头，"当初他只是让我拟定，还没有签就……"

"那就说说，他究竟签了些什么！"夏爱华难改她的强势作风。

"其实早在几个月前，顾先生已经拟定了一份遗嘱，他将旗下的股份分为四份，分别赠与您、顾小姐、树少爷，还有曹渊。"

"曹渊？"夏爱华不满地看向曹渊，"他凭什么？"

"这是顾先生的意思，我们必须要尊重他的遗愿，顾先生还希望，在顾青条件成熟的状况下，由顾青接手墨复集团，这在另一份补充的条款里也可以清楚地看到。"

夏爱华一把夺过，"不可能，不可能！"

"您与树少爷，则拥有一块未开垦的土地，他之前想在那里盖一座山庄，并以夫人的名字命名。"

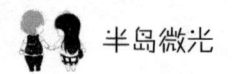 半岛微光

　　夏爱华的神情流露出了一丝难过，但很快就被她刻意地掩盖了。

　　蒋律师继续说："顾先生有太多的事情没有完成，他横遭不幸，我们都感到非常难过。"

　　不幸！顾青觉得这个词安在自己的身上已经够残忍了，没想到命运一再地捉弄她。

　　"我爸呢，我爸到底怎么了？"

　　"先生在你苏醒的那一天失踪了，半个月后，警方在一间废弃的工厂里找到他，当时先生已经……"曹渊声音哽咽。

　　父亲！

　　她如此想念的父亲，怎么会突然说没就没了！

　　再没人宝贝她心疼她给她以容身之所！

　　再没人会挽救她的生命如海洋泡沫被击碎的命运！

　　顾青放声号啕大哭。

　　"为什么为什么为什么，为什么会这样？"

　　没有人回答她。

　　身边的人全都用一种悲悯的眼神看着她，顾青觉得自己如同置身孤岛，周围夹带着腥气的海浪不断地拍打着礁石，她又冷又饿，可是却看不到半分的光亮，她彷徨失措，眼睛无法抑制地流淌着。

　　光呢，她摸索着。

　　她生命里仅存的光亮没了！

　　那么真实且残酷地灭了！

　　不经意，她瞄到了默默站在身边的夏树，是他！这一切都是姓夏的阴谋！他们步步为营，步步惊心地设计了这所有的一切！顾青一直说夏树是夏爱华踏上荣华之路的傀儡，而她自己又何尝不是，一次次地被别人当成了炮灰！

　　她看着夏树，漆黑的眼眸阴沉沉的，她一步步地逼近夏树。

　　这个曾与自己共同生活那么久的人，他的单纯与良知呢？他口口声声承诺的保护呢？早被利益给吞噬了吧？顾青觉得他的人生既可悲又可怜！

第十一章

她突然伸出手，朝着夏树的脸甩过去。

啪！清脆的巴掌落在夏树的脸上。

所有人都将视线转向顾青。

夏树的身体微微一颤，他紧握拳头，尽力调整自己的平衡，他不能够在此刻倒下去。

年少时光的欢笑全都涌上心头，那些对于顾青而言非但没有快乐，反而让她更加痛恨眼前人。

啪！又一巴掌落下去。

夏树只是静静地站着。

夏爱华从沙发上跳起来，"小贱人，你疯了！"她冲过来向顾青也挥起了巴掌。

顾青非但不躲，反而将身体微微凑向了夏爱华。

打吧！打死她！她生命里所有的光亮都灭了，再没有人因为她的消失而担心寻找六年！再没有了！

那巴掌就要落在她的脸颊上，顾青认命地闭上了眼睛。

李南冲上去。

夏爱华的手落在半空，她的手臂被另一只手用力地紧紧握住。

"放开她！"一个熟悉的声音在耳边响起。

顾青惊讶地睁开眼睛。

夏爱华的脸色铁青，她甩开手臂，朝夏树吼："你这又是在干什么？"

"她打的是我，就算我想还击，也该由我自己动手，不必你来帮我。"

"你会还击吗？"夏爱华瞪着夏树。

"那是我的事情，跟你无关。"

"夏树！你！"夏爱华被他气得跺脚。

"如今遗嘱你听了，真相你知道了，巴掌你也打了，回来吧！"夏树温柔地看着她。

 半岛微光

　　自从夏树进入墨复之后,他们每次交谈均不欢而散,他们针锋相对,不扎痛对方绝不罢休,此时此刻,她以为夏树会落井下石,没想到却是这样的一句话,这让顾青感到意外。

　　"回来吧?"顾青冷冷地看着夏树,"你们把家里的人全都换了,连门锁都换了,我们刚才被困在门外的时候你知道吗?"

　　夏树摇头,"我刚才不知道,但是现在知道了,就不会坐视不理!"他叫道,"萍姨,现在是谁掌管家里大门的钥匙,给小姐和曹叔叔各配一把。"

　　"你疯了!"夏爱华推了一把夏树,正气地看着顾青道,"他不过是逗你玩玩!"

　　"像多年前你逗我一样,是吧?说什么夏树在我的牛奶里加了安眠药,故意让我睡过了头。说什么夏树嫌我是累赘,根本就不想带我参加他的毕业旅行。"

　　夏爱华紧张地看了看夏树。

　　夏树不解地看着夏爱华,"当初你明明告诉我她发烧了。"

　　顾青不屑地道:"她不过是随便编了一个理由,你就信了?"

　　夏树看着夏爱华,"怎么回事?青儿说的是真的吗?"

　　夏爱华对自己的小伎俩嗤之以鼻,她还以为这两个人早就化开了这矛盾的结,为此日夜担心,生怕他们结为同盟坏了自己的计划,如今看到这样的局面,夏爱华为自己打的小算盘暗自得意,她似笑非笑,"都多少年前的事情,我早忘了,谁还记得了那么多!还是管好眼下的比较要紧。顾青,如今你遗嘱也听了,该属于你的,我不会跟你争,但这幢房子,你没有任何的居住权,早在当初盖这幢洋房的时候,开复就把它赠送给我了。"

　　一直不吭声的曹渊开口道:"夏总,当初先生的确是将房子赠给了您,但并不是将这一整片地,这幢白色洋房只是后来先生再购置的地皮,而在此之前的范围与面积,仍属于顾小姐,这是先生与夫人之前就约定好的。"

　　夏爱华变脸,"我没跟他作任何的约定。"

　　"是顾先生与顾夫人。"曹渊笑了笑又说,"可能我的解释不够正

第十一章

确，应该是顾开复先生与陈墨女士之间的约定。"

"什么?!"夏爱华瞪圆了她的双眼，猩红色的唇几乎要将所有不利于她的消息全都一口吞下。

蒋律师又拿出一份文件，"是这样的，当初顾开复先生与陈墨女士在盖这幢建筑的时候，就已经将这幢房子赠给他们唯一的女儿顾青。"

"我懒得听你们鬼扯，你们找律师，我也会！等我把所有的消息都核实后，她才能搬回来，否则，别指望！"

顾青压根就不想理会夏爱华，她转向曹渊，"我爸呢？我想去看看他！"

"你看他做什么！"夏爱华的情绪显得异常激动，"顾青，你到底想玩什么把戏！"

顾青厌恶夏爱华的那张嘴脸，痛失父亲让她感到难过，但顾青不想在此刻对任何人低头，尤其是夏爱华，她看着夏爱华说："玩把戏？我们远不如你！我爸无故失踪长达半个月，我不信你没有收到任何风声，我甚至可以合理地怀疑，你就是那个置我爸于死地的凶手！"

夏爱华的脸色僵硬着，她指着顾青道："你别胡说！我，我也可以找律师！我要告你诽谤！"

顾青一副初生牛犊不怕虎的犟劲。

"让她走。"夏树又说。

这个姓夏的，今天几次三番地为自己解围，图的是什么？他们已经全没有再共肩作战的机会和可能了，顾青这才仔细地看了他一眼，他瘦了，眼圈之下的乌青之重，面容憔悴不堪。

顾青看着他，又想起了自己的父亲，一股酸楚自内心翻涌而来。父亲牵着她的手缓缓走回顾家的路，她仍清晰在目，她倔强地转过身。

纵使她再难过，她都不希望看到流泪的人是夏树。

*** ***

在律师与夏爱华的多次交涉下，顾青终于见到了父亲，时隔这么久，父亲依旧躺在冰冷的冰库内，所有的身后事都还没有办理，顾青将

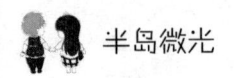

父亲的遗体从冰库里领出，让这个在商场叱咤风云的人物走得体面且有尊严。

父亲的告别式即将结束，夏爱华才带着一群黑衣人浩浩荡荡前来，仍在吊唁的宾客们无一不注视着她们。

"顾青，你做事太鲁莽草率！完全没把我放在眼里，告别式这么大的事情，你非但不通知我，还偷偷将你父亲的遗体火化！"

明明就是她夏爱华弃父亲于不顾，事情发生了那么久，父亲一直都躺在冰冰的冷库里，她根本就没打算为父亲办任何的仪式。

夏爱华一把鼻涕一把泪地控诉顾青的恶行恶状："你这么做，是落得一个孝女的称号，但那能为你带来什么？我是你父亲的合法妻子，就算你心里有疑惑有不痛快，我也从来没有跟你发过一次脾气。"

"对，你是我父亲的合法妻子，请问你是否履行了身为妻子的责任？他躺在那里多久了？"

夏爱华假惺惺地擦着眼泪，"多久？你又是多久没有回家？从你父亲出事，你长达三个多月才回到家里，是，你出了车祸，需要休息，集团那么重的担子也都是我在扛，我从来没有半句怨言，好不容易等着你健康回来，你却听信外人跟我敌抗，这又是一个女儿该有的行为吗？"

宾客中有不少人向顾青投去质疑的眼神。

曹渊试图引领其他宾客走出大厅，夏爱华朝身边的黑衣人使了个眼色，对方人很快将曹渊拦下。

夏爱华清了清嗓子，看着众宾客道："各位真是对不起，不是我非要让她难堪，而是这孩子，做的事情太让我失望。这场告别式，从始至终我都被蒙在鼓里，要不是有朋友告诉我今天老顾要离开，我都不知道她背着我做了这么大的事情。"

顾青虽然年轻，但她不蠢，她打断夏爱华的话："举办告别式的时候我通知过你，你拒绝出席，为了日后不落人把柄，我在报纸上登了启事，你不会不知道吧？"

夏爱华语塞。

顾青感激地看向曹渊，若非当日他的提醒，今天的局面怕是真要被夏爱华彻底掌控。

第十一章

众人又纷纷将目光投向了夏爱华。

夏爱华显得有些窘迫。

李南摆放好花圈刚回到大厅内,见一群黑衣人围住曹渊及众宾客,他与曹渊互使了眼色,将前来吊唁的宾客领了出去,偌大的告别厅里只有他们和夏爱华带来的那帮黑衣人,夏爱华见只剩顾青孤单一人,气焰顿时高涨,她径直走到顾青面前,伸手甩给顾青一记耳光,顾青虽然完全弄不清楚状态,但迅速地回赏了一巴掌给她。

夏爱华气急败坏地准备再出手,顾青牢牢地抓住她的手腕,"以前我胆子小,可以任着你打我我都不还手,但从现在起,你没有任何的资格可以教训我!还有,你不来没有关系,但如果你让他走不成,这辈子我都跟你没完!"

夏爱华对顾青的警告嗤之以鼻:"就凭你?那天要不是树说要放你走,你以为我会放你安安全全地走出那扇门?"

"我不会一再地躲着你,属于我的一切,我都要顺理成章地把它拿回来!"

"凭你?"夏爱华哈哈大笑,猩红色的唇显得格外张扬,"我倒不介意给你这个晚辈一点小小建议,只要你乖乖听话,每个月我会付你一些生活费,保证让你这辈子衣食无忧。"

"我爸说过,还是靠自己赚来的一切最踏实。"

"那要看你是不是有这个能力,以及是否有资本去赚了,不知你身边的哪个朋友比较有福气可以跟你享受这荣华富贵了?"

"你什么意思?"顾青对夏爱华的后半句话起了疑心。

"哦,只是问候你这些朋友,希望他们健康平安,开开心心地迎接每一个新年!"

"我警告你,这些都是我跟你的私事,跟他们任何一个都无关……"

夏爱华打断她,脸带微笑但语气强硬道:"让这帮无辜的人们去责怪跟我对抗的你吧!"

顾青失去理智地冲到夏爱华面前:"我警告你,不准伤害我的朋友!"

黑衣人迅速将顾青挡住。

夏爱华撇了撇嘴:"关键在于你,顾青,你的态度,决定了他们的命运!"

"你!"

猩红色的唇渐渐地张开,顾青痛苦地紧握拳头。

她不会妥协,绝对,不会!

父亲入土为安,顾青与曹渊蓄势待发准备重回墨复,殊不知夏爱华新一轮的报复行动已经开始了。

原本约好要来接顾青去公司的曹渊不仅没来,连手机都处于关机状态,李南看着顾青焦急难安,带她去找曹渊。

曹家。

二层复式楼房异常安静,前院的铁门没有锁,顾青与李南进入院内,隔着透明的落地窗,可以清晰看到客厅内的曹渊正拿着电话在室内焦急地来回走着并不时流露出痛苦的神情,曹渊挂上电话,双手抱头咚地跪在地上,顾青跑过去按门铃,才发现曹家的房门并没有关。

顾青推门走进去,曹渊猛地抬头,他眼神迷茫空洞,眼眶潮红,看到顾青来了之后,他背过身调整呼吸,"对不起,早上一直在忙,忘记今天是跟你一起回墨复的日子……"

"你怎么了?"顾青走过去蹲在他面前。

"没,没事的,你稍等片刻,我准备一下,马上就好。"

"发生了什么事情?"

曹渊隐忍地含泪摇头。

顾青拖住他,"不论发生什么事情,我们现在都站在同一战线,究竟发生了什么事情?"

曹渊沉默地站在镜子前整理领带,眼眶里却早已含满了泪水。

顾青说道:"曹渊,你知道我的,我这个人太犟,撞得头破血流也不知道回头,如果你不告诉我发生了什么,我们以后还有秘密可以交换吗?"

第十一章

　　李南也劝道:"曹渊,我们从没有看过你这样,一定是发生什么大事,你就说出来,有什么事情大家一起解决。"
　　"彤彤,彤彤……"曹渊痛苦地捶着头。
　　彤彤是曹渊的掌上明珠,每每曹渊谈论起她的时候都神采飞扬。
　　难道是……
　　顾青觉得自己的假想像是一块乌云正逐步地笼罩住自己,她担忧地问:"彤彤怎么了?"
　　"今天早上送她去学校,我亲眼看见她走进校门才回来,谁知道老师打电话来说还没有看到彤彤,问她是否请假,我刚从学校回来,再次打了一通电话给学校确认,彤彤不在学校。"
　　怎么可能!一个孩子平白无故地失踪?
　　"她会不会一时贪玩?"李南问。
　　"不会的不会。"曹渊摇头,"她一直都是个很乖的小孩,这种事情从未发生过。"
　　顾青觉得那片乌云停在自己的上空。
　　是她!一定是她!
　　夏爱华的字字句句回响在耳边——

　　"不知你身边的哪个朋友比较有福气可以跟你享受这荣华富贵了?"
　　"希望他们健康平安,开开心心地迎接每一个新年!"
　　"让这帮无辜的人们去责怪跟我对抗的你吧!"
　　"顾青,你的态度,决定了他们的命运!"

　　顾青惊慌失措地摇头,"不可能,不可能,不可能的!"
　　曹渊疑惑地看着顾青。
　　李南问:"什么不可能?你是不是知道些什么?"
　　这一切都来得太快!顾青全然想象不到夏爱华会先拿一个孩子下手!她拿出手机直接打给夏爱华。
　　夏爱华显得心情格外好,神采飞扬地问候着顾青。
　　顾青打断她:"我知道那孩子在你手里,你说吧,你想要什么!"

 半岛微光

"什么孩子?顾青,饭可以乱吃,但是话可不能乱说,看来下次跟你通话,我要录音存证以求自保了。"

"敢做就要敢当!你有什么事情就冲我来,别对一个孩子下手!"

"我记得我说过'你的态度,决定了他们的命运!'。"夏爱华在那头张狂地笑。

曹渊已经从顾青与夏爱华的对话中看出端倪,他站在顾青的身边,紧握的拳头露出了他心头的愤怒。

李南的手机响起,他接起电话边往落地玻璃窗走去。

"说吧,你希望我是什么态度。"

"让出你和曹渊的股权,离开墨复。放心,我会履行我的承诺,让你这辈子都衣食无忧。"夏爱华挂断电话。

顾青看着曹渊道:"彤彤在她手里,她提出的条件,让我们放弃所有墨复的股权,并甘愿退出墨复。"

"不行!"曹渊摇头,"一旦离开,你就永远都回不去了!"

"现在最重要的,是保彤彤平安,等她回来之后,我们再从长计议!"

"小姐!"曹渊叫住她,"不可以这样,墨复是顾先生的心血……"

顾青看着他,语气坚定道:"是,墨复是我爸的心血,但彤彤何尝不是你的心血?在任何生命面前,其他的都是多余的。曹渊,我爸以前一直教我'有舍才有得',我以前一直不明白这个道理,可是现在我明白了,别再反对,我说过,我个性太犟,一旦我做了决定,就很难再改变。"

"小姐,谢谢你。"

"都是我连累了你,在父亲的告别式上,她警告过我,如果我不答应她的条件,她就会选择报复,但是我不知道第一个受到牵连的会是彤彤……"顾青难掩愧疚地说。

站在落地窗前的李南愣愣地看着手里的电话,他木讷地转身看向顾青,还没开口,泪水就止不住地掉落。

*** ***

第十一章

医院。

顾青一行三人赶到医院的时候,李南母亲哭倒在医院长廊的椅子上,哭声悲戚,顾青过去扶她,她的手里捏着一团纸,竟是院方开具的死亡证明。

曾救她生命,照顾她六年,给她尚算安稳的生活,为她取名"李小北"的父亲,走了。

顾青的眼泪是从哪一刻开始流下,她已经无从知道,只知道泪水攀上了她的脸,一次次地冲洗着她的眼睛,却也一幕幕地将曾经无忧的六年时光再次浮现在眼前。

养父生性内敛,不善言辞,但对顾青的爱毫不吝啬,他无尽的给予,抚慰着顾青年少时因缺失爱而百孔千疮的心,他的爱,挽救了顾青自我封闭的内心,更救赎了她的灵魂。

在顾青编造谎言离开时,他从未有半句怨言。他默默地将属于顾青的房间整理好,等着他这个女儿有朝一日累了还能回到属于她的家;在顾青的身份得到证实时,他不曾觉得自己要失去顾青,他给予顾青最美好的祝福,而在顾青车祸后的那三个多月的日日夜夜,都是这个内敛的中年汉子每天给自己读报讲笑话为她解闷。

顾青心里暗自设想的报恩计划还未实行,他却走了。

养父死于一场交通事故,医生开具的死亡证明上写明了他的死因,接二连三地骤然失去使得顾青身心俱疲,唯一值得庆幸的是,夏爱华遵守了她的承诺,彤彤安全地回到了曹家,曹渊先送李南的母亲回家,顾青则陪李南一起去警局处理车祸的相关手续。

警察局。

一个干瘦皮肤发黄的男人坐在角落里,尽管已近初冬,他只穿了一件花衬衫,洗得泛白的牛仔裤破了一个大洞,一双眼睛黯淡无光地望着前方,双腿不停地抖动着。

顾青觉得男人面熟,但就是想不起在哪里见过。

警察向他们讲着:"肇事的车主投案自首,初步鉴定的结果,肇事

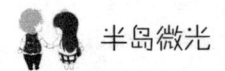 半岛微光

车主在事发前吸食过量的安非他命,导致他神志不清才酿成大祸,目前肇事车主状态清醒,认罪态度良好,也愿意担负起所有的赔偿责任,你们节哀顺变,接下来跟对方谈谈如何赔偿的问题。"

曹渊打电话来,告诉顾青彤彤已经安全到家,让她别担心。

挂断电话,顾青非但不觉得轻松,反倒有一种前所未有的压抑感,为什么她总是觉得夏爱华的报复行动,只不过才刚刚开始?

"那是个新的路段,尚未设置监控器,没有办法提供更多的证据,但对方已经自首认罪,且他是逆向车道冲撞,最终裁定的事故责任百分之百都在肇事车主。"警察向李南解释着。

顾青又看了一眼坐在角落里那个干瘦的男人,二人四目相望,男人流露出猥琐的神情,顾青觉得浑身被人电击了般的疼痛!

是!

疼痛!

使人绝望得快要失去窒息的疼痛!

那个男人,竟是当日在酒吧内看到的那个名叫阿华的男人!

他跟另一个绑长马尾的男人一起,用同样的车祸手法害死了奶奶!

顾青觉得浑身的血液都在沸腾!

李南觉察出顾青的异常,他紧握住顾青的手,发现她脸色铁青地瞪着一个男人,顺着顾青的目光,他看到一个瘦黄的男人正坐在角落里,嘴角里还漾着一丝不怀好意的笑,李南拽了拽顾青,"别跟这种人一般见识。"

"警察先生,我,我要报案。"顾青颤抖着说。

"报什么案?!"

警察和李南异口同声地问道。

顾青指向角落里的那个男人,"他,他在今年年初,制造假车祸害死了我奶奶!"

坐在角落里的男人被顾青突然一指,见警察看向自己,立刻假装正经地坐得笔直。

第十一章

"你要逮捕他,我曾经亲耳听到他说,他害死了顾家老太太,他化成灰我都认得!"

"小姐,我目前正在受理李先生车祸死亡的案件,如果你需要,我请其他同仁先帮你录一份口供,但是,你确定是他吗?"

"我亲耳听到的!"

"请问你是什么时候知道的?"

"四、四五个月前。"

"为什么当时没有选择报案,而是在这时候?你该不是想对他打击报复,让他背的罪更重好判他的刑吧?小姐,如果给了伪证,妨碍司法,也是触法的行为。"

打击报复?如果不是父亲当日一再地拦住她,她会让真凶逍遥法外?

不!他只不过是夏爱华及长发男下面的一个小喽啰,一旦打草惊蛇,以夏爱华如今的势力,岂不是将身边的人置危险于不顾?

顾青犹豫了!

"需要备案吗?"警察耐心地问她。

顾青摇了摇头。

清晨。

李家。

顾青蜷缩着坐在客厅的地板上呆坐了一整夜,窗外阴沉沉的,一如昨晚的天空,听闻人死后都会变成天上的一颗星星,而昨晚的夜幕是灰色的,星空忙着空出新的位置给刚离去的人们,月亮太悲伤,连它也躲起来不想再露光亮,此刻的太阳,是不是也因心疼顾青而悲伤过度,躲起来不愿意再见人了?

请允许她这么想,仿佛只有这样,她觉得自己还未曾被世界所遗弃。

李南端了一杯热茶放在她的手里,他在她的面前盘腿而坐,他漆黑深邃的眼神始终看向顾青,"你常常想起过去的事情吗?例如,让你难过的,悲痛的,不能忘怀的。"

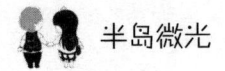

"什么意思?"顾青不解地看着他。

"你过去的事情我一无所知,也没有资格去问什么,但是,我想乞求你,顾青,小北,放下你过去的一切,回来吧,回来吧,我没有了父亲,不能再没有你。"

"哥。"顾青抹掉眼角的泪。

"我跟妈妈商量过,这个环境带给我们的悲伤太多,如果我们继续沉浸,将永远都踏不出去,身边任何微小事件都会勾起我们悲痛的记忆,尤其是你,顾青,我希望你能快乐地开始新的生活。"他深情地望向顾青,"等我们把父亲的身后事处理完,我们带着你离开这里,好不好?"

离开?她一直以为自己始终都在离开,如今被李南提醒,她才惊觉自己身处一个令她感到恐慌的旋涡,它始终带着她徘徊在悲痛边缘,始终。

过去从不曾放过她。

她知道自己该感激,但是当下,她还是本能地问了句:"为什么?"

"你要走出来,才能忘记别人曾经带给你的伤痛,才能勇敢地正视它,才不会把每个人都当作是'凶手'。"

"才不会把每个人都当作是……凶手?"

"昨天在警察局,你看着那个男人,你的愤怒你的即将爆发你的隐忍你的所有情绪在瞬间经历了无数次的变化,那是多么痛苦的事情……"

"你以为,我认错了人?或是,也像那个警察所言,故意对他打击报复?"

"难道不是?"李南反问。

顾青不可置信地看着李南,她不相信李南竟会说出这句话。

"我的意思是,你大可不必为了对他打击报复而给他安一些莫须有的罪名,法律会制裁每一个犯了错的人,我只是不希望你……"

"你觉得,我,为了对一个人打击报复,不惜拿奶奶的死来大做文章?"

"我只是不希望你为了那样一个人渣赔上自己的美好前程!是!他

第十一章

是开车撞死了爸,但不需要我们以身试法!为了让他多吃几年的牢狱饭而拿自己的青春去陪葬!"

"他,开车撞死了爸?"

原来夏爱华的报复真的刚刚才开始,是她高兴得太早了。

顾青跌撞地起身往外跑。

李南从沙发上抓了件外套紧追着她。

警察局。

眼睛哭得红肿的顾青抓住那个警察问:"你们怎么认定这是一起交通事故而非一场蓄意谋杀?"

"什么?"警察疑惑地看着顾青。

"你说他是神志不清而酿大祸?我爸只是一个路人,他好端端地走在路上,怎么会被对向来的货车撞倒并反复拖扯?他的死亡证明上清楚地写着'身体多处碾伤,脾脏破裂导致大出血死亡',这些字面解释都让我觉得这并非是一起单纯的交通事故,请问你,请问你们,怎么断定这是一起单纯的交通事故?"

"我有我们的专业。"

"专业?"顾青摇摇头,泪水更肆意地爬满了她的脸,"我不认同,我不认同你们的专业。"

"对方愿意担负所有的赔偿责任。"警察强调。

"能赔给我一个健康完好的父亲吗?"顾青情绪失控地大哭。

李南安抚着她的情绪,"顾青,你怎么了顾青!"

"我想要见他,我要见见那个杀人凶手!"

"对方的律师会跟你们交涉,你们一起协商如何处理,如果你还有疑问或问题,随时来找我们,我们也会尽快查清案件的真相。"

一个戴着金边眼镜的男人出现在视线里,他拎着黑色的公事包急急朝李南走来,他拿出一张名片递到李南的手里,"你好,请问是李先生吧,昨天匆匆看到你也没来得及打招呼,我是何有华的委托律师,我姓欧,昨天听警官说,你们同意庭外和解……"

顾青打断律师的话:"庭外和解,我们不同意,你让姓何的准备好

 半岛微光

去坐牢吧，我要让他得到该有的惩罚！"顾青说完拉着李南的手往外走。

"顾青，顾青，你知不知道你在干什么！"

"当然知道，爸死了，是那个人害死爸的，为什么要同意和解，你也说这种人渣该得到法律的制裁！"

"顾青，我知道你很难过，但别让你心里那颗仇恨的种子过度膨胀好吗？我不想在法律诉讼上再浪费任何的时间，我想尽快把这件事情处理结束，带着你和妈开始新的生活！"

"不，新的生活是属于你的，不属于我，更不属于妈！她爱爸爱了一辈子，你觉得她会舍得让他孤单地葬在这里？李南，我们不该太自私！"

"是！是我太自私！自私到不敢打探我爸真正的死因！是我太自私！因为太喜欢你，只想在这时候带着你远离所有的痛苦！"

顾青怔住了。

"你以为我没有怀疑过？你以为我心里没有暗自地咒骂过？但你比我清楚，顾青，你比我更清楚夏爱华的毒蝎心肠，你比我更清楚她的报复不会停止，你比我更清楚！太恨或太爱一个人，我们所做的行为都是在走一条危险的钢索，我宁愿冒着无颜再见父亲的脸，也不能冒着再次失去你的险！"

顾青被李南的告白彻底地震撼了！

太恨或太爱一个人，我们所做的行为都是在走一条危险的钢索。

她太懂得这其中的悲苦。

谢谢你的爱，但是我不能，对不起，我还不能。

第十二章

顾青尚在回或不回墨复间徘徊。

但夏爱华随之而来的报复从未停止，曹渊家不是车窗被砸，就是有人往院内丢玻璃碴。李家则是半夜爬进来数条蛇，这让李家人寝食难安。一年之内，顾青失去了若干亲人，顾青觉得自己的战斗力丧失殆尽，全然没有再跟夏爱华斗下去的勇气。

不管曹渊如何说服，告诉她墨复得来不易，告诉她需要继承父母辛苦打下的江山，告诉她夏爱华有企图有野心，顾青全然听不进耳。

她拿什么去跟夏爱华斗？

那段日子里，顾青常常想，如果她没有重回顾家，这场场的不幸是不是就不会发生？吴爸、父亲甚至是养父都不会白白丢了性命！

夏爱华日益膨胀的势力让顾青退却了。

父亲所付出的情感被一个无情的人辜负，自己那么信任的一段友情最终也难逃炮灰的命运！这所有的一切虽被警方认定人为造成，却查不到任何的有力证据抓捕凶犯！她失去了奶奶，失去了父亲，失去了养父，她不能再让无辜的曹渊及李南和养母再受到任何牵连！

曹渊再跟她分析事态的利弊，顾青就是一副不理不睬的死样。

她要让所有的人放弃她，她要让所有的人都认为她是扶不上墙的烂泥，碰到挫折就如鸵鸟缩起了脖子。他们越是鄙视她，他们也就越安全。但他们没有，所有的人一如既往地对她好，甚至没有半句苛责，他们包容着顾青的任性，甚至一并包容了她日夜颠倒的作息和沉默寡言的孤僻个性。

直到，夏树出现在李家。

距离父亲下葬已经足足两个月，窗外雾气浓重，顾青正坐在客厅内的沙发上看着电视节目，无趣的电视节目在此时拯救了她，她故意哈哈大笑，全不把突然出现的夏树放在眼里。

夏树不知与曹渊说了些什么，曹渊关上房门退了出去，夏树朝她走过来，顾青把腿一伸，整个身体趴在沙发上，顺手捞起茶几上的薯片边吃边笑。

"你什么时候回来，我一直都在等你。"夏树在她面前蹲下。

等她，这么迫不及待地跟她交战吗？

顾青夸张地笑，边笑边把大把的薯片往嘴巴里塞。

"顾青，你最近的状态太糟糕了，太糟糕了！这还是你吗？"

顾青的手停了半秒，但随即又露出了笑容。

"你笑什么？"夏树渐渐失去了耐性。

"这位先生，请问你是谁，我在自己家里躺着，要怎样笑那是我的自由，不需要告诉你原因吧？"

夏树点头道："你攒了这么多伶牙俐齿的劲，为什么不去跟她吵？在自己家里躺着，这是你自己的家吗？"

"树少爷！"顾青坐直身体，"养尊处优的树少爷，想骂人就去找你的手下骂个够吧，不必来这里炫耀你如今的地位。"

夏树觉得心口有郁气，他愤愤地看着顾青，"对我，一定要这么咄咄相逼吗？"

"我们总是互掐，你才发现自己仍旧存在，不是吗？"她答得轻松，眉眼间还带了少许的笑意，"不然你也不会大动干戈地跑来这里耍威风。"

"你觉得我这么远地来，只为了……向你炫耀，耍威风？"

"如今就算不是，也是了。"顾青打了个哈欠，"但是很抱歉，本姑娘现在想要睡觉，不能陪你练嘴皮子，毕竟我也没领你的薪水。"说完她起身，趿拉着双拖鞋就往房间走。

夏树拦住她，"不必我发薪水给你，墨复集团有你四分之一的股份，只要你愿意回来，你跟曹渊一起，就是墨复第二大股东！"

"恭喜你，你荣登了第一的宝座，你们慢慢玩吧，我跟曹渊都累了，我们无心应战。"

"顾青，做人不应该这么自私！"

原本往前走的顾青停下了脚步，她缓缓回头看着夏树："我自私？我什么都不要与世无争地躲在这里，我变胆小鬼谁都不敢惹地躲在这里，你说我自私？"

"你想与世无争？但别人未必会停下赶尽杀绝的步子，你甘愿任人宰割？"

"夏树，你最近怎么了？你们不是该暗自拍手叫好终于把我踢出顾家了？这不正是你们想要达到的目的？"

夏树恼急了，看着顾青，"为什么你一定要给我贴上十恶不赦的标签！"

顾青笑，"你是怕被我贴标签，还是你害怕已经成为了那样的人？"

"我今天来找你，只是想问你，你到底要不要回来！"他突然抓住她的手臂。

她倒心平气和，"回哪里？"

"墨复。"

"如果我说不呢，我愿意跟时间耗，永永远远地耗在这里！"顾青拨开了他的手。

"你可以耗，但是曹渊和李南的时间耗不起，他们身上有太多的责任，他们有太多的人需要照顾，你如果打算这么自暴自弃，那我麻烦你，走得远一点，别成为他们的负担。"

顾青沉默着。

"上次看你跟她吵架，有来有往的一点也没输了阵势，你当日的霸气和强势都去哪了？"

去哪了？被泡在现实和软弱面前，泡得软软的，可是这些道理，夏树根本就听不懂，顾青懒得告诉他，那些霸气和强势被泡软了，都发白了，聚集在一起发出酸臭的气味。

直到此时，顾青才发现，自己纵然再厌恶夏树，再讨厌他，再不想跟他"同流合污"，真实的内心竟是保护他的。她严防着把所有的不堪与现实的残酷一股脑地全丢给夏树，她甚至担心夏树抗不住这些来自社

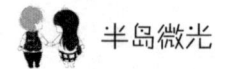 半岛微光

会底层的未加过滤的掺杂着肮脏的人的欲望与邪念。

她竟想保护他。

她觉得自己疯了！她居然保护自己的敌人！

"去哪了？"他追问。

"丢了，废了，如你们所愿，它们消失了，被某种恶势力给吓跑了，这下你们该满意了吧？"她掉头就走。

他却一把狠狠地揪住了她的胳膊，"不是我们，不是，不是，是她！我完全没有参与！"

顾青觉得自己的胳膊几乎要被夏树的蛮力给撕扯断了，她龇着牙："你什么时候跟她的关系撇得那么清？"

自从得知自己是夏爱华的儿子，夏树无时无刻不想撇清自己与她之间的关系，面对顾青的质问，他有些暴躁，扯大嗓门吼道："管那些事情做什么，你现在也是自顾不暇了！"

"那是我自己的事情，与你无关！"

"对，与我无关！是我自己多管闲事，但是墨复是你父母一手创办的，你就眼睁睁地看着她完完全全地拥有它？"夏树不满地看着她，"你到底在怕什么？"

"怕什么，怕失去，幸福就像沙漏，我眼见着它一点点地流逝，我根本抓不住它，我对自己的无能为力感到失望！"

"你以为你不动，放在沙漏里的幸福就能够停止？所有的幸福能够全部回来？"夏树摇晃她的肩膀，"我拜托你清醒一点！你有逆转的机会！"

"凭我？"

"你身边有曹渊……"他停顿一下，"还有我！"

他真能与自己为盟？顾青不信。

"别用这种眼神看着我，好吗？"夏树的语气里甚至带着几分恳求。

两人沉默着。

半晌，顾青轻轻说了一句："不了，逆转的机会太渺茫，我不要去试，我只想守着自己现在的幸福就好。"

第十二章

"现在的是幸福吗？你这是得过且过，你胆怯，你这是刨个洞把自己埋进去。"

随便他怎么说，顾青懒得再解释，她扭头又走。

夏树试图抓住她，她速度飞快地往前跑。

夏树失望地垂下手，他吼道："你越是怕她，她越是猖狂，你以为你能守住现在的幸福？做梦！她会一点点，把属于你的东西全部夺走！"

顾青放慢了脚步。

"她会让你生不如死！她要一点点榨干你的耐性，你的精力，你生命里的每一寸光阴！如果你再不全力反击，你就再也没有机会了！再也没有机会！"夏树上前，按住她的肩膀，将她用力地抵在墙角，"你是向她妥协，还是接受我……"他漆黑的眸子紧紧地贴近顾青。

流氓！以此来要挟吗？顾青攒着力气想朝他用力踢去。

"还是，接受我的帮助！"他终于把话说完。

顾青的肩膀被他压得生疼，但她不想妥协，犹如她不甘心自己的命运从此被姓夏的人就此改写，她问："你要帮我？为什么？"

"我之前就说过，希望你不要把我当作是你的敌人，是你一意孤行罢了。"

"你打算怎么帮？"

"没想到。"他主动放开了顾青，"我会为你的幸福换一个容器，不要它继续存在沙漏之中，只有换了它，无论逆或正，它才会永远都在。"

他深情地望着她，"我保证，我会拼尽全力，保全你一生的幸福。"

那双漆黑的眸，闪耀着独特的光芒，她不需再近一步，都能清晰从那幽黑的眸子里看到自己的身影。

时光荏苒，他们再也无法回到年少。

他看着她，露出一丝浅浅的微笑，这一次，她没再流露出半分的冷漠，她只是，静静地，静静地，看着那双幽黑且真诚的眸子。

她摇了摇头。

纵然夏树一再地承诺他会鼎力相助，但事到如今，顾青不得不防着万一，对于承诺这回事情，她听厌了，也着实害怕了。她怎么知道那不

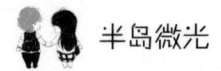半岛微光

是又一场更大的阴谋,好为夏爱华彻底除去自己与曹渊这两个心头大患?

*** ***

夏树的苦口婆心未能说服她,顾青仍旧日夜颠倒地生活着。清晨,顾青退出最后一片光碟,懒散地爬上床蒙头大睡。她刚睡着,门外就传来咚咚的敲门声,紧接着是顾青的房门被推开,来人一把掀掉她的棉被,"你还是这副德行,你知不知道我现在有多厌恶你!"

顾青把被子从地上拖回来,全不理会对方的激动情绪,咂了咂嘴搂着枕头准备会周公。

"顾青,你起来!"夏树的手紧紧地抓紧顾青的双臂。

原本站在身后的李南冲上来拉住他,"夏树,你虽然是墨复集团的少爷,但她也是顾家的小姐,你怎么能这么对她?"

"她还当自己是顾家小姐吗?她现在自暴自弃,全是因为她太自私!够无赖!知道自己这样吃喝都有人照顾着她。你!李南,你们不能这么纵容她!"

"你说这话我可不爱听,她怎么自私无赖了,她到如今这一步,不都是你们……"

夏树脸色顿时阴沉得难看。

"随她怎么着吧,她高兴我们就高兴,哪怕她这样生活一辈子,我也愿意这么照顾她一辈子。"

夏树从这话里咂出了一股酸味,他不屑地道:"这样的生活哪是她该过的?她应该有更好的生活。"

"她觉得舒服自在,那就是更好的。"

两个男人互不相让。

夏树原本已经放下了顾青,谁知道又一把将她的被子扯掉,朝她吼:"你到底还要不要回去!怎么可以一直赖在别人家,多不方便!"

顾青瞪了他一眼,坐起来跟他拉着被子。

夏树紧抓住被子的一角不放,"起来换衣服,我这就带你回去。"

第十二章

李南急了,"她一整夜都没有睡……"

"我已经好几天都没有合眼了!"

顾青偷偷看他,他的黑眼圈之重,让顾青都吓了一跳。

"你不回来,我夜夜都无法入睡,顾青,我担心你在外面生活得不好,这种担心远远超过曾经的六年,我反省我检讨,那些我曾经犯下的错,我会一一补偿你,相信我,请你相信我!"

见顾青不说话,李南慌了神,他推着夏树,"你走!她在这里生活得很好,请别打扰她难得的安静……"

"我知道你担心墨复未来的前景,只要你愿意回来……"

"她从来也没有说过要回去!"李南推搡他,试图把夏树推出房门。

顾青制止他:"哥,让他说下去。"

"你跟曹渊若是再不联手出面,墨复难逃改头换面只剩一具空躯壳的命运!"

空躯壳!顾青不能无动于衷!

"她已经拥有墨复超过25%的股权,一旦她大权在握,到时候你再进入,就毫无作用了,所有的决策必须经过她的同意,我怕她会弃墨复,恢复夏氏的天衍集团。"

李南问出了顾青内心的疑问:"夏氏的天衍集团?"

"是,从一开始就是场阴谋,为了这场阴谋,她计划长达十年之久,她要把属于她的夏氏的一切都拿回来。"

夏树将夏顾两家的渊源缓缓道来。

尘封往事,与他们全然无关的爱恨情仇,却无情地将他们置于靶心,且毫不留情地朝手无寸铁的他们射去。她与夏树,从年幼起就经历了如此多的人生变故,难怪他们自相识就惺惺相惜,那是人性的本能,是内心对于温暖及美好的渴望,更是对于失去感到的恐惧。

他们所承载的痛苦,使得他们的性格像兽。年幼时互相取暖依赖,年长后露了锋芒,只能撕咬扑杀以示自己存在的地位。

她与他,在各自成长的印记里不可或缺地存在着,仿佛只有这样,

 半岛微光

才能让那道疼痛的疤永远都不愈合,伴随他们走过月月年年。

  夏树讲完了。
  顾青神情空洞地呆坐着。
  "愿意回去吗?"他再一次询问,语气温柔了很多,说完,一脸期待地望着顾青。
  李南在一旁摇头,"别回去了,平安才是福,如果顾先生在,他应该也这么想。"
  父亲!顾青觉得心头被猛地拽了一把,生疼。
  夏树无视李南的存在,"除她想重建天衍集团外,还有件事情,你应该比谁都更清楚。"他注视着顾青,"你这么逃,逃不了一辈子,她会像个恶魔不会这么轻易地放了你。只要你还流淌着顾家的血。"

  顾青怔住了。

  "躲!那是我姓顾的孩子应该有的担当吗?躲!你以为你能躲得了多少年!"
  "是我顾家的孩子,就应该勇敢无畏地站出来!"
  父亲昔日生气的样子犹在眼前,顾青觉得自己太怂!

  夏树说:"他虽然已入葬,可是她却一刻也没想让他安息过,那种恨,不会仅止于哄骗曹渊的女儿三小时事后放出,更不会仅止于让李南父亲意外车祸死亡这么简单。"
  顾青惊讶地望向他:"你全都知道?"
  "对不起,没能在第一时间阻止她,但是,接下来的事情,我会全力地帮你们。"
  "为什么?"
  夏树暴躁地瞪着她,"你能不能别有那么多的'为什么'?"
  顾青回瞪他,"如果不告诉我,我会回去,但绝对不会接受你的帮助!大不了下一个被她痛下毒手的人是我!"

第十二章

夏树简直恨透了她。她从什么时候起变得这么犟？在自己未曾参与的那六年光景里吗？

他羡慕地看了看李南。

"真是怕了你！"夏树透了个底，"除了陆续收购墨复的股票，企图恢复天衍，她还预计将那幢红砖墙的楼房推翻重盖，如果你再不回去，可能……"见顾青还在犹豫，夏树摇晃着她的肩膀，"打起精神，回来，把属于你的一切全都抢回来！不要指望别人为你铺幸福路，那全是幻象，海市蜃楼，你要凭自己的能力，把属于你的一切全都抢回来！"

顾青动摇了。

若她委曲求全仍旧无法使身边的人获得安全，她为何不奋力一战？

"拿出你刚回顾家时的初衷与冷漠，只有冷眼旁观，看事物才能更准确。拿出你行事果断的魄力，我相信，有他们在身边扶持，这一关，你很快就能踏过去。"

事到如今，别人给予的包容与鼓励，都不及夏树给的抨击来得更加震撼。

别人让顾青找足了借口去逃避，而夏树是将她从封闭的牢笼里挣脱出来让她面对现实。这所有的方式，顾青都不怪，她实在没有资格再为自己的懦弱寻找借口。

"我听你提过，当年你从家里逃走时，被一个人穷追不舍，我想问你，那个人，脸上是不是有一条很长的疤？"

顾青对那个人的脸部特征至今难忘，她反问："你见过？"

"我们说的应该是同一个人。"夏树笃定地说，"顾青，你回来吧，抢回属于你的一切，还有，为你的父亲，为李南的父亲，找出真正的凶手！"

夏树走了。

顾青坐在窗前，直到窗外的浓雾全都散尽，李南还站在身后不发一语。顾青知道，他在以沉默对自己进行一次次地劝说，而顾青在心里经历了无数次的拔河之后，终于有了自己的决定，她转身看向李南，露出了久违的笑容，"哥，你会回墨复帮我的，对不对？"

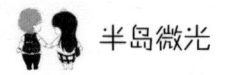 半岛微光

李南迟疑着,良久,他点了点头。

冬日阳光照在玻璃上,虽透出暖光,但冬日凛冽的冷丝毫未褪去。

*** ***

墨复集团。

女孩身着白色衬衫,灰色背心毛衣,墨绿色长裤,穿着黑色的呢子大衣,在曹渊与李南的陪同下,穿过铺有白色大理石的走廊。她笑容恬静,自有一股不卑不亢的大气从容。

夏树的助理欧咪从总经理办公室走出来,领着他们一路走向会议室,她朝曹渊笑了笑,"曹先生您能回来真是太好了,我们大家都非常地想您,知道今天的股东大会有您和顾小姐参加,我昨晚兴奋得整夜都没有睡!只是夏总早上有事,不能参加股东会议,不过下午他就会回来!"

多日不见,昔日在业务部的小助理已成了墨复集团的总经理。

难怪他说如今自己有能力帮助自己,且不论这帮助的水分是多是少,光是这一消息就已经使得顾青百感交集。

业务部的周晨边走向会议室边用iPad玩赛车漂移,听到欧咪的声音后想回头揩油,不料看到令他惊愕的三张面孔,周晨惊得边用手托住下巴,边一脸严肃地跑进会议室"通报敌情"。

以前总是金光闪闪的夏爱华如今尽量使自己脱俗,颈间戴了镶满钻的项链,人越发消瘦,脸颊的颧骨突起,打着厚重的粉底和粉嫩的腮红,与猩红的唇极不协调,她朝气喘吁吁的周晨白了一眼,"慌什么!只不过例行跟股东们走个过场,更何况今天树忙着呢,就更不必这么紧张了。"

"他……他……"

"放心,你挪用公款的事情没有人会知道,这公司除了我,谁能拿到真实的账册?"夏爱华妩媚地笑着,她把下巴略微抬高,故意露出亮闪闪的钻石项链,"看看,怎么样?"

第十二章

"他，他回来了！"

"谁回来了？"夏爱华没好气地瞪了一眼周晨，转将视线投向了会议室的门。

暗红色的实木门被缓缓推开，走进来的人是曹渊，夏爱华倒吸了一口冷气，但让她吃惊的事还未止于此，紧跟在其后的，竟是——顾青！

"你！你怎么会回来！"

"您真是贵人多忘事，我爸的遗嘱里写了由我主管墨复集团，难道您忘了？"

凭借曹渊的描述，顾青看到长型会议桌的另一端有一张空的座位，用实木制作的紫色镂空花纹的长背办公椅还在。按曹渊的说法，夏爱华虽然想将一切都换掉，但她还要顾及集团内部上下的眼光，父亲之物她是万万不会动的，但同时夏爱华也忌讳，不敢与父亲同坐，顾青径直走到长型会议桌的另一端，在紫色长背椅中坐了下去。

椅中似乎还留有父亲的气息，此时此刻，她像是躺在父亲怀里的孩子。

周晨看到夏爱华的眼角里藏着愠怒，他见风使舵地朝顾青吼着："那个位置你不能坐！"

"怎么不能坐了？"

"那之前是顾先生坐的……"

"谢谢你还记得，我爸的也就是我的！"

股东们同时进入会议室。

夏爱华原本那张冷冰冰的脸顿时涌上了笑容，"各位早安，今天真巧，顾青第一次来参加股东大会，事先没有通知各位，显然没有礼数，我在这里替她向各位道歉。"

股东的头目，人称"老菜头"的蔡董不以为意，"哎，她能回来是最好不过的，之前你一直说她身体不舒服，我们想见她都难，如今难得她肯回来，你就别用那些条条框框的规矩，别把小姑娘给吓跑了。"

"蔡叔叔好，各位叔叔好，以后还请多多指教。"顾青站起来朝各位前辈问好。

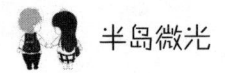

股东们纷纷感慨万千。

"能回来实在是太好了。"

"她眉眼间跟陈墨真是相像。"

"对,还跟陈墨一样举止大方。"

夏爱华咳了一声,示意周晨将年度绩效的报表分发给众人,她皱着眉面露痛苦状,"今年墨复的总体运势并不好,因为一些事情未能妥善处理……"她将视线瞄向顾青,"使得集团股票大趋势滑落。"

蔡董看清夏爱华的用意,他说道:"他已经横遭不测,若还不能让他在九泉下安心,那么该不安的该会是我们了,这种事情能够影响股市是谁也没有料到的,但只要墨复后继有人负责承担,我相信各位股民很快就会淡忘此事,重拾对我们股票的信心。"

各位股东纷纷点头。

"也就是说,各位愿意吸收亏损的部分,一起承担这后果喽?"

众人将视线投向了那份报表,本年度的亏损竟高达205%,蔡董看着夏爱华说:"虽然我平常不在集团,也从不看财务每个月的收支,但光凭我对墨复旗下子公司的了解,我知道盈利的数字要比你给的这份报表漂亮得多!"

"蔡董的意思是,我拿一份假的报表来搪塞各位,其余盈利的部分全都被我中饱私囊了?"

"这可是你自己说的!"

夏爱华不满地道:"有肉吃的时候,我从来也没少了你们的那一份,如今不过是小有亏损,你们就怪我,我平日里没有功劳也有苦劳吧?你们,只有关乎钱的事情你们会比较积极,平日里可是根本就看不到你们的。"

"这是开复在的时候我们就达成的默契,我们当初的名义就是'金主',只管投资收利,至于你们如何运作,那是你们的事情。"蔡董的情绪颇为不满,"开复在的时候,集团所有的大小事务全都井井有条,他刚走,你就来了一次人事大换血,我虽然没有涉及管理,但也知道这是内外皆伤的大忌!"

第十二章

"我们不是没有给你机会,爱华,这几个月来,你把集团内部的气氛弄得非常紧张,如果继续交出的还是这样的数据,我建议换人!"另一个股东说道。

此言一出,众人纷纷点头。

"如今顾青也回来了,她虽然没有经验,但可以慢慢学。"

"有曹渊带着她,我们放心。"

"我觉得可以尝试看看,也给集团带来一股新风气。"

"是,如今的世界是属于年轻人的。"

夏爱华依旧是一张笑脸,她不动声色地看着每个人的神情,等众人都表达完了意见,她才缓缓地说:"不是我不给顾青机会,实在是她太小,如果可以,我建议让她从基层做起,各位觉得呢?"

"听说当初开复的遗嘱写明,由她来做墨复的接班人。"蔡董维护着顾青的权益。

"当然,那些全都白纸黑字地写得明明白白,也是众所周知的事情,我也不会做任何的改动,但我有个小小的建议,说出来仅供各位参考。各位可能都知道,当初顾青任性离家出走,一走就是六年,这期间开复是多么痛苦难过大家有目共睹,如今她虽然回来,但过去六年学业不精,连所像样的大学都没有读成,各位试想,四年的课程,让她四个月就全数吸收,怎么可能?"

"如果你不提,我都不知道她离家六年那么久的时间,但是有什么关系呢,如果外界真的问起来,就说顾家小姐六年都在国外深造,如今学业有成回国继承家业,再正常不过。"

蔡董偏袒顾青,每一句话都站在顾青的立场,让夏爱华有些恼怒。

"现在网络发达,资讯也比以前更好获取,若有心人想要调查顾青的身份,我怕……"

"股民们只在意他们的口袋是否装满钱,员工只希望自己的薪水稳定,工作的环境舒心愉快,只要顾青做出了漂亮的成绩单,她读的是三流大学抑或哈佛,根本就没有人会计较!"

有股东提出了反对意见:"话也不能这么说,我认识的一个董事,他送儿子出国留学,儿子倒是真的留学了,但学的专业并非经济管理,而是成了一名厨子，回国后遇到的困难重重，董事想让儿子继承家业，儿子不想令父亲为难也就委屈接受，但事后被人踢爆，过了很久，这关于'信用'的危机也还没有缓过来，我们倒不如听听夏董的意见。"

众人顿时噤声。

夏爱华扬着笑脸，"顾青的聪慧有目共睹，她的确有天分和才华，但还需要磨炼，对，如今的世界是属于年轻人的，因此需要给她们更大的空间。顾青呢，每月的股东例会依旧可以参加，为了让她更迅速地进步，我希望她能够去墨复集团旗下的子公司实习，从一名最普通的销售做起，各位觉得如何？"

曹渊反对："以顾小姐的资历和能力，她已经有能力独当一面，有那么多的管道与途径让她去成长，为什么单单是一名销售呢？"

"职业不分贵贱，如果你担心她吃苦，不如你陪着她一起去？"

蔡董发声："让堂堂顾家千金去做一名销售，会不会……"

"据我观察，销售不仅能让人们学习如何沟通，更重要的是，还能让人知道如何顾全大局，以公司与客户的利益为重，我觉得这是再好不过的锻炼方式。何况，我不想有朝一日被人踢爆，好不容易起死回生的墨复集团再次陷入'信用危机'！"

一直沉默不语的顾青也首次开腔："谢谢各位的厚爱，我想她的建议是对的，去墨复旗下的子公司，多看看公司内部的结构，也有利于我有朝一日掌管大局。"

曹渊看着她用心地摇头，提醒她千万别妥协。

顾青则是一股既来之则安之的平静。

夏爱华的嘴角浮现出一丝得意的笑，想跟她斗，顾青的道行还太浅了！

呼——

沉重的会议室之门被推开，来人风尘仆仆地走进来，刚进来就说："抱歉各位，我迟到了，实在是早上忙得抽不开身，会议应该还没有结束吧？"

夏爱华惊讶地看着他，这时间他不是该和……怎么会！她重重地拍了拍脑门,他真是越来越不受控了!

"树少爷!"曹渊朝来者点头问候。

夏树的嘴角微微上扬,他将视线偷偷地瞄向顾青,她神情自若地坐着,要是知道她这么镇静,他大可不必急着往回赶,不过看在顾青没有遭受太大委屈的分上,他一早被破坏的大好心情也随之转好。

蔡董看到夏树看顾青的神情,一眼便看出他对顾青用情至深,故意说:"为了庆祝顾青重回墨复,虽然只是集团旗下的一名小销售,但也算是个好的开始,顾青,别气馁,我们在集团里等着你回来!"

"等等,什,什么?集团旗下的一名销售?"这个消息如同一枚震撼弹,亏她顾青还能安然自若地坐着。

夏树看向夏爱华,他知道,这一切都是夏爱华擅长做的事情,他既然说服顾青回来,就一定要奋力地保护她才是,这一次,他不会再袖手旁观。

"只是暂时的,我想让她去磨炼磨炼。"夏爱华轻轻地说。

"这几个月来,她所经历的一切,对于她来说是磨炼更是场磨难,我希望她能够安稳地过生活!不是我瞧不起销售,而是因为她是顾青,她是墨复的接班人,她有能力站在这个高度!"

"夏树,现在是股东会议,你明不明白你在说些什么!"

"明白!"夏树看着她,"请问夏董,为什么非要把她调去做一名销售?是什么用意?"

因为她想让顾青知难而退!她想彻底拔了顾青这颗眼中钉!但这种话怎么能让其他人知道!夏爱华恼怒地紧握拳头,脸上维持的笑容也越来越僵硬。

"夏董也是顾全大局,她觉得顾青没有读大学,更不想对外界谎称她曾经出国留学,怕墨复陷入'信用危机'……"

"是,是吗?"夏树仰头大笑。

"各位先把那份报表拿回来具体再看一次,今天的会议就到这里,如果各位还有疑问,下次的股东会议我会一次回答各位的问题。"夏爱华朝周晨使了个眼色,周晨将各位股东"请"出了会议室。

会议室内。

四个人的神情不一。

夏树的脸上带着嘲讽的笑,"为什么不让他们继续听下去?瞧不起顾青的出身,却为我伪造了出国深造的证明,你就不怕会陷入'信用危机'?"

"够了夏树,我所做的一切,都是有原因的,但这些原因,我不必——一向你解释!"

"是不必解释,还是解释不清?"夏树毫不退让。

夏爱华困扰地用手遮住额头,一副不想再继续辩解的姿态。

犹记当初重回顾宅,夏树对夏爱华的躲避及惶恐,对夏爱华的一言一行唯命是从,如今时隔不久,却早已物是人非。

"我不知道过去发生了什么事情,但是我清楚我所经历的,顾青是无辜的,你不该为了自己的仇恨,把所有的一切都强行推到她的身上,她与你,与那场家族间的战争都毫无瓜葛!"

这,夏树是为了自己才不惜冒着被夏爱华骂到狗血淋头的风险吗?

顾青吃惊地望着夏树,本能地,她走过去想要制止夏树。

"还有你!"夏树转头看向顾青,"怎么可以那么任人摆布?别人让你去你就非要去吗?你要抗争到底,忘记了?"

她没忘。当年夏树因为没考全年级第一名而被夏爱华打耳光,顾青也是这么告诉他,夏树与夏爱华抗争长达十年才小有成就,而她这才刚走一步,与其说是抗争,不如说是卧薪尝胆。

"要懂得拒绝别人!"夏树一副恨铁不成钢的语气。

夏爱华看着夏树的样子真是又好气又好笑,这几个月来,夏树性情大变,喜怒无常,有时对她的提议欣然接受,有时牛脾气发作又怎么也拉不动。只是有件事情夏爱华弄不明白,昔日里对顾青言听计从的夏树,何时也敢"训示"她,而这个顾大小姐居然全没了脾气?

看来风水真是轮流转。

不过这样也好,省得夏树再被这个贱人弄得神魂颠倒!夏爱华的嘴角流露出一丝笑意。

第十二章

"欧咪下个月要结婚,我们部门缺一个助理,结束会议后,你去找她交接工作,明天正式到我部门来!"夏树冷冷地说完欲走。

曹渊难掩兴奋地先替顾青道了谢。

夏爱华叫住夏树:"你什么意思?我已经决定的事情,你竟要反驳,刚才那么多股东都听到了,你让我如今怎么改?"

夏树似笑非笑,"你也不想落个'忘恩负义,把顾青踢出董事局'的恶名吧?你也说了,日后墨复是由顾青来掌管的,有她在,不是省得你操了很多的心?"

"夏树,你别得寸进尺!"

"我没有,只不过是怕以后那怡小姐一直缠着我,惹我烦罢了,到时候需要应酬的事情太多,欧咪又不在身边,顾青呢,虽然是新人,但毕竟也认识这么多年了,比较好使!"

一听到"那怡"的名字,夏爱华的眉眼立刻舒展开了:"这么说,你跟她……好,这次就依你的,但下不为例!"

夏树意味深长地看了顾青一眼。

那一眼,藏着千丝万缕的情绪,太复杂,太深沉。

只是那么一眼,却让顾青感觉心绪杂乱,心底有股酸酸的忧伤一直作势想要涌出。

会议室,只剩下她和曹渊。

曹渊扶正顾青的椅背,双手向前,似劈着一条血路,"小姐,彤彤和她妈妈暂时出国,我要遵守对顾先生的承诺,保你下辈子安全无虞,你相信我吗?"

顾青点点头。

"那么,就要毫不迟疑地往前冲了!"

毫不迟疑。

顾青又点了点头。

第十三章

顾青被夏树收为部门助理,曹渊及李南则没那么幸运,他们分别被周晨及夏爱华纳入他们的部门。相较他们所遭受的白眼,顾青觉得自己要幸运得多,欧咪对她极有耐心,将工作事项逐一交给她,谁知道顾青刚觉得幸运,就被夏树叫进办公室臭骂了一顿。

"顾小姐,请问你做的这是什么报表?数据乱得一塌糊涂!"

"这些数据都是业务部的周总监提供给我的。"

"由他提供你就不需要确认核实?是不是别人给你一包毒药,让你掺进水里,你也不假思索?"

"我承认,在数据这一项我太轻率地相信了别人,但也别把我当成是一个蠢材好吗?"

"这样的行为还不够愚蠢吗?"

夏树骂人的时候理直气壮,顾青气愤难平,"是,在你眼里我就是蠢才、蠢蛋,那你就别花那么多心力来骂醒我,让我继续每天温暖地晒太阳温暖地做着梦有什么不好!"

"那些温暖都是假象。"他的语气这才温柔下来。

"不重要,只要我认为它是真的就行了!"顾青上前一步从夏树的手里抽走报表,"对不起,这次是我的疏忽,下次不会了,我重新做一份给你。"

"顾青,别误会,我只是……"

"别解释,一旦解释,事情的真相就是我们所理解的那个样子了。"顾青拿着报表头也不回地走出办公室。

欧咪看到顾青红着鼻子跑出来,她凑上前问:"怎么了?"

"没事。"

第十三章

"夏总骂你了?"

顾青不说话,她从集团内部共享的资料里找业务部的年度数据——核对。

"喏!"欧咪从办公桌下变戏法似的变出一盒巧克力,"送给你的。"

顾青从盒子里剥了一颗巧克力放进嘴巴,细腻如丝滑的巧克力在味蕾间绽放,看着顾青情绪逐渐稳定,欧咪才吐露实情:"这盒巧克力是夏总送给你的,他说如果哪天他惹你生气,或是你太累了,可以用来舒缓情绪,希望对你有帮助。"

"谢谢。"

"其实,他也很孤单,夏董刚升他做总经理的时候,他承受了巨大的压力,有一次他告诉我,其实他很想在他哭的时候,能有人送一盒巧克力给他。顾小姐,他是在意你的,为了让你们重新回到墨复,他拼了命地工作,他想用实力证明自己,更想在他强大的时候拉你们一把。"

欧咪走了,但她说的每句话挥散不去似的句句萦绕在顾青的耳边。

暮色低垂,整间办公室的灯光逐渐熄灭,只有一台电脑还闪着荧色的光,一颗顶着短发的小脑袋正对着数字发呆,有人重重地敲击她的桌子,"走了,下班了。"

"我还有点事情没有做完。"

"我不允许我部门的同事随便加班,不仅浪费资源浪费电还浪费时间,关掉电脑,马上!"夏树冷冷地说完,见顾青无动于衷,他走上前将电脑的开关按掉。

"喂!"

"喂什么喂!"

"我都没有保存,你知不知道那些数据花费了我多少时间啊!"

"还不承认自己是笨蛋!好啦,系统会帮你自动存储,我们用的软件可是最高级的!"

顾青没好气地拿起包就走。

"喂!"换夏树拉住她,"你要去哪里?"

"下班!"

"你,你要去哪里?"夏树结结巴巴地看着她。

"回家!"

"你该不会还想回李家吧!我告诉你顾青,你今天必须搬回来住,必须!"夏树把顾青的手臂攥得更紧。

"在没有正式掌管墨复之前,我不会回去住的,我必须要保证这段时间我的人身是安全的。"

一直等在外面的李南见顾青迟迟未出来,他走进办公室找顾青,远远就听到顾青与夏树争执的声音。

"在李家就一定是安全的?我说过我会保护你,我现在做的每一件事情,都在履行我当初所给你的承诺,难道这样都无法令你信服我?"

李南冲进办公室,他看到夏树紧紧抓住顾青的手臂,走过去将他的手拨开,"没什么事情我们先回去了!"

"你不回来,代表你还惧怕她,你说过的'抗争'呢,你的那些勇气呢,全都到哪里去了?"

顾青放慢了脚步。

"你在等,等时间,等勇气,等自信,其实这些东西在你的身体里从未离去,它始终都在,只是你过于害怕而本能地将它们全都藏起来了,只要你去面对,它们就会自动从身体里走出来,你要相信自己,否则这一辈子,你都在自欺欺人地等待中。"

是吗?如果可以,顾青真想打开自己的身体看看,看看这些小家伙们都躲到哪里去了。它们藏匿在身体的动脉中,血管内,与自己朝夕相伴,自己却还在等待?

"我们回去。"李南在轻声地呼唤她。

"当你以为自己有勇气,你其实已经错失良机,再也没有机会看到那幢红砖墙房!"夏树在激怒她。

顾青觉得自己被黑白二魔折磨得快要被撕裂般。

"那是你父母的心血,你要保护好它!"夏树继续煽动着她。

李南看着顾青,"顾青,你想要回去吗?"

第十三章

犹记时隔六年后第一次踏进顾宅,那种心灵的归属及熟悉感使得顾青的情绪几近崩溃,尤其在看到母亲为自己准备的成年礼物后以及父亲那轻轻一牵,令顾青如今想起都觉得万分奢侈。曾经她离幸福如此之近,走近后才惊觉那是一段幸福之涯。她从幸福顶端跌落,所遭逢的人生变故如同经历春冬。

"回来之后,我会帮你查到墨复集团内部的账册,更会帮你所有人被害的幕后真相!"夏树诱惑着她。

前途如同铺满血腥的深红色花瓣,那是一条危险重重的掠夺之路,却让顾青无法抗拒地追逐着。

夏树伸出手示意要带顾青走。

李南欲出手制止。

夏树轻声问:"难道,你不想知道谁才是杀死你父亲的凶手?"

李南迟疑了。

昏暗的办公室内,夏树牵着顾青穿越长廊,他们走安全通道的楼梯,他们气喘吁吁相互追赶。

如今,他们有相同的目标。

打倒夏爱华。

顾青没有时间去想夏树的原因,她一厢情愿地相信,相信那个树哥哥死而复生,在经历生死之后,他寻回了他的灵魂。

昏暗的办公室内。

李南环顾四周,身边皆静,他两手空空。

*** ***

顾宅。

庭院花木皆被换成了绿色植被,因进入冬季而显得十分荒凉,夏树郑重其事地将家里的钥匙交到顾青的手里,"上次那个对你不敬的门卫我已经换了,如今家里的都还是自己人,知道你不想去那边,我在这幢房子也弄了一间厨房,以后你的吃穿用度都由萍姨负责,至于去公司或

 半岛微光

外出,由我做司机来接送你。"

顾青不说话。

"但有件事情,你必须要听我的,别让自己处于危险之中,尤其当你只身一人的时候,如果你看到或听到任何事情,都一定要及时寻求帮助,我非常希望那个人是我,但如果你不信任我,你也可以找曹渊。"

昏暗的路灯照在夏树的头上,使得他的头上有一圈略微发亮的光环,顾青踮起脚尖试图去抚摸那个光圈,夏树却掉头就走,"尤其是,当你无意间遇见了那个刀疤男,一定要尽快使自己脱身,他是个杀人不眨眼的疯子!"

"你见过他?"

夏树沉默不语。

长廊,两个人一前一后,身影交叠错落,时光似乎静止般,顾青可以清晰地听到夏树起此彼落的呼吸声。

红砖墙,在夏天曾长满郁郁葱葱的绿色植被如今全是一道道深黄色的枝茎,夏树提议:"有机会把外墙翻修一下,把这些植物全都拿掉。"

"不要!"她制止。

他疑惑地看向她。

"那些,是你来的前一年,我跟妈妈一起在墙角种下的,它爬满这个墙壁有多久,你就在这里住了多少年。"

当初种下的是幸福,然而收获的却尽是酸涩,顾青难掩心头的失落,她转身跑进了房间。

夏树凝视着顾青消失的背影,他轻声说:"放心吧,属于你的那些幸福,我会全部帮你拿回来。"

白色洋房。

夏爱华将咖啡洒在洁白的大理石上,她不可置信道:"你说什么,顾青回来了?"

"是,我让她回来的!"

第十三章

"你疯了!你最近怎么了?事事都在跟我作对,我说不要去做的事情你却偏要做!"

"也不全是,你让我跟那怡相亲,我就去了,明知道她不是我最喜欢的人,我还是愿意跟她约会!"夏树冷冰冰地回应,"你曾经说过的'三年之后',不过是为了说服我进入墨复,你根本,从来都没有想过让我跟顾青在一起,而我,自从知道我的身世之后,我也不敢再次奢望能够跟她在一起,但是我希望,我们能够把亏欠顾青的一切,全都还给她!"

"还?"

她夸张地笑,猩红色的唇如同一张血口,让夏树觉得恶心。

他掷地有声道:"是!还!尽量保持原状地还给她!"

"哈!哈哈!哈哈哈!保持原状!哈哈!夏树,请问死人如何保持原状地还给她!哈!你真是,要知道夏树,破坏顾青幸福的人不是只有别人,这其中还包括了你!"

夏树逼近她,"这件事情你要挟了我长达十余年,事实的真相究竟是什么,我相信你比我更加清楚!不要逼我把那些谎言赤裸裸地说出来,那对你绝对没有好处!你也不想看着我们玉石俱焚,是吧?"

夏爱华惊恐地看着他。

"至于我和她,从今以后,除了兄妹,还是同事,绝无第三种可能,你如果再敢动她半根手指头,我,不会,坚决不会,不会放过你!"

"你在要挟我!"夏爱华做痛苦状。

"彼此彼此,曾经你如此要挟我,如今,我也不过是还以千万分之一罢了。"夏树说完,头也不回地走了出去。

不久前,他从叶德那里知道了十年前整件事情的来龙去脉,当日他撞了顾青的母亲,顾青的母亲虽然倒地但尚无大碍。夏爱华让他离开后不久,叶德也随即赶到,罪魁祸首是她。而身为母亲的夏爱华非但未将事实的真相告诉夏树,还将所有责任全都推给当年不懂事的夏树,并以此要挟他对自己言听计从长达十余年!夏树内心所承受的巨大压力如同恶魔,在这么多的年年月月中从未放过夏树。

直至今日,夏树不会再为自己找任何理由去脱罪,当日他撞倒陈墨在先,仍犯有不可饶恕的罪,而他与夏爱华,的确亲手毁了原本属于顾

 半岛微光

青的安宁的幸福。

现在,他要竭尽全力地,将属于顾青的幸福一点点拼凑回来,尽管他知道,相较于顾青所失去的,这些多么微不足道。

但他要做,否则他自己都无法放过自己。

白色洋房。

夏爱华的卧室。

她的手指因气愤难平而显得颤抖,一连按了几次才将电话拨出去,电话接通了,夏爱华没好气地问:"你在哪里?都火烧眉毛了,你还在寻欢作乐!我问你,十几年前的事情,是不是你告诉树的!我问你,是不是你告诉他?为什么,为什么你要这样对我?是,我是不同意跟你复合,但你有必要挑拨我跟他之间的关系吗!叶德,你他妈的就是一个浑蛋!"她将电话丢出去,肥胖的波斯猫在她脚边绕来绕去,夏爱华用力踢开它,从衣柜里拿出顾开复的衣服把头埋在里面失声痛哭。

以前,当她委屈难过想找人诉苦的时候,她就将头一埋彻底地缩在顾开复的怀里,顾开复离开之后的那段时间,她夜夜都找他,等着他回来,直到被现实一次次地提醒,告诉她顾开复不在了。更残忍的是,那个爱她如生命的男人,竟是被她"间接"杀死的!

"如果",直到如今,夏爱华每每想到这个词时都心存侥幸,如果当日她不那么计较得失鬼迷心窍,努力说服叶德或是报警处理,如今所有的一切也都截然不同。她不必与仇恨、嫉妒为友,不必整日为了算计而劳心费神,更加不必为了应付叶德的纠缠而伤透了心思。

有因必有果。这是她种下的恶果,她必须得尝,而付出的代价是——忍受孤单寂寞的漫漫长夜,整夜听着窗外冷风呜咽,在她想要痛哭一场时却只能抱着他尚留在人间的保留着他气息的衣物。

她的眼里聚焦了仇恨的光。

都是顾青!

若不是顾青再次出现,扰乱了她原本所有的计划,她完全不会落得如此凄凉的下场!

是她!顾青!

第十三章

她猩红色的唇角露出了一丝令人不寒而栗的冷笑。

*** ***

墨复集团。

周一例会。欧咪请假，顾青第一次撑起整场会议，虽然只是一场例会，但事前的准备资料及数据已经让她连续加了两天班。在夏爱华的连番轰炸之下，顾青觉得自己灰头土脸的。这不再是玩心机战术，更不是凭借争吵谁嗓门大谁就能够获得先机，这是凭借实力与能力的战场，顾青不敢有丝毫怠慢。只是夏爱华在轰炸了一个上午之后，精力还是超级旺盛，就在顾青以为可以休息的片刻，夏爱华已经站在她面前伸手要查看会议记录。

据欧咪提供的"情报"，例会例会，都只是例行会议，走走过场，欧咪从来也没记录过，如果事后真有主管想看，欧咪就会找各部门的小助理左右拼凑出一份"完整的"会议记录。虽说顾青没把欧咪此"情报"当真，但让她立刻捧出一份滚烫的新鲜的会议记录来，还真是有点难度。

夏树从办公室内漫不经心地走出来，边走边说："跟你说了几次，会议记录的用词需要更精准，要结合市场部的数据，还有，一些专用的术语全都错了！"他假装刚看到夏爱华，露出了笑容道，"夏董怎么会来？"

"这是她整理的会议记录？"夏爱华疑惑地看着夏树手里的资料夹。

"是，不过错字连篇，一些数据也有误，夏董感兴趣？我让她改了之后再给你？"

夏爱华夺过资料夹，她粗略地翻了翻，倒也没有夏树所说的"错字连篇"，她把资料夹还给夏树，"晚上那恰要来家里吃饭，你早点下班。"

夏树冷冷地点着头。

夏爱华刚走，顾青也拿过那份资料看了看，果然跟早上的会议内容相差无几，但是，这是什么时候做的？她疑惑地看向夏树。

"别谢我，我只是不想我部门的人被其他人挑毛病，说我们只知道偷懒从不做实事,这次我帮你,但下次会议记录你一定要自己做,记住,你不是欧咪,你是顾青!你的一言一行会被别人放大无数倍地检阅,一旦你有一件事情做得不够完美,对不起……"夏树作势拿刀子架上了脖子,他用手一抹,吐出了舌头,"咔嚓,你就再也没有进入墨复的机会!"

她的处境如此艰难,再想到曹渊和李南,他们应该也是受到了百般折磨吧。

中午顾青陪他们二人一起用餐,吃着吃着,眼泪没憋住掉在了桌上。

"嘿!嘿嘿!怎么了这是?"李南捏起了顾青的下巴,"我告白被人拒绝了都没哭,你又不是孤军作战,怎么了?该不是被夏树给感动的吧?我可是听说了,英雄救美!"

曹渊推了推李南,"换作是我,我也感动一把,这叫作'患难见真情'!"

"那也应该是跟我们见真情,我们俩最近可惨了……"

曹渊假装朝李南挥拳,他朝李南轻声道:"你小子!少说两句,顾青已经够烦了!"

"对不起。"顾青抹掉眼泪说,"我知道让你们跟着我受了不少的委屈,但是我现在没权没势,有时候自身都难保,有时候想想你们,如果不是因为跟着我……"

"我们怎么没有权?我们在股东大会上有决策权你难道忘了?还有,顾青你记住,你现在只是积累经验,助理本职的工作做好之外,那些抹糨糊报销收据的事情交给李南这小子就行了,你得多用心思在管理这件事情上,我想夏树也是这个意思,听说他把市场部的一些案子也交给你负责?"

顾青点头。

"你着力把这些事情都办得妥妥当当的,蔡董那边有我去知会,他在股东会上还能说些有分量的话。"

"我爸的遗嘱里明明写清了由我掌管墨复集团,为什么我却……"

第十三章

"她可以制造无数的理由阻止你掌管墨复,但我们眼下不能等,最近我听到消息,她除了秘密收购墨复的股票,还以她的名字重新注册了'天衍实业',一旦如树少爷所言,那么墨复集团的前景将岌岌可危。"

"如今她虽然是墨复集团的大股东,但如果我、你、夏树还有蔡叔叔共同联手,想要扳倒她的机会也不是没有,是不是?"

"树少爷那边,你去探探口风,至于蔡董,则由我去找他谈,我相信他还会卖我几分薄面。"曹渊说完,突然抬头看到了不远处的周晨,他迅速地拍了拍李南的屁股,"低头,撤,你保重,我们先走!"

李南和曹渊低头弯腰躲过了"马屁精"周晨的视线。

顾青咬着筷子,心里盘算着该怎么开口向夏树讨救兵。

顾宅。

夏树换了衣服从房间里走出来,一眼就瞥到站在角落里啃着手指心不在焉的顾青,他轻轻地走过去,靠近她,"喂!"

顾青吓了一跳,慌忙站直的窘状却让夏树感觉不到丝毫的快乐,他问:"怎么了?"

"今天谢谢你。"

只为了跟他说一句谢谢?一句谢谢可以令她出神得心不在焉?

"没有别的事?"

顾青继续啃她的指甲。

夏树抓过她的手,光秃秃的指甲失去了光泽,他凶她:"有什么事情尽管说,别折磨自己,我看着都不舒服!"

"那个,我有件事情,想问你。"

"说!"

他尽量以冷漠的语气来掩藏心头的喜悦。他一直期盼着的,就是顾青能够不再将自己当作敌人,而将自己当作是她最信任的人!

"我……我想……"

你想怎样?告诉我,为了你,我什么都愿意去做!

他柔情似水地看着顾青。

 半岛微光

"树！树……"一个女人闯了进来。

波浪般的长鬈发直至腰际，香槟色的丝质长裙勾勒出她的好身材，她化着浓妆，唇色鲜艳动人，全身散发着成熟女性的妩媚与妖娆，她径直朝树走过来，语气娇嗔地道："你真是，说好了来接我，害我等了那么多，我不管，那浪费掉的时间你得赔给我！"

顾青看着夏树，他的眼睛里盛满了笑。

曾经只为自己绽放的笑意，如今给了他人。

顾青知道这理所当然再自然不过，夏树成长了，他拓展了他的生活圈，他该有自己的——女人！

顾青低着头，企图从夏树身边闪过。

夏树却故意用手撑住墙壁挡住了她的去路。

"赔！"夏树笑着，"当然赔！下次陪你一起看电影，好不好？"

女人走近他们，她看向顾青，眼神里尽是疑问。

"顾青，我妹。"

女人打量起顾青。

顾青在想，夏树该如何介绍这个女人给自己认识。

夏树指着女人，笑着说："那怡，我女人。"

夏树看着顾青，她清澈的眼中没有丝毫的羡慕，甚至，对他身边突然现身的女人没有半分的设防，她，果真是不在乎自己的！

夏树搂过那怡，"饿了吧，带你去吃饭。"

那怡偎在夏树的肩膀上，两人如胶似漆地走出了楼房，夏树回头看了一眼顾青，顾青将她刚要流出的眼泪克制了。

冷！墙壁冰冷刺骨！而顾青也觉得自己的心仿佛顿时置于冰水之中。冷！贯穿进她骨头内的每一条缝隙！血液的流动似乎也因此而变得缓慢，她觉得自己将要窒息，那些泪，终于没有半分防备地一涌而出，绵延不绝地爬满了她的脸。

她从来也不知，长达十余年的相处，他们曾温暖相待，哪怕到后期的互相追赶与撕扯，那样残忍地揭开对方的疤，不遗余力地用最恶毒的言语来划清双方之间的距离，但都无法抹去顾青心头久久生长的爱恋。直到此刻，看着夏树身边出现了别的女人，顾青的心怦然地动了，她青

第十三章

春内的爱活了回来,她知道自己为何拒绝李南,一如她无法拒绝夏树,是同样的。

她,居然爱上了夏树!

她爱他!

她,毫无防备,爱上了他!

*** ***

车子开进了停车场,车子熄火,甚至,她能清晰地听到车门关上的轻微声响。

夏树回来了。

他的脚步声出现在了长廊,并且越来越近,终于,脚步声在她的房门静止了,她房间的门被他轻轻地敲着,"顾青,你睡了吗?"

还没,她还没有睡,她有太多的话想说,但她不知从何说起!

她怎能忘,初回顾宅时她对待夏树的刻薄及冷漠?她怎能忘,因为夏树与夏爱华流着同样的血液这件事情令她挣扎了多久才没有踏出"喜欢他"的那一步?她怎能忘,父亲与养父的仇尚未报!

她没忘!

"还没有!"她迅速回应,披了件外套打开了房门。

夏树的脸微红,身上有淡淡的酒气,他扶着门把,朝顾青哧哧地笑:"顾青,你刚才跟我说,你想,你想怎样?"

"我想……"

清澈的双眸紧紧地盯着她!

夏树的身体微微俯下,他的双颊滚烫,薄而柔软的唇间散发着淡淡的酒香,他亲吻她的唇,他的双手紧紧地勾住了她的腰,将她的身体用力地靠向了他。顾青试图用手推开他,然而所有的力气都徒劳,夏树原本的温柔成了蛮力,他柔软的舌探进去,与她的舌彻底缠在一起!他带着温柔的强势,侵略式的温情,占有了她的初吻!

"宝贝!快接我电话呀!"夏树的手机铃声突然响起来。

虽然只跟那怡见了一面,但那怡的声音,顾青忘不掉!

 半岛微光

她录了声音作为他的手机铃声!

顾青清醒了,所有的一切,她都没忘,却忘了,如今的夏树已不再是只属于她的树哥哥!她奋力地推开他,嘭,关上了房门。

夏树也彻底清醒了!

他对顾青做了什么!他发誓要保护她,然而自己却先伤害了她!

浑蛋!他咒骂自己,踉跄着走回房间。

清晨。

夏树从睡梦中醒来,这是半年多时间以来,他睡眠最为充足的一天,皆因为——他将手指放在唇边,回味着昨夜的那个吻。如今,他还是无法原谅自己因鲁莽而犯下的过错,但心头的喜悦竟更多。强夺了顾青的初吻,丝毫不理会她的抗拒,这是多么流氓的行为,但如果不这么做,才是夏树这辈子的憾事!

只是,该如何给顾青一个交代?

她会要什么?

这个问题,从顾宅出发至墨复的一路上,他都不断地假想,推翻,唯独坐在副驾驶座的顾青面无表情,仿佛昨夜的那个吻与她毫无关系!

一早上,顾青都以她的面无表情回应着他,夏树觉得心里如同堵了块大石头,终于,趁着顾青吃午餐的时间,他拖着顾青躲开众人视线去了楼梯专设的安全通道。

"你怎么了?为什么一早上都没有理我!甚至都没有用你的眼睛看我!"

"我在忙。"

"忙?好,我问你,忙些什么事情?"

"你让我跟进市场部的单子,你忘了?"

"你!"夏树暴怒,"你能不能别事事跟我公私分明!你!我不喜欢你用这种下属向上司汇报工作的态度跟我说话,我希望,我希望我是夏树,你是顾青!我们依旧像以前那样打打闹闹……"

"打打闹闹?"顾青看着他,"你跟我说的,我不是欧咪,我是顾青,我在公司的一言一行都被人放大无数倍地检阅,我必须小心翼翼才

第十三章

能活到最后！这些不过是你昨天才教给我的，你都忘了？"

"那是对别人！对我也必须这样吗？"

"如果你认为我也如此对你，我没什么可说的！"顾青打开安全通道的门要走。

夏树拉住她的手，用力地将她抵在墙角，"你想要什么！"

"作为你鲁莽犯下的过错的补偿吗？"

"我是情不自禁！"夏树说完，笑了笑，"你并没有忘记，昨晚的事情你也清楚地记得！你说，你想要什么，我都会给你！"

顾青摇头道："夏树，一旦谈了条件，就侮辱了我的初吻！"

"是因为那怡吗？只要你愿意，我可以……"

"你不必为我做任何事情，我从来也没有想要以此来换取任何东西，我说过，我会靠自己拿回我应得的！"顾青推开他，转身下了楼梯。

夏树嘴角露出了一丝苦笑。

原来她什么都不要！

是他太笨，不知道如何给予！是他太荒唐，趁着顾青势单力薄欺负她！

他厌恶自己的愚蠢行为，一拳挥向了墙壁。

突然！

夏树觉得自己的衣领被一双大手抓住，在他反应未及，对方已经将他的身体扭转，并顺利地朝他挥了一拳，顿时，夏树的鼻血不止，黏腻温热的血液一滴滴落在洁白的衬衫上，随即在白色衬衫上晕染成一小簇，夏树从口袋里掏了手帕，止住鼻血的同时也准备还击，谁知对手竟是李南。

"你！"夏树不可置信地看着他。

"你对顾青做了什么?！"他那双愤怒的眼球似乎会喷火地死死瞪着夏树。

"我……"

"我信任你，才会让顾青跟你一起回去，结果你竟然！你这个浑蛋，自己犯下的错，竟好意思为自己开脱是'情不自禁'！"

 半岛微光

"我喜欢顾青！从见她的第一面就喜欢她！昨晚，我忍不住才会吻她！我会为我的行为负责！"

"如果顾先生还在，你敢这样对她吗？"

"如果他还在，我会请求他，让我把顾青带走！"

李南又一拳挥上来，夏树毫不闪躲。

"带她走？你连她的安全都保护不了，还妄想带她走！如果你真的喜欢她，就应该帮她，帮她拿回自己应得的，而不是整日看人脸色！"

夏树诚恳地望着他，"我应该怎么做？"

"她希望能够尽快重掌墨复，如今墨复集团的大股东，我不说你也应该知道是谁，为了与她抗衡，只有你、顾青、曹渊还有蔡董联手，你们的股票总值一定超过夏总！"

"不行，这么做太冒险，而且这不是扳倒她的最好时机！"

"你不愿意？"

"我会找曹渊他们继续商谈这件事情，但在我没有找你们之前，我希望你们不要轻举妄动，以免打草惊蛇！"

楼上安全通道的门突然打开，一道刺眼的光束照射进来。

"谁！"夏树连忙追赶出去，木门还在来回摆动，夏树追出去却没有看到半个人影。

*** ***

曹渊家。

曹渊问李南："夏树说要把我家当作临时会议室？你们什么时候搭上线的，有没有什么暗号？"

李南默不作声，他一动不动地看着顾青。

下班的路上直到曹渊家，顾青都不发一语，她在想什么？昨晚她与夏树之间的那一吻，她是否曾经拒绝过？若没有拒绝，那么……

莫非，她爱着夏树？

这也正是她拒绝自己的理由吗？

如果夏树与夏爱华毫无关系，如果夏家没有侵吞墨复，夏树无疑是

第十三章

顾青恋爱对象的最佳人选,作为哥哥,作为深深喜欢着顾青的哥哥,李南会毫不吝啬地为他们送上祝福。为什么偏偏是夏树?

顾青的手机有短信进来,发信者是夏树。

"有急事,聚会取消,下次联络。"

顾青站起来说:"他不会来了,你们想吃什么,我出去买。"

"我今天做了熏鸡比萨,再去煮个奶油浓汤就可以吃了。"曹渊快速进了厨房,顾青想进去帮忙,却被李南叫住。

"顾青,上次我说的事情,你有认真考虑过吗?"

顾青一脸困惑问:"什么事情?"

"我,我想跟你在一起。"

顾青以为李南已经将这件事情放下了。

"对不起……"

"当初你拒绝我的理由是,你不能。我现在想知道,你是不能,还是你的心里早已住进了别人?"

"什么?"

"你爱上了他,对吧?"

顾青错愕的神情已经向李南说明了一切。

"这也是你不想舍弃墨复最主要的原因,因为他在,所以你费尽心思地想回来,你想进入他的心里,对吧?但是你万万没有想到,他的身边多了一个那怡。就在我们重回墨复的那天,他和那怡相亲,这件事情是欧咪告诉我的,我不希望你伤心难过,所以一直都瞒着你。"

"李南,谢谢你的好意,但是你没必要为我做这么多。现在最重要的,并非是他,我只想尽快掌管墨复,我不希望爸妈的心血白白付出,我想保全墨复。"

"但是你无法控制你的心,顾青,你知道我有多后悔吗?后悔让你重回墨复,后悔让你重回顾家,后悔让你的心没能在我这里依靠!我明白,我已经彻底失去你了顾青。"李南流着泪,"你把你的吻给了他,你已经无法克制去爱他的心,一如我无法克制不爱你一样!"

"我说过,我只想保全墨复。"顾青再次申明。

"保全墨复,保全属于你的爱情,顾青,这二者并不冲突,你完全

半岛微光

可以同时进行,放心,你可以从那怡那里抢回夏树……"

"够了!"顾青摇头,"我从来,从来也没有想要抢回夏树,他并不属于我,他……"

"可是你把你的心交给他了,你毫无保留不可预见地将心给了他……"

"够了李南,别再提了,我现在没有更多的心思去儿女情长,有太多的事情等着我去做。"

"对,那么多的事情,都无法阻止你去爱他!"

顾青夺门而出。

这么多年,顾青习惯了藏匿,不高兴的时候把情绪藏了,不幸福的时候把自己藏了,最最不堪的时候,能把自己内心所有的想念与欢喜也都藏了。但如今,她所有藏匿的部分全都被李南看清了,他把她的那些不堪的过往与不甘心的点滴全都挖掘出来,他希望她能诚实面对,却无形间让顾青看到自己最最懦弱及最最丑陋的一面。

她竟以保全墨复之名去深爱着夏树,而且是不能言说也不用言说的炽烈无比的爱!

通往顾宅的山间小路。

她在瑟瑟寒风中行走,尽管已是冬日的尾声,但山间蜿蜒的道路两旁依旧铺满了枯黄的落叶,山间的泥土潮湿。回想她刚回顾宅时,与夏树在银座一言不合甩下他而离去,夏树也是沿着这条山路奋力地走回家,那一次,顾青主动让步,跟夏树和好如初,只要他不进入墨复,他就永远都是自己的树哥哥。

然后命运就是如此爱捉弄人,不久后,夏树听从夏爱华的安排重回墨复,而他们的关系也愈加水火不容。

想到这里,顾青苦笑。

一辆红色敞篷跑车从顾青的身边迅速经过,不一会儿,顾青听到刺耳的倒车声,车子在顾青身侧停了下来,车里坐着冷酷如冰的夏树,还有热情如火妩媚妖娆的那怡。

"上车!"夏树看着她说。

第十三章

所谓的"急事",就是香车美人四处兜风?顾青果真是太高估了自己在夏树心里的分量,她倔强地不发一言继续往前走。

红色跑车追赶着她,她索性在山路奔跑,但哪跑得过马力破百的跑车?夏树把车靠边停妥,上前抓住顾青的手臂就往车的方向拖着走。

"喂!放开我!"顾青对他又叫又踢。

"省点力气,我有个大计划要告诉你!"说完,夏树把顾青带到副驾驶座,他把那怡从车上请下来,"我先送她回去,你是自己叫车走?还是我让司机来送你?"

"怎么可以这样,我们不是说好了一起看电影的吗?"

"我刚想起来,家里那套影音设备太老旧了,需要换新的,不如下次。"他拍了拍那怡的肩膀。

"那也应该先送我上去,再来接她!"

"我想你是不会跟一个小女孩计较的,再让她爬上去,她这小命可就要没了。"

"夏树!到底是你的妹妹重要还是你的女人重要?"

"那怡,别问这种蠢问题,它和'我和你妈掉进水里你先救谁'一样白痴!"夏树说完,把顾青塞进车内,踩下油门,将那怡甩得远远的。

顾宅。

顾青解开安全带径自下车,夏树追上来问:"你又怎么了?"

"谢谢你送我回来,你可以去接你的女人了。"

"随她去吧,她能找得到回家的路。"

夏树紧紧跟着顾青,"为什么会自己回来?没有人送你?为什么不打电话给我?"

顾青沉默,不发一言。

"你到底怎么了!"夏树拉住她的手,"怪我没有去参加你们的紧急'聚会'?"

"不敢,你都说有急事了!"顾青恼怒地甩开他的手。

她是怎么了?明明一再告诫自己不可以生气,当她亲眼看到夏树所

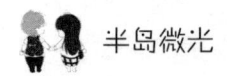 半岛微光

谓的"急事"竟是跟那怡在一起,顾青就觉得心像是被人拿着一把尖刀剐着一般的疼。

夏树却并未因为顾青的不加理睬而动怒。自从他进入墨复,与顾青水火不容,夏树总期盼顾青能够看自己一眼,为了这一眼,他费尽心思地做了太多的事情,但是都无法使得骄傲的顾青对自己有半分的留恋。然而这次顾青回来,对自己的依恋骤然增多,夏树的嘴角流露出了笑意,但还是装作漫不经心地道:"那个,她想让我陪她看电影,我就答应了。"

他喜欢看顾青气呼呼的因在意而流露出吃醋的样子!

多可爱!脸颊气鼓鼓地仿佛吹着气球,不经意的撅嘴动作更显青春无邪。他多希望顾青永远都这样,别太成熟,别太理智,偶尔也像个小女孩生生闷气,给夏树一个哄她的机会。

她默不作声地走进房间,夏树站在门口试图再解释,没想到顾青转身把门关了。

她,竟然把门关了!

夏树用尽手臂的全部力量撑开一条门缝,"喂,你到底怎么了?"

"谢谢你送我回来,我很累,想要好好休息,明天还有更多的挑战等着我,你去接她吧,外面太冷了!"

是啊,外面太冷了,这个傻瓜竟然在那条山路上走了那么久。

接她回来,她除了上车及下车时闹了小小的别扭,甚至没有半句的质问与责怪。其实,她的内心是怪自己的吧?但夏树又如何能告诉她他下班的时候被夏爱华派的人跟踪,以至于他不能暴露去曹渊家的行踪,所以他才会改道去与那怡约会?

一切都是为了保护这个什么都不懂却什么都不想说的傻瓜!

可是他却不想责怪她。

外面的世界太冷了,让她在自己的房间里温暖一下,让那颗冻得硬邦邦的心复苏吧。

夏树的嘴角露出了淡淡的笑意,他转身走向了自己的房间。

第十四章

几天后，曹渊喜出望外地找到顾青，原来在他的努力劝说之下，蔡董愿意将名下的股份赠送给顾青，以扶持她顺利掌管墨复，条件是，一旦顾青掌权，无条件地赠送蔡董相应等值的物品。这条件虽然是狮子大开口，但顾青还是难掩心头的喜悦，与曹渊共同联合，在即将到来的股东会议上，他们决定将"掌管"计划提前。

墨复集团。

会议室。

当股东会议全部结束，顾青提议各位留下，她还有话想说时，夏爱华不耐烦地说："现在集团内部需要决策的事情太多，你有什么事情就尽快说，我下午还要赶去子公司开会。"

曹渊将集团内部的股票分布图发给各位股东，顾青说："当初我爸的遗嘱里写着，在我条件成熟的状况下，由我接管墨复集团，但是我不知道所谓的'条件成熟'是以何来作标准？"

"等你充分了解集团内部的运作，能够独当一面地做决定的时候。"夏爱华解释。

"我最近看了集团内部的公布图，也配合市场部的人做了一些工作……"

"光这样就行了？顾青你知道吗，墨复的单子盈亏是以千万为计算单位的，如果你做了一个月的总经理助理之后就想鲤鱼跳龙门，我告诉你还是别妄想了，脚踏实地做好你自己的本职工作！"夏爱华站起来，"如果你想说的就是这些，那我建议你还是省点功夫，我没时间跟你在这里耗，我还有事，各位也不必在这里浪费自己的时间，拿着你们的'红利'去逍遥自在地享受人生吧！"

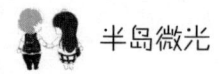 半岛微光

各位股东纷纷站起,连一向力挺自己的蔡董也准备起身走人。

顾青急了,"如果我是墨复集团最大的持股人,是不是就有机会掌管墨复,并对任何的事情都有自己的决策权?"

"当然!"夏爱华点头。

顾青向蔡董寻求帮助。

蔡董只是干咳了一声,眼神飘忽地并不看她。

"我爸生前的股票分成了四等份,分别由我,树和曹渊以及你持平拥有,我和曹渊的部分加起来自然不够,但如果再加上……"

蔡董打断她:"顾青,不是蔡叔叔给你泼冷水,年轻人,如果有机会可以多多学习和磨炼,我们就应该好好珍惜。在这里,我赞成爱华的意见,不是每一条鲤鱼都有跳跃龙门的机会,就算是有龙门,你们这些小鲤鱼也该练习好自身的本领,才能跳得更高!"

"蔡叔叔……您……"

"你蔡叔叔我呢,老喽,看透了商场浮沉,想含饴弄孙安享晚年,顾青,你能理解一个老头最后的这点小心愿吧?"

众股东们纷纷退了出去。

夏爱华得意扬扬地在办公椅里转动着。

怎么回事?!

不过才时隔一个月,各位股东之前对夏爱华不满的情绪如同烧得正旺的火焰般那么高涨,如今怎么就会?顾青用疑惑的神情投向了曹渊,可是连曹渊都无奈地耸肩,看来他们是踢到铁板了!

"怎么?不知道自己是怎么死的吗?"夏爱华笑着说,"这帮老头,年轻风光的时候尚能呼风唤雨,如今老了,若不是靠着墨复的钱给他们养老,他们每个人的际遇应该会非常惨。顾青,别怪我多事,我不过是让你的白日梦早一点醒!"

"又是你!"

"我不指望你能够感谢,但是我希望,我希望顾青你能量力而行!别不知天高地厚地借谁都想发威!还有,我告诉你,你要做好心理准备,千万要撑到你'条件成熟'的那一刻,因为在此之前,我想到了无

第十四章

数招,可以轻易地捏死你!哈哈哈!"夏爱华笑着走出了会议室。

顾青跌坐在办公椅里。

如果父亲还在,她想趴在父亲的怀里痛哭一场!

为什么!怎么会这样!顾青委屈地看向曹渊。

"对不起,我不知道会弄成这样,昨天蔡董明明答应会……"曹渊看向顾青,"这件事情,你是否向谁透露过?"

顾青摇头:"只有我们几个人知道。"

"你凡事多加小心!对了,李南那小子被周晨炒了,你知道吗?"

这是顾青预料之中的事,早知道如此,当初她独自回来就好了。所有的一切皆与李南无关,但他所承受的也最多,顾青亏欠他,然而这些却无法以爱情来偿还。

"帮我约他,晚上想请他吃饭。"顾青说完,整理好会议室满脸沮丧地走了出去。

傍晚。

集团附近的大排档。

天色渐暗,大排档附近却是人潮如水不断地涌入,简易的塑料圆桌和椅子一路摊开,错落却巧妙地划出一条行人专用的通道,顾青拿了一打啤酒摆在桌上,她豪迈地打开,将三只玻璃杯倒满,"先干为敬!"

冰凉的啤酒带着浅淡的麦香进入喉间,迅速而彻底地将身体里的血液点燃。

李南随即也补上一杯。

顾青拿过李南的杯子,倒满了两杯酒,然后倒在地上,语气哽咽道:"来,敬我们在天堂的爸爸!"

"爸!"李南几乎要哭出来,"我答应你要照顾好小北,可是现在却保护不了她!她不需要我!"

顾青把李南的酒又满上,热炒一盘盘地被店员端上来,热气熏热了顾青的眼睛,让她的眼泪终于不可抑制地落下来,"不是,不是不需要,但也要让我自己走,我才能知道跌倒就得立刻爬起来!"

曹渊也将酒倒在地上,"顾先生,这杯敬您,等着我酿好了酒您来

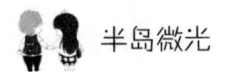

尝尝，放心，我会帮您看着小姐，让她平安顺利地拿回墨复。"

顾青问："你什么时候跟我爸有这个约定？"

曹渊突然想起什么似的，"对了，有件事情差点就忘了，幸亏你提醒我，我明天还有件很重要的东西要交给夏爱华。"

"交给她？"

"是，顾先生出事之前交给我的，后来发生了太多的事情，我实在没有心思，刚才提到酿酒，才把这件事情想起来。"

"你该不会是她派来'潜伏'在我们身边的间谍吧？"李南突然说道。

"哥，你别乱说！曹渊跟着我爸很多年了！"

"我只是好奇，那个蔡董明明答应帮你们了，为什么又突然反悔？"李南看着曹渊，"若非他泄密，我们三个人之中实在想不出还能有谁！"

"现在再想这些已经于事无补，我知道蔡叔叔有他的为难之处，我不怪他。但是我实在想不明白，夏爱华为何能够神通广大地知道我们正在进行的事情。"顾青陷入沉思。

李南喝光了一瓶啤酒后突然灵光乍现般地拍着脑门道："我知道谁是那个'潜伏'在我们身边的间谍了！"

"是谁？"

顾青和曹渊异口同声问道。

"夏——树！"李南笃定地说。

"怎么可能！"

顾青和曹渊再一次地异口同声。

"不久前，我中午去找顾青吃午餐，竟然看到夏树粗鲁地把顾青带到楼梯的安全通道内，我就悄悄地跟着他，我知道了你们的那件事情！"

顾青红脸不说话，低头猛灌啤酒。

"顾青离开后，我冲出去把他揍了一顿，打得他鼻血直流！"

"你干吗打人？"曹渊替顾青拍了李南的后脑勺。

"我真的很讨厌那个家伙！觉得他欺负了顾青，想替顾青报仇。他非但没有还手，还让我揍了两拳，他问我，顾青究竟想要什么，我看那家伙态度很诚恳，就把你们的计划告诉他啦！"

"你都跟他说了些什么？"

第十四章

"不就是你们正要跟蔡董计划的事情喽！但是他说这些都不可行，他说如果要扳倒夏爱华，就一定要一招致命。当时……"

顾青看着他，说："谢谢你的好意，但是我从来也没有想要寻求他的帮助，在那晚……尤其是那晚之后，我更放弃让他帮助的念头，我不希望最后会被别人误会，误会我不过是利用情感以寻求帮助，你懂吗？"

"我懂，那家伙更懂！所以紧急会议他才忙着去泡妞没来参加！"李南没心没肺地说，继续大口喝他的啤酒。

尽管顾青口口声声说不需要夏树的帮助，但当初他劝说自己重回墨复时的义气去哪儿了？顾青直接拿起酒瓶大口大口地喝起来。

让她在今夜沉醉，痛哭一声，宣泄心底的委屈。

让她在今夜沉睡，明天再醒来看这残忍的世界。

*** ***

时间如同静止般，她缓慢地睁开眼睛，一次，又一次，眼前是温暖的橘色亮光，纯白色布幔做成的窗帘上有展翅欲飞的蝴蝶，蝴蝶不多，却只只鲜艳多彩，窗帘微开的缝隙可以看到外面的光亮。外面浓雾缭绕，整个室外都是一片浓重的白。

等等！

这并不是她的房间。

她环顾着这个房间，熟悉却又陌生，偌大的房间里只有简易的衣柜，一张床，就再没有其他的物品，她起身下床，木地板上铺着柔软纯白的羊毛地毯，她伸手走向布幔，惊奇地发现那些蝴蝶竟是画上去的！

那画风，除了夏树，没有别人。

可是，怎么会？他的房间，以前满满当当地塞着各种物品，被夏爱华布置得奢华富丽，如今却只有一张床和衣柜？

房门被推开，夏树手里端着食物盘走进来，看到顾青后，他难得露出笑颜，"你醒了？"

她醒了，可是她怎么会出现在夏树的房间？昨晚……她只记得自己不停地喝酒，桌上的啤酒喝光了，她还嚷嚷着让李南带她去别的地方，

她哭闹了很久——对,夏树来接她,可是她对夏树说了什么做了什么,全都不记得!

顾青痛苦地捶了捶脑袋。

"你昨晚很听话,没有胡闹,只是一直拉着我的手不让我走,让我给你唱歌讲故事,知道吗,你可是用光了我记忆里所有的童话故事了!"夏树把盘子摆在地上,叫她,"过来吃饭。"

顾青揉了揉头,"不吃了,我今天还有很多的事情要做。"

"如果你不想搭我的便车而想走路去上班,随便你。"夏树径自坐下享受早餐。

顾青准备开门走出房间。

"喂!如果你想继续战斗,就乖乖地把早餐吃完,这样才有力气跟别人争。"

"争什么?"

夏树真是又好气又好笑,"顾青,你喝酒断片连记忆也一并消失了吗?昨天是谁在股东会议上被人弄得很难堪?"

"你怎么会知道?"顾青看着他。

"你以为把股东会议提前,不让我参加,你们所进行的一切就都神不知鬼不觉了?"

和李南的对话回响在顾青的耳边——

"他问我,顾青究竟想要什么,我看那家伙态度很诚恳,就把你们的计划告诉他啦!"

"你都跟他说了些什么?"

"不就是你们正要跟蔡董计划的事情喽!但是他说这些都不可行,他说如果要扳倒夏爱华,就一定要一招致命……"

她看向夏树,"我想知道,你有没有参与破坏我们的计划?"

"我说过我会帮你,但你要耐心地等,而不是像一只无头苍蝇一样胡飞乱撞,你要扳倒她,就必须听我的。"

"我拿什么相信你?夏树,你让我拿什么相信你?"

第十四章

夏树看着她。他以为自己已经让顾青完全地信任自己,然而自己在她眼里依旧是这么不堪,他感到生气,"拿我们十多年的情谊,拿我们未来所有的缘分和宿命,这样足够了吧!"

拿……

拿他们十多年的情谊!

拿他们未来所有的缘分和宿命!

有比这还要强而有力的承诺吗?

顾青沉默着。

"我知道你想要报仇,但你没有别的选择,你是选择信任我,还是将我划为你的敌人,你自己决定!"

偌大的空间里,她眼到之处都是纯白,除了窗帘上那几只展翅欲飞的蝴蝶。

只是蝴蝶,能飞得过沧海吗?

"喂!"夏树突然失去耐心,"做好决定了没有!"

"给我时间。"

"三,二,一!时间到!"他无理地说道,"如果决定信任我,就一起吃早餐,放心,我说过会帮你,就一定会帮,拼了命,我也会帮你拿回属于你的东西,顾青,你要相信我!"

他突然生气的样子虽然非常幼稚,但却有一种不得不让顾青信服的坚定。

拼了命,也要帮她拿回属于她的东西!

拼了命!就为了这三个字,顾青也要相信他!

墨复集团。

会议室。

夏树及夏爱华联合各部门开例会,会议结束,夏树补充道:"因为工作需要,从今天起,我将全权委派我的助理顾青小姐参与财务部门的工作,请各位同事多多配合,她的决定代表了我的意见,如果她做得有任何不妥之处,也请各位多多海涵。"

顾青对于这一消息感到震惊!曹渊不止一次地提起,如果顾青能够

 半岛微光

进入财务部拿到真正的账册,一旦查出夏爱华用墨复的钱去运转天衍实业,让其他股东看清夏爱华的真面目,将会是还击夏爱华的最佳机会!

这就是夏树实施计划的第一步吗?顾青感激地望向他。

夏树却冷漠地不发一言。

各部门主管无一不看向夏爱华,等着她的最终决定。

尽管不知道夏树葫芦里卖的什么药,但夏爱华决定将计就计,她要让顾青死无葬身之地!

她笑着说:"这些都是夏总权力范围之内的事情,由他决定就好,你们好好配合,千万别疏忽大意。"

会议散了,夏树故意留下来听从夏爱华的"训示",谁知道夏爱华一改往常的暴躁脾气,反而关心地说:"你最近在公事上用心不少,交出的成绩也都非常漂亮,但也别因为太忙而忽略了那怡。"

夏树点头。

"这周,不知道你有没有时间,他想见你。"

夏树知道夏爱华口中的"他"指的是叶德。

"没有时间!"夏树断然拒绝。

"如果你不去见他,他也会想尽办法见你!"

"那就让他想尽办法。"

夏树态度冷漠,他不想再跟这个叫叶德的男人有任何瓜葛。

"我是怕,若他贸然来公司找你,被顾青看到,可就不好了。"

"这次见面我会跟他说清楚,要求他以后都别来找我,你以后也不必帮他说好话从中牵线搭桥地为我们制造见面的机会。总之,我现在只想单纯地过好自己的人生,你可以说我自私,甚至认为我冷漠无情,但这些,全都拜你们所赐!"

会议室的门砰地关合。

自从夏树知道自己的身世之后,行为举止愈发暴躁,与夏爱华也时常发生冲突。以前他那样惧怕自己,如今也有恃无恐,夏爱华突然感到无比担忧,她要让"天衍实业"早日运营,以免不受控的夏树联合顾青他们来扳倒自己,夏爱华的眼神里露出寒光。

第十四章

夏树办公室。

"市场部那边的案子你也差不多都了解了，我让你去财务部，是希望你借机会查看今年比较大件的账务收支及集团内部的资金运转的去向，我部门的那些琐事你暂时先不用管，我自己来处理就好。"

千言万语全都化成了一句谢谢。

"但是财务部门全都是她的人，我们费尽心思想得到的，她也一定全都猜到了，她不会让你那么轻易地得到它，你只能自己找机会，但千万别冒险，我是在帮你拿回属于你的东西，但绝对不是让你丢掉自己的性命。"

顾青点头。

"别哭，你知道我现在不擅长处理这些事情，没什么事情，你先出去吧。"夏树说完，埋头假装签文件，直至顾青走出去，他的嘴角才慢慢露出了笑意。

他这招"声东击西"，不在任何人的掌握之中，他果真是拿命在保护顾青，希望他这次不会失信！

顾青人虽在财务部，但也都是虚度光阴，财务部的那些人忙得脚尖都不着地，而她顶多负责复印或做点跑腿的小活，转眼一周结束，而她还是一无所获，这使顾青感到挫败，她不能白白浪费夏树为她争取的机会，她总得做点什么。

终于，她在"不经意间"看到了财务总监"缓慢"地拨着保险箱的密码锁，堂堂墨复集团，设置的竟是123456这么弱智的密码？

最简单也就最安全？

喜出望外的顾青借故加班，偷偷将财务总监的钥匙印在早就准备好的印泥盒上，装作若无其事地下班。

顾青刚走，财务总监神秘地拨通了电话："她应该看到密码了，我故意把我的钥匙遗留在办公室，想必她也看到了。好，那我先下班了。"

随风起舞的白色纱帘后，露出暗藏凶光的犀利眼神。

*** ***

 半岛微光

周末。

顾青早早起床,她的口袋里揣着一枚崭新的钥匙,她为自己的"聪慧"和"好时机"暗自得意了一整夜。这一夜,她几乎没有深睡,她兴奋,觉得自己与光明近在咫尺,还有一步,她就能够跨过去了。一旦她重掌墨复,她所改变的,不仅是她一个人的命运,她觉得自己能够拯救无数迷失自我毫无方向感的人,而她也会按照父亲的遗愿,将尚未成形的慈善基金会正式启用。

她等待这一天,已经太久了。

她觉得自己如同困在茧中,透过朦胧的光,她能够看到自己弱小却轻微振动的翅膀。

那微微的光亮,似乎正在向她招手,温柔光亮如阳光。

夏树的房门居然敞开着,顾青忍不住向内探望,室内冷风灌入,有一种冷暖交错的感觉,夏树身着单薄衣物坐在房间的地板上发呆,他转过头与顾青四目交触,顾青赫然看到他脸颊的泪水,见来人是顾青,夏树站起来,揉着鼻子说:"不是说要春天了吗?怎么还这么冷!"

"你把窗开得这么大,会感冒的!"顾青走过去帮他把窗户关上。

"我在等阳光出来,画的这些蝴蝶就能飞出去了。"夏树说。

顾青看着那几只蝴蝶,画得栩栩如生,她问:"为什么会画这些?"

"有个傻瓜很喜欢,以前一直说自己是条不起眼的毛毛虫,但她不知道,毛毛虫在破茧之后会有多美!"

顾青的眼泪仓皇地掉下来。

是,她如此说过,在她得不到父亲的关爱,又总被夏爱华责骂的时候,她一度自卑到认为自己是条可怜的毛毛虫。

她的一言一行,夏树全都记得。

而她才发现,自己对夏树的了解,如此之少。

"这间房子,什么时候重新弄的?"

"你不住在这里之后,在墨复的压力太大,因为她的关系,所有的人都不与我亲近,不知从何时起,我被冠以'冷漠'的标签,所有的人都刻意与我保持距离,我夜夜失眠,情绪不好的时候很糟糕,房间里太多的东

第十四章

西让我感到拥挤,其实做这么多的事情,我们最终希望去享受的,不过只是属于自己的自由空间,一小段的路,一张床,仅此而已。"

"所有的东西全都清空出去?"

"对,多余的东西是垃圾,是负担,非但没能带给我享受,反而让我感到窒息。"

"过多的拥有如果是沉重的负担,为何你还要帮我夺回墨复?"

"那不一样,顾青,那些原本就是属于你的。"他语气如此坚定,"我们不能一再地霸占不属于我们的东西,我有自知之明,不属于我的,我会拱手让出,绝不留恋,绝不。"

他说了两次的"绝不",顾青不敢询问自己是否也在他拱手让出之列,尽管从夏树选择那怡之后她已经看出了端倪,但顾青不想去戳破。

"你要出门?"夏树这才留意到顾青穿戴整齐,肩上还背着包。

"是,想起来公司还有事情没有做完。"

"我说过我不允许我部门的任何人员加班,难道你忘了!"夏树发起脾气,"我希望你能够好好休息,你需要好好休息,不然那么庞大的工作量,你怎么应付得了!"

"我没事!"顾青笑,"我先出门喽!"

若不是他今天要跟叶德见面,他一定会把顾青绑在家里,这个傻瓜究竟在想些什么!

算了,让她待在公司,这样他也不担心顾青会发现自己与叶德有往来!

夏树暗自地叹了口气,他迅速地换上衣服,在长廊里拽住顾青的手臂,"去加班也可以,但是必须要坐我的车!"

什么时候起,夏树从优柔寡断变成了如此强悍?

但顾青对他的时而温情时而霸道已经彻底失去了免疫力。

墨复集团。

因为夏树的缘故,集团内部鲜少有人加班,顾青假忙了一阵子后,拿着文件夹进入了财务室。

 半岛微光

而她的一举一动,正被一双犀利的带着仇恨的眼神分秒不差地监视着。

顾青把口袋里那把复制的钥匙摆在桌上,久久地凝视着它,内心也经历了痛苦的挣扎,正当她下定决心的时候,桌上的电话突然响起来,她接过电话,来电者是夏树:"你今天到底有什么工作没有完成?"

"昨天财务总监交给我的报表。"她脸红心跳地扯着谎话。

"喂,顾青,你现在谎话张口就来,才一周他就能信任你把报表交给你来做?"夏树起了疑心。整个集团谁不知道财务总监是夏爱华的心腹?

"是真的!"

"我不管你是真的还是假的,总之,停下你手头的所有工作,十分钟后在楼下等我,必须要下楼来,有任何事情我们共同解决,听到了没有?"

"知道了。"顾青答得心不甘情不愿。

"十分钟后如果我没有看到你,你就死定了!"夏树挂断电话,猛踩车子的油门。

车子飞速在路上行驶着。

顾青却不想放弃大好机会。

万一那个保险柜里放着她想要的,她离真相的距离岂不近在咫尺?!这是揭发夏爱华的有力证据!她不想放过任何机会!

她看着桌上的那把钥匙,她复制了财务总监的办公室钥匙,她知道那个保险箱的密码!顾青踌躇地看着那把钥匙,终于,她拿起了那把钥匙。

马路上。

夏树的车急速行驶,他闯过路口的红灯,很快有警车追赶着他,并示意他尽快停车。

路口,一个长发的刀疤男正满带笑意地看着夏树,夏树停妥了车,居然从后视镜里看到他朝自己走来!夏树烦躁地拍着方向盘,车子发出刺耳的鸣笛声,在警察来扣分写罚单之前,夏树又给顾青拨了通电话。

第十四章

顾青手里握着那把钥匙,她迅速地走向那扇门。

电话声此起彼伏,但她不想再浪费一分一秒,她必须尽快拿到夏爱华的罪证。

那把钥匙直行地往前动着,只差0.1厘米,它就会被插进锁孔内……

那双阴沉的带着寒光的双眼露出了她的真实面目,是夏爱华。她猩红色的唇轻微地颤抖着。

顾青!这个让她今生都无法再获得幸福的人!

死定了!

她拨出一通号码,"她准备动手了,找保安陪你上去,务必装作不知情的样子,说你的钥匙丢了。如果有必要,不用承认她是我们公司的员工。"

自从夏树让她留在身边做他助理的那一刻起,夏爱华就没有放松过警惕,她时刻严防着顾青,如今看来她真是狼子野心了,给她安稳的生活不享受,偏要往刀尖火海行走!

"顾青,别怪我无情,怪,只能怪你不留情面地对我赶尽杀绝!我们之间,不是你死,就是我亡。为了保全我自己,只能拉你下马了!"

监控摄像头里,顾青终于将钥匙插进了锁孔内,夏爱华得意地起身,她要开一瓶红酒先行庆祝。

庆祝她不费吹灰之力迅速地解决了顾青!

财务室的门被轰地推开。

来人双眼瞪直大口喘气走过去拖住顾青的手,"你在做什么?"

"我……"

来人从她手里夺下钥匙,他靠在顾青的身边轻声道:"这是别人布好的局,等着你跳进来,你什么都不用说,有多无辜就装作多无辜。"

有紧急的脚步声往财务室冲来。

"我说过,我今天就要看到那份资料,直到现在你还没有准备好,你太过分了顾青!"

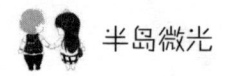

"我……"

财务总监带着几个保安冲进了财务室,在看到夏树之后,他的神情显得万分错愕,"夏,夏总?"

"怎么?有什么事情吗?"夏树装作若无其事地看向他身后的几个保安。

"哦,我……我想请他们喝咖啡,可是钱包落在办公室里。"

"总监真是大方,如果不是我的助理马虎大意忘了把计划书交给我,我也跟大家一起喝一杯。"夏树微笑着从皮夹里拿出一沓钱放在桌上,"总监忘带钱包,而各位应该对咖啡毫无兴趣,我请各位吃午餐。"

几个保安纷纷向夏树点头道谢:"谢谢夏总。"

夏树看着还在发愣的顾青说:"下午我想看到完整的计划书,可以吗?"他语气严厉地质问。

"可以。"她的声音很轻。

夏树上前拉着她往前走,完全弄不清楚状态的顾青已经失去反抗的心思,唯有紧紧跟着夏树。

品尝着美味红酒的夏爱华再次回监控摄像时,却只看到财务总监傻傻地站在办公室内,一群保安带着知足的笑离开。

顾青呢?!

她刚才明明还在,为什么没有人赃俱获地把她逐出去!

她不想再调看监控,直接把电话拨进了财务室,"顾青人呢?"

"夏总刚才把她带走了。"

夏树!今天早上他不是该去见叶德?!

夏爱华劈头盖脸地就是一番责骂:"蠢货,你是干什么吃的,没有看到她手里拿着财务部门的钥匙吗?为什么不对她进行搜身!"

"我们赶到的时候,夏总已经在了,他把顾小姐带走,我也不知道该说什么。"财务总监唯唯诺诺地说道。

夏爱华还想继续发飙,却看到手机里有叶德的来电,她只能先挂断电话接起叶德的来电,"你怎么回事,现在不是该跟树见面的吗?"

叶德更是怨气连连:"老子还想问你树跑到哪里去了,这小子把车

第十四章

丢下就跑，要不是看到有警察在，我就去帮他把车开回来，如今车子被警察用拖车拖走了，搞不好还会吊销他的驾照！是不是你从中作梗，故意让他别见我？"

"叶德，你们哪次见面不是我跟他说好话尽力撮合……"

叶德打断她："既然他不来，那今天就见你。"

"不行，晚上我还有个慈善晚会。"

"那就带着我一起参加，也正式把我介绍给你身边的朋友。"

夏爱华露出厌恶状，"叶德，我们的朋友圈和生活圈都不同，各自尊重，给彼此一点空间不是更好？"

叶德骂道："夏爱华你还别跟我装清高，什么朋友圈生活圈跟我不同？我现在混的场所十年前你同样待过，今天下午，你如果不来，别怪我对你不客气！"

面对叶德的要挟，夏爱华已经习惯了，他总是拿过去的事情一次次地对她威逼利诱，结果无非是想跟夏爱华有个正式的夫妻名分。

一想到自己被叶德威胁，夏爱华又想起了顾开复，若非当日他对自己绝情，自己也不会一步步踏上如今的深渊。她瞄到书桌上摆放的一把钥匙，那是曹渊在几日前送来的，说是顾开复给她留下的东西。人已走，情已逝，留下再多的东西，只会让夏爱华陷入久久的自责与难以自拔的悔恨之中。

她将视线从那把钥匙上转移开，久久地靠在长椅里没有动弹。

猩红色的唇在这一刻褪尽了，她露出了颓败与苍白。

*** ***

从墨复集团的楼道里转出，夏树仍把顾青的手腕攥得紧紧的，顾青终于忍受不住疼痛而甩开了他的手，"痛死了！"

"你知道刚才的情况有多危急吗？如果不是我出现，你现在已经被他们以'现行犯'的身份逮住送进警察局了！"

"那就让他们送去好了！"顾青嘴硬。

"小姐，你！"夏树从口袋里摸出那把钥匙，"如果我没有猜错，你

 半岛微光

复制了财务总监的钥匙,对吧!"

顾青不说话默认了夏树的猜测。

"天!"夏树拍着脑门,"你一定是疯了!连我自己也疯了,为什么我要让你去财务冒险!你明不明白我想让你做什么事情?"

"明白,你想让我靠自己的能力去拿回夏爱华的罪证,财务部的所有账目都在那个保险箱里,而保险箱的密码是……"

"我不知道该说你什么才好!这么明显的破绽为什么你会看不明白?!"

"我不觉得我有做错,如果不是你一直打电话来干扰我,如今我已经拿到能够指证她的一切罪证了!"

"你以为她会把那些东西放在财务室的保险箱里?顾青,我拜托你能不能别再这么单纯好吗?你用你的大脑好好想一想,一个人做了坏事,不自己保管证据,却把所有的证据交给另一个人?多一个人知道,她所承担的风险又多了百分之一百!"

"是,我单纯,我愚笨,但是我能用的方法只有这一个。你可以不认同我的做法,但你不能全盘否定我正在进行的事!"

"我记得我说过,如果有危险的事情千万不要一个人去承担,我以为你信任我,结果却……"

"是,我信任你,所以我回来了,但仇复成功看起来遥遥无期。夏树,我没有再多的时间一味地等下去!回家那么久,我从不跟我爸亲近,直到现在,只要一想起这件事情我就自责,唯一能够让我减轻愧疚感的方式,就是拯救墨复,你明不明白?"顾青说完径直地往前走。

夏树追上她,"我明白,我当然明白,但是顾青……"

"不,你不明白!"她瘦削的身体立刻站住,毛茸茸的短发被寒风吹拂着,她的鼻头冻得通红,眼眶里含着委屈的泪滴下一秒就能涌出,她深吸了一口气,又重复了一次,"你不明白!"

"你怎么了?"夏树走上前欲牵她的手。

顾青却惊慌失措般连连后退,"别对我太好。"

"好?"

"是,对我冷漠一点,凶一点,让我知道自己的不足,让我还有奋

第十四章

起直追的勇气去拿回属于我的东西!"

他,对顾青冷漠吗?

是,每次只要他态度冷漠强硬,顾青就会对他言听计从。他太想为顾青着想,无形中,所有压力竟也会转换成为对她的冷漠,夏树苦笑,等他回过神来,顾青已经消失在街口。

这一夜,顾青没有回顾宅,夏树知道她在李南那里,他知道内心的嫉妒又开始蠢蠢欲动,但他尽力克制。让他的女孩找个温暖安全的地方停歇,他还有很多的事情没有为她做。

顾宅。

夏爱华匆匆出门,夏树知道她今晚有个慈善晚会。在她走后,夏树让萍姨带着其他人去休息,白色洋房里只剩下他一个人。他拿着钥匙来到二楼西侧的监控室,这是夏爱华几个月前砸重金秘密修造的,装修结束之后,夏树跟装修工人套交情,顺利取走了钥匙并复制了一把。当时他只是以备不时之需,没想到时隔几个月后真的有用。

顾青复制财务部门的钥匙,甚至看到保险箱的密码,这都不是巧合。若非他今早看到平日里晚起的夏爱华一早就守在监控室里,他也不会从中作任何联想。在去与叶德会面的路上,夏树一次次地回想夏爱华的反常举动,第六感告诉他,顾青有危险。

只是这个傻瓜对自己的危险处境浑然不觉,夏树既生气又心疼。

如今回想财务总监恶气冲天带着众保安冲上去的场面,仍让夏树心有余悸,他甚至不想预想,如果他没有及时赶到,那些人会对顾青做出什么事情!

他走向那扇门,钥匙在里面转动了两圈半后,门被打开了。

初春,夏爱华却将空调的温度定在制冷的20℃,夏树忍不住打了个寒战。房间里有浓重的酒味,透明的高脚杯里还残余着剩下的红酒。夏树坐在书桌前,连着监控摄像的电脑并没有关,里面分布了近二十个探头,监视着墨复集团内部的一举一动。夏树惊讶地发现,连他自己的办公室都被夏爱华连接监视器,原来他的一言一行早被夏爱华看在眼里。

 半岛微光

夏树压抑住心头的愤怒,他找到了顾青偷偷将财务总监钥匙按在印泥上的画面,按了删除键。

不会有人将这件事情当作把柄再度威胁顾青,夏树放宽心,准备离开,他的视线一瞄,竟在监控探头里看到了夏爱华。

她不是去参加慈善晚会吗,为什么会出现在公司?

只见她走进她自己的办公室,并把办公室的门落了锁。

怀着好奇夏树停下了他的脚步,将双眼的聚焦全都放在夏爱华的身上。

墨复集团。

夏爱华办公室。

冷艳的黑色布置,让房间里更显沉闷,身着华丽礼服的夏爱华坐在电脑前,她把脖颈间璀璨的钻石项链取下来。她要做什么?夏树将视线往屏幕上凑近了。

夏爱华将项链上的蝎子造型的吊坠一端打开,竟是一个USB的移动硬盘!夏树紧盯着,只见夏爱华目不转睛地对着电脑的键盘打字。

莫非,这就是夏爱华所谓的"移动"账册?

这么长时间以来,以夏树对于数字天生的敏锐度,一眼就能看出墨复的资金流向存在巨大问题,但苦于一直找不到凭证,因此无力在各位股东面前替顾青做任何有力的保证。只是没想到,夏爱华会以化繁为简的方式将账册日日随身带着,难怪她对那项链如此情有独钟且小心翼翼,夏树关上电脑,查看房间内没有异状才离开。

墨复集团。

夏爱华又为天衍实业进行了一次转账,再过不久,她的偷天换日就会完全实现,墨复很快就会成为一具空壳,她不再需要浪费自己的半点精力在这里,她将所有的账目全都记在U盘里,当然其中还包括墨复旗下所有主管及股东的"罪证",这成了她有效控制他们的得力工具。门外突然传来剧烈的敲门声,夏爱华将U盘迅速拔出重新戴回颈间,这才走过去开门,没想到站在门外的竟是叶德。

第十四章

夏爱华吓得想要关紧门,叶德只用一只手就轻巧地将门推开。他嘴里叼着一根牙签,环顾着夏爱华的办公室,发出啧啧的声响:"看看,光是装修这间办公室的钱,就够我在市区买一间两居室。"

"你怎么会来这里?"夏爱华见拦不住他,只能拿起参加晚宴的手包装作出门。

谁知叶德却拦腰将她抱住,"我知道你不想带我去,只能赖皮地跟着你,怎么样?"叶德理了理衬衫的领子,"我今天这身行头,跟着你去参加什么慈善宴,不丢你的脸吧?"

夏爱华看也不看他,将他推出门外,她把办公室的房门锁上,叶德嬉皮笑脸地追上来,"你到底要不要带我去?"

夏爱华扭头看向叶德,"说吧,你想要什么条件?"

"爱华,以前你觉得我一直漂泊不定不能带给你安全感,如今我不介意你跟着顾老头共同生活了那么久,更加不介意谁主内的问题,我可以接受让你娶我,我们结婚!"

夏爱华冷笑道:"叶德,你真是越活越无赖!"

"这才是生存之道,我们半斤对八两,有些事情我不挑明,但你也要心中有数。"叶德脸上的刀疤紧贴近夏爱华,"我可是为了你以后着想!"

"除了这个,任何条件我都可以答应你,墨复旗下在盖的房子随便你挑,我可以无条件地赠送你,另外再给你二十套房的二折折扣,等于是白白送给你,卖出的差价算你自己的。"

叶德吐掉牙签,"姓夏的,你当真是打发一个要饭的,我为你拼了命地打下的江山,你就打算用这些蝇头小利把我打发了?"

"说到底,你要的还是钱。"夏爱华走进电梯,叶德随即也跟进来。

"在你的心里,我一定是个爱钱如命的赌徒,实话告诉你爱华,这些年我漂怕了,想找个地方把根扎下来。有时候半夜醒来面对孤灯冷壁,那种滋味真他妈的难受。再说我跟树是亲人,他是我儿子,这是不能改变的事实!"

"这件事情就算我同意,树也不会同意的!"

"为什么?要不是每次你从中作梗,这孩子是愿意跟我亲近的,你

看看，每回他跟我见面，从不对我发脾气！"

夏爱华嗤之以鼻，"他是根本就不想搭理你！"

叶德早知道夏爱华会是这个态度，他拿出手机找出里面的音频文件，按了播放之后放在夏爱华的耳边。夏爱华原本厌恶地准备甩头，没想到叶德用蛮力紧紧地将她的头按住，夏爱华挣扎了数秒后就怔住不动了，音频文件，竟是，她打电话告诉叶德黎明达如何碍事，暗示叶德将黎明达解决掉。

"这些不是我说的！"

"我所做的每一件事情，都是因为你向我传达了想让对方消失的念头。爱华，这样的音频资料，我手里还有很多，墨复的对手，顾家老太太，那个小丫头的车祸，甚至是顾开复……"

"够了！"夏爱华捂起耳朵。她胡乱地按着电梯按钮，电梯才到第一层她就冲了出去，叶德不紧不慢地跟在她身后继续说道："至于阿华为何坐牢，他是无心伤人还是恶意撞死李南的老爸，你我心知肚明。爱华，别不承认，除了这些，我还有我们资金往来的证明，如果……"叶德面带狰狞地凑近夏爱华，"如果我所提的条件，你没办法答应，那我们只能来个鱼死网破，你是选择孤单地走，还是跟我共同走，可全看你了！"

夏爱华只觉一身冷汗，她跟叶德在相互拉扯，一个保安从远处跑过来，叶德威胁她："爱华，难道你真想跟我撕破脸皮？"

保安愈走愈近。

夏爱华尽力让自己保持平静。

"夏董，您怎么了？脸色不太好！"保安问道。

夏爱华摇头，勉强挤出一丝笑容，"没事，我来公司拿点资料，一会儿还要去参加慈善晚会，你先忙你的。"

保安虽然对夏爱华和她身边的那个男人的关系感到疑惑，但脚步还是挪开了。谁知道保安一走，叶德又紧抓住夏爱华质问："你那些上流社会的朋友不介绍给我认识也就罢了，怎么一个小保安你也不能帮我介绍一下？"

"你也说了，他不过是个小保安，你不屑于跟这种人认识不是吗？"

第十四章

"那你的意思是？"

"叶德，一日夫妻百日恩，这些年来我所帮你的，我也从来都没要求你回馈。"

"老子白白蹲的牢吃的牢饭为的是谁？那是用命在回馈你！"叶德压低嗓门，脖子里的青筋也因太激动而暴突。

"如果你觉得刚才的条件不够诱惑，我可以再补偿你。真的叶德，除了这件事情，任何我都可以满足你。"

"你他妈的……"

想到要跟叶德朝夕相对，夏爱华就想作呕。

她看向叶德，眼神寒冷犀利，"叶德，如果你真要鱼死网破，我一定奉陪到底。到时候，我们何止是'漂'？我们是死！一起死！"说完她转头就走，带着决绝与不容商量。

叶德怔在原地，刚才要骂出口的话如鲠在喉，他似笑非笑，"这娘们！"

室外。

虽是春日，但晚上的寒风依旧呼啸而过，让夏爱华全身起了鸡皮疙瘩。

她伸手拦了辆出租车。

窗外华灯初上，一片繁景，但夏爱华的情绪却过度焦虑。

回想与叶德的对峙，夏爱华对他的绝情感到恐惧，更因对他没有半分的情分而显得寡义。因为他是亲手了结顾开复生命的人吗？夏爱华害怕是心底这个答案，她不想再活在自责与愧疚中，更不想沉溺于一再缅怀顾开复温情的旋涡之中，她必须保持绝对的清醒，才有机会让墨复崩溃，取而代之的，是S市的新龙头——天衍实业。

这是她身为夏家人的使命。

她为此曾经迷失，在痛苦的深渊里一再张望，如今曙光在即，她不想放弃。

她紧握住拳头，眼神愈发凶狠。

她不会放弃！

第十五章

　　清晨，夏爱华还在睡梦中，恍惚觉得自己的头被抬起，被搁置在一个温暖结实的臂弯里，她的头刻意地往里面钻了钻，她渴望这个拥抱与怀抱太久，这熟悉的气息使她舍不得张开眼睛。她一直钻，枕头突然落地，她从睡梦里醒来，感到万分惆怅与失落。

　　她以为是顾开复回来了。

　　她知道顾开复回不来了。

　　因失落与沮丧而燃起的怒火更为强烈，她愤愤地从床上爬下来，她冲进了监控室。是，她要把顾青的罪证公诸天下，让顾青从墨复滚出去，她要让顾青名誉扫地从此必须背着"小偷"的恶名！

　　监控室里。

　　夏爱华打开灯，刺眼的光亮让人眩晕，高脚玻璃杯内的红酒渍已经干涸，夏爱华从柜子里拿出毛毯，将空调调至冰冷的20℃，她要极度的冷，才不至于让稍稍的暖融了心底的恨！

　　她调阅监控摄像，刻意删除了昨天与叶德的纠缠，当她将日期调至顾青复制钥匙的那一天，关于财务室的所有监控资料全都不翼而飞！

　　她再次输入时间，然而还是无迹可寻，夏爱华又调取了昨天夏树将顾青带离财务室的监控画面，同样的一无所获！

　　不可能！这监控室除了她没有第二人知道！她甚至对与自己共同生活的夏树也隐瞒了！

　　夏树！他难道早已知道自己打造这个房间的动机？难道，他也持有监控室的钥匙？

　　不可能！

第十五章

　　夏爱华推翻了自己的设想。
　　自从知道自己的身世之后,他虽然行为暴躁,但是从不打探她在进行的任何事情,他安分地做好墨复集团的总经理一职,平日里就躲在他的房间里,他……
　　难道这些都是他让自己放低心防的手段?
　　不可能!他是夏树!他流淌着夏家的血液!他本应拥有仇恨!更何况……他是她的儿子!
　　他不会联合外人来整垮自己的母亲!不会!绝对不会!
　　但急于知道真相的夏爱华还是冲下楼,她要找夏树问清楚。

　　夏爱华连门也没敲就冲进了夏树房间,他正坐在地板上发呆,春日的阳光照在玻璃上,照射在他忧郁苍白的脸庞上。
　　自从进入墨复,他失眠的状态比以前更糟,眼底的乌青愈聚愈重。以前他还会听从家庭医生的建议,但自从顾开复离开之后,夏树对所有人的态度都异常冷漠,不仅搬光了房间内的所有物品,甚至不肯让任何人再进入他的房间。
　　夏树眼角的余光瞄到了夏爱华,他依旧沉默地静坐着。
　　"树。"夏爱华站在他身边,"有件事情我想问你。"
　　他微微点了点头。
　　"不,不是问你,是有件事情我想告诉你。"夏爱华临时改变了主意,"听财务总监说,他无意间看到顾青复制了财务室的钥匙。"
　　他平静如水。
　　他早就知晓还是对顾青不再感兴趣?
　　"她是你指派去财务室的,这件事情我有必要先告诉你。"
　　"进入墨复以来,即使她没有做任何的事情,以你对顾青的态度,别人也会视顾青为敌,以此来讨好你。"
　　"树,别把我对顾青的好说得那么苛刻,我只不过是想……"
　　"磨炼,我懂,所以我让她接触市场部,又想让她一探财务部的深浅,我让她去做这些,既希望她知难而退,但是又希望她能够成功,很矛盾!"

夏树轻轻一笑！

这时候他居然还笑得出来！夏爱华瞪了他一眼，想着如何反击。

夏树继续说："她是从我部门派出去的人，你现在这么说，要么说她是受我指使，要么也是意指我们'上梁不正下梁歪'。当初把她派去财务部，我很明确地说明自己的立场，希望各位能够海涵，但不意指别人要包容她犯下的错，既然财务总监说她复制了钥匙，什么时间，什么地点，是否有人证物证，如果有，你交给我，这件事情我来处理。"夏树看向她，"你觉得如何？"

夏树虽有偏帮顾青的嫌疑，但夏爱华却捕捉不到他情绪间的任何漏洞。

虽然看似有备而来，却也句句有理，再怎么说，夏树从少年时期就开始的喜欢及爱恋不会无端消失，即使是他现在有了那怡，夏爱华还是理解夏树的作为——与其说他偏袒着顾青，不如说他在捍卫曾经付出长达十年的青春年华。

"既然你这么说，我也就放心了，人都会犯错……"

"如果他坚持认定顾青复制了钥匙，那就请他拿出证据。"夏树的态度变得坚决。

"我不太清楚整件事情，所以才想来问问你。对了，听说昨天你和顾青同时在部门加班，有这回事吗？"

"顾青有个报表的数据弄错了，我希望她立刻改过来，没办法，她是我部门的人，任何错误我都必须盯着。"夏树起身将窗帘拉上，几只扑翅欲飞的蝴蝶映于眼前，他又一拉，一层厚重的黑色窗帘彻底将这个房间与外界的光亮遮蔽。

他是在拒绝自己，夏爱华嘴角溢出了一丝苦笑，但还是强撑着："最近跟那怡如何？明天让她来家里吃饭好不好？"

夏树没有拒绝，只是安静地坐上地板上，久久地沉默。

厚重的黑色窗帘似是他的内心，他只一伸手，没有语言，没有情绪，没有动作，就，轻易地，将他们的世界分隔开了。

夏爱华讪讪地离开了房间。

第十五章

见她离开,夏树从床头柜上拿出手机拨了号码,"是我,我记得你有驾照,如果你不介意,明天过来顾家取车,接送我和顾青上下班。"

挂断电话,夏树都不敢相信刚才那通电话是自己拨出的。

那小子喜欢顾青是藏也藏不住的事实,他算是自己的情敌,他犯什么傻非要把李南再"惹"回来?

夏树将身体放倒,思绪渐入沉思,他对顾青的爱炽烈如浓墨重彩,可他知道平静无波澜的生活更适合顾青。

管他李南是朋友也好,情敌也罢,只能他能保顾青安全,夏树甘愿一试。

*** ***

但事实证明,他有多不甘愿。

一直低迷得不到半点力量的顾青在得知李南将每天接送自己上下班的时候高兴得简直快要飞起来。她笑起来的时候眼睛弯弯的,清澈明亮的双眸里闪动着光,这曾经是只有夏树才享有的权利!拎着公事包的夏树不动声色地慢慢靠近车子,顾青在看到他的身影之后,笑容如安装了机械开关似的突然消失了。

那么局促,却又那么急速地消失的笑容,让夏树一路上都保持沉默。

走进电梯,夏树面无表情地看着顾青说:"今天不用去财务部。"

"为什么?我不过才去了财务部一周……"

夏树打断她:"啰唆什么,你以为他们还会欢迎你回去吗?与其在别人部门做些琐碎的事情,不如回来帮我!"

"可是……"

"顾小姐,上一周所有的事情都是我在做,各部门的联络单,甚至是泡一杯咖啡我都是亲自来的!你能不能回来把这些事情先处理完……"

"好!"顾青冲他摆手,"不必多说,我回来,所有的事情都由我

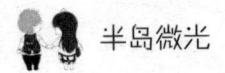 半岛微光

做!"

"你!"夏树被她气得够呛,情急之下说道,"你知不知道我冒了多大的危险才帮你洗去那些犯罪证据!你!"

犯罪证据?顾青对这个词不认同,她纠正:"我是在'伸张正义'!"说完小腰一扭率先走出了电梯。

夏树心情郁闷却只能看着顾青的背影干瞪眼。

在接连几个会议的连番轰炸之下,夏树走回办公室,偌大的办公室显得很冷清。他看了看手表,才发现已经到了用餐时间,他回办公室拿钱包,看到顾青不在位置,抓住临时路过的同事一问,竟然得知她与李南一起去附近的西餐厅用餐,夏树忙不迭地赶过去。

西餐厅。

夏树赶到的时候,服务生推荐他用店内的情侣套餐,夏树忙着寻找顾青和李南的身影,一口回绝服务生的推荐,径直朝他们走去。

服务生正在为他们介绍:"您好,您点的'花好月圆'情侣套餐已经用完,这是甜品,另外针对情侣餐的部分,我们还有免费的焗烤饭及新鲜现榨的果汁,请问是否需要?"

顾青摇头道谢,一抬头就看到夏树怒气冲冲地来到他们身边,他看着服务生说:"抱歉,我要在这里加个座位,我需要点餐。"

"您好夏先生,非常欢迎您的光临,但这里是情侣用餐专区……"

夏树拉了张椅子坐下,"是,我知道,我想在这里拼餐,麻烦你帮我准备,餐点照旧,谢谢。"

服务生面露难色。

原本融洽的用餐氛围因夏树的突然介入而显得异常尴尬,顾青起身说:"我们吃好了,如果夏先生需要这个位置,就让他使用吧。"

李南也随即起身。

夏树拉住顾青的手,"坐下。"

"我已经吃好了。"顾青低声抗议。

"可以陪他一起吃情侣餐,那应该也就可以陪我一起吃。"他蛮横地紧抓住顾青不放。

第十五章

"这里是公共场合,你也不希望我们弄得多难堪,再说这里多的是夏爱华的眼线!"

她居然敢威胁他!为了李南吗?夏树起身,紧抓着顾青的手离开了西餐厅。

李南眼见着顾青被拖走,只能急急地催促服务生尽快让他买单。

西餐厅的后门是个巷道,因为处于繁华闹区,反倒让它闹中得静。

顾青终于可以不顾旁人眼光而甩开夏树的手,"你怎么了?"

"你问我怎么了?我倒问问你怎么了?为什么要跟他一起吃饭!"

"他是我哥,我曾经寄住在他家六年,即使我重回顾家,那份亲情依旧值得我维系!"

"是维系还是留恋?"

"你没有资格质问我。"

"你可以请他吃饭,吃满汉全席我都没有异议,但就是不能吃情侣餐!"

"夏树,我们是什么关系?"顾青看着他问。

什么关系?夏树最希望他们是情侣关系,但这一切皆因亏欠顾青太多而让他心生恐惧地不敢再对她有任何靠近的念想。

面对夏树的沉默,顾青替他回答:"我告诉你,我们曾是异父异母毫无血缘关系的兄妹,现在我们是雇主,我是受你雇用的人,我付出我的劳力,你给予相应的酬劳,就这么简单。"

就这么简单?就把他们过去纠纠葛葛的关系一并囊括?夏树不甘心。

他不甘心的情绪全都转换在脸上,脸色阴沉沉的。

"我感谢你劝我回来,我感谢你最近一再地帮我解决难题,但不代表你可以无止境地干涉我的私生活。"她顿了顿继而说,"就像我从来也没有干涉你喜欢那怡一样。"

"就像我从来也没有干涉你喜欢那怡一样。"

这句话是什么意思?

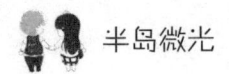 半岛微光

它像是数以万只的蚂蚁,钻进了夏树的心里,它们千军万马地踩着夏树的身体,钻进他的骨缝,侵蚀着他的内心。

难道?顾青对自己也是喜欢的?

他感到些微的窃喜。

当晚,那怡来家里赴宴,向来处事有条理保护顾青得宜的夏树竟一改常态地让顾青出席他们的用餐。

顾青虽然排斥夏爱华,但她却想进入白色洋房,哪怕是看一下里面的餐具及摆设,也会让她重温初回顾家父亲领着她走的那段路。当初父亲领她回来,顾青觉得一路通顺没有阻碍。如今纵然有父亲的遗嘱在手,她想重掌墨复都举步维艰,每一步都如履薄冰,使得她更加想念父亲。

夏爱华及那怡对突然现身的顾青冷漠至极,这在顾青的料想之中,但她没想到中午还对自己在意的夏树也会转移了关注的视线。这一晚,他对身边的那怡献尽了殷勤,百般宠爱与谦让如同是在对待一位身份高贵的女王,用餐刚一结束,顾青就仓皇逃跑,一直跑到山后,她才气喘吁吁地停下来。

她小心翼翼不让自己的爱喷薄而出,但她知道她的小身躯已无法负重如此沉重且深情的爱。

为什么?

为什么她步步退让却偏还爱上夏树!

更让顾青吃惊的是,她所拼了命去掩饰的那些介意的情感,就在数小时前,在她与李南共进午餐的同时,被夏树淋漓尽致地演绎了一次。

莫非……

顾青回想起夏树醉酒那一夜对自己的深情一吻。

她的手指情不自禁地放在了唇边。

夜风中。

树影下。

第十五章

一个高大的身影默默地守在顾青的身后。

她没有痛哭,甚至是连半点吼叫都没有,她瘦弱的背影孤单地伫立在漆黑的夜空之中,毛茸茸的短发随风摆动。

他悄悄地走近她,试图伸出手,给这个孤单的傻瓜一个拥抱。他只需要向前再迈上十步,他们的关系就能彻底扭转。

当他竭力讨好那怡的时候,尽管顾青毫不在意,他还是轻易地从她的眼神里捕捉到了醋意。他们是相同的,至少,他们两情相悦。

回想那夜他们激情一吻,顾青并没有激烈地拒绝他,夏树心底的那丝窃喜晕染开了,他缓慢地接近顾青。

他修长洁净的手指在夜光之下显得格外好看,他的手指微微颤抖,只要他勇敢地释放自己的内心,他相信顾青能够接受自己。

一阵冷风吹过。

他静止了。他看向自己的手指,想起在租住屋里,陈墨找到夏爱华,夏爱华歇斯底里地哭泣,陈墨劝她冷静,夏爱华朝一旁安静的他怒吼,他情绪受惊,低头怒吼如同小兽般地冲向了陈墨,陈墨疼痛难忍地倒了下去,她的表情非常痛苦,她不断地伸手求他救她。

顾青受李南邀请去他家做客,因为自己内心燃起的嫉妒之火,他选择沉默,亦是用这双手指缓慢地拉过棉被盖住了自己的双眼。

若不是他,所有的一切都会不曾发生,他才是整桩事情的导火索。

他对心里存有的窃喜感到肮脏,他仓促地收回了自己的双手,转身消失在暮色当中。

顾青觉察身后有人,但当她回头,背后只是一片黑蓝夜空,夜风吹拂,幽幽地吻过她的脸颊与耳畔。

她期盼出现的身影,终究还是没来。

*** ***

为了洗清自己的罪孽,唯一能为顾青所做,就是将属于她的一切全都还给她。

夏树知道,原封不动地奉还已经没有可能,那些毁损的消逝的最为

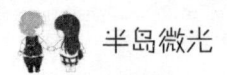 半岛微光

珍贵的,他都不能一一还给她,但他能为顾青做一件更值得的事情,在纯洁与丑陋之间,夏树已经有他决定舍弃的部分,即便这其中要抛弃他曾视为珍贵的——亲情。

他要得到夏爱华那条华丽的以钻石打造的项链。

他假意要带那怡参加客户的高端宴会,以放松夏爱华的警惕,随即让那怡去向夏爱华借一些珠宝首饰,夏树虽然没挑明让那怡借哪一款项链,但他最近无时无刻不在那怡耳边赞叹夏爱华那条钻石项链的那些溢美之词一定在那怡心里留下了深刻印象。

那怡随着夏爱华去挑选首饰时,夏树则在客厅内装作心无旁骛地耐心等待。

终于,身着一袭红色礼服的那怡缓缓走出来,颈间戴着的正是夏爱华的钻饰,但却少了钻饰那一只蝎子造型的吊坠,那才是夏树让那怡去借项链的重点,夏树不动声色地迎上去,直夸那怡美丽,丝毫没将视线停留在她的颈间。

"你看,是伯母送给我的哦。"

"送给你?"夏树看向夏爱华。

"就当作是我送给她的见面礼,难得她喜欢,对我这个项链可说是一见钟情。"夏爱华小心翼翼地观察夏树的神情。

"记得您以前一直都很爱黄金,什么时候有了这款钻石项链?"夏树装傻。

夏爱华的疑心顿时消失,"刚添了没多久,那怡皮肤白,气质也更高贵,比我适合这些奢侈品。"

"谢谢。"那怡嘴甜道谢,"不过我还是更喜欢那只蝎子形状的吊坠。"

"那个太张扬,不适合你今晚的造型,你如果真喜欢,我做一款一模一样的给你。"

"谢谢!但我希望吊坠是由夏树送我的。"那怡深情地看着夏树。

"什么蝎子?"夏树参与话题。

"一款吊坠,树,我真的很喜欢,用它来搭简单的T恤就会非常惊

第十五章

艳。"

"既然那么喜欢，下次我送给你，走吧，时间快来不及了。"

看着他们渐行渐远的背影，夏爱华松了一口气。刚才那怡急匆匆地来跟她借饰品，她疑心又是夏树的主意，没想到这次她多想了。

宴会结束后的几天，那怡对那款蝎子造型的吊坠依旧念念不忘，夏树趁机说："既然你喜欢，我送给你。"

"那应该是限量定制款，上面镶满了昂贵的钻石。"

"不难办，只要有心，我想我可以把那个当作定情信物送给你，但是可惜……"夏树无奈且惋惜地耸耸肩，"没有参照物，他们应该做不出来。"

"你说送给我，是真的吗？"那怡眉开眼笑地贴近夏树。

夏树点点头。

那怡满心欢喜地从手提包里拿出一只蝎子造型的吊坠。

夏树虽然只在监控画面中看到那只吊坠，但他分得清眼前与夏爱华那只吊坠的明显差异，何况这只吊坠太迷你，完全没有USB的存储空间，他摇摇头，"这只吊坠的钻一看就不是最好的，跟她送你的钻石项链级别相差太远。"

那怡沮丧地嘟着嘴，"可是这已经是我拜托别人找到的最像的一只了。"

"我要送给你的，一定是最完美的。"夏树看着那怡。

那怡深受感动，她小声问："那，你答应送给我一模一样的钻石吊坠，是真的吗？"

夏树点头。

"如果我拿这一只跟她换，她会察觉吗？"

夏树反问："你说呢？"但随即又说："但如果是来个'偷天换日'，我们把原版拿给设计师，请他帮我们打造一款一模一样的，我相信浪费不了多少时间。"

"好！"那怡开心地说，"我一会儿跟你回家，偷偷进去把'原版'拿出来，你去帮我找设计师如何？"

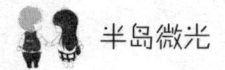

"一旦被她发现,后果不堪设想!"

"不会的,我把东西交给你之后,你火速地找设计师,只需要拍照,以及鉴定她使用什么等级的钻石,还有,有点偏差我也愿意接受,只要是你送给我的!"那怡朝夏树妩媚地眨着眼睛,"今天,我的所有时间都是属于她的,我把自己无条件地奉献给她,陪她逛街打牌闲聊,你要速去速回!"

夏树故意勉强且痛苦地点着头。

不久后,夏树暗藏喜悦,不动声色地从那怡手里接过蝎子造型的U盘。

临街咖啡馆。

夏树在角落里坐下,他将U盘与笔记本电脑连接,原本他以为这只是夏爱华简单的"移动账册",不承想里面巨大的信息量及内幕让他震撼不已。除夏爱华私自将墨复资金转移,并运用大量的资金启动了天衍实业外,里面更有墨复集团的高层主管及股东们的贪污受贿以及桃色花边绯闻的铁证,拥有这些,也等同把顾青安稳地送进墨复主掌者的位置,至于如何送,还有待考虑。

夏树将U盘里面的内容全部复制留存,迅速赶回去将U盘还回去,他以为那怡已经带着夏爱华出门,信步走进白色洋房后竟然听到她们的对话。

白色洋房。

"抱歉那怡,我对打牌没有任何的兴趣。"夏爱华又一次拒绝了那怡。

"我们可以去逛街,你知道吗,有个欧洲品牌入驻S市,我是他们的白金会员,所有商品的折扣非常吸引力,伯母您去看看,我送给您。"

"如果你说的是S市东区的那一间,我应该更没有兴趣,他们送给我的是皇冠级的会员,如果你需要,你购买的所有东西都可以记在我名下。"

"伯母,是不是因为我让夏树送我同款的蝎子,您感到不高兴?"

第十五章

"蝎子?"夏爱华敏锐地觉察出气氛的不同。

夏树贴着墙壁站在窗下静观其变。

"那天我说想要只跟您相同的蝎子,您是不是会比较介意?其实我没有跟您争夺的意思,我只是……对于喜欢的东西太执着,就像我那么喜欢树一样。"

"你们年轻人的事情,我不会干涉太多,你喜欢,树又愿意送,我不会因为这点小事而介意。"

那怡欢快地拍着巴掌,"早知道伯母是个如此开明的人,我跟树就不必担心,还费那么多工夫!"

这个蠢女人,该不会想对夏爱华全盘托出他们的计划吧!一旦如此,他们可就功亏一篑了!

夏树暗自跺脚,他怎么能把这么重要的事情托付给完全靠不住的女人!

是!他是利用那怡来躲避自己继续相亲的命运!他的心里只有顾青,但那是不可言说不能表明的爱意!他有点恨自己当初乖乖去相亲且逆来顺受地接受那怡的懦弱!

"你们,费了什么工夫?"夏爱华起了疑心。

"其实我一直都很想要那只蝎子……"

夏树暗自骂了一句,如果再不将这只U盘还回去,一旦夏爱华在此时察觉,纵然他复制了里面的所有资料,但眼下的形势于他们不利,当务之急,他还是要先稳住夏爱华的情绪,以稳妥地将顾青秘密送入安全地带,这层秘密才能彻底被捅破。

夏树所站的位置靠近窗台,紧紧相连的是一棵粗壮的樟木树,若顺着它爬到二楼阳台再进入夏爱华的房间不是没有可能。

前途已经藏尽危机,不尝试就只能等着还未起跑就已阵亡的命运,夏树踩着窗台,顺利地爬上了树,爬到与二楼阳台相接的部分,他遇到了问题,树与阳台虽然持平,但想要顺利地跳跃过去并且稳妥落平,困难度与危险度是并存的百分之百,但他必须要尝试。

夏树爬到树的一个大的枝干,试图从枝干的尾梢进入阳台,然而屡试未果,枝干太细,承受不住夏树的重量,才站在树枝就已经摇摇欲

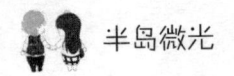

坠，夏树只能再寻找别的机会。

忽然，一个人影从阳台上一闪而过，竟是萍姨！

萍姨在顾家的时间很长，曾照顾过顾青的奶奶还有她的母亲，萍姨为人和善，对夏爱华的嚣张跋扈早有不满，更在顾开复意外死亡后透露想要离开顾家。夏树见她素日里对顾青疼爱有加，想着有朝一日若是顾青能够回来，把萍姨安排来照顾她的起居再适当不过，就主张把她留下来，调在另一幢楼照顾自己的生活。虽然平日里她跟夏树的互动不多，但看得出来，萍姨对自己非但不讨厌，还非常愿意跟他谈心事。

向来很少在白色洋房走动的萍姨居然会在，真是冥冥之中早有命数。

萍姨显然也看到了夏树，她先是走出去看看局势，又再度走回来，示意夏树停住不要发出声音，随后拿出一条绳子抛向夏树，夏树摇了摇头。

他虽无力借助绳子攀向房间，但有萍姨在，所有的问题都能迎刃而解。

他将蝎子造型的吊坠系在绳子的顶端，再将绳子小心翼翼地扔给萍姨，示意她尽快放在夏爱华的化妆台。虽然此行更加冒险，但夏树别无他法，眼下他就是要尽快现身，以解除萍姨可能带来的危险。

"树少爷！"管家突然惊慌失措地叫他，"需要帮忙吗？您怎么会在那里，哎呀，小心一点！"

夏树险些从树上跌落，他抓紧树干的同时，手上留下长长的两条血痕，他迅速使自己稳定情绪，并将外套脱下搭在双臂，以掩饰手心的伤痕。

"树少爷，您……"

夏树从钱包里拿出一沓钱塞给他道："我想向我女朋友求婚制造浪漫，但因为爬树的技巧不是一流的，太丢人了，你务必帮我保守秘密。"

管家连连点头。

在室内被夏爱华逼得说不出话的那怡在听到有人连声叫"树少爷"

第十五章

之后，惊喜若狂地奔出来，刚见到夏树她就挤眉弄眼，整个身体攀到他面前撒着娇，"你总算回来了。"

而在室内的夏爱华见好不容易摆脱了那怡，决定去房间查看U盘，谁知道刚转身，就听到夏树的声音："为什么直到现在你还不明白，你不能拥有蝎子的吊坠，那是属于她独一无二的东西，那是她的喜好，这件事情我已经拒绝你了，好，你别再提！"

那怡可怜巴巴地看着夏树。

"就像她是独一无二的一样，我不能太自私，光想着去满足你，却忽略了她的感受！"

夏爱华果然动容地放慢了脚步。

"可是你！你答应我的！"发起脾气的那怡，一副嗲声嗲气换成了尖锐的叫声，把原本温和美好的画面给破坏了。

夏爱华还是决定回房间看看。

夏树拍了拍那怡的手，语气略带严厉地看看她："你别再闹了，再这样下去她会把你赶出顾家，这个我送给你。"他从口袋里拿出一枚钻饰吊坠，"相较蝎子，我更喜欢天鹅，因为它够纯情够美好，不要破坏你在我心目中的形象，你先走，其余的事情我跟她解释。"

"可是……"

"如果你再不走，下次你就没有进入这里的权利，任何权利都没有！"

那怡眼角噙着泪一路小跑着离开顾宅。

夏树冲进去，夏爱华已经走到楼梯的顶端，还差数步，她就要进入房间，万一她跟萍姨相撞，近日来的所有努力都成了白费。

"妈！"夏树叫住她。

夏爱华的脚步瞬间停止，她的神情显得惊慌失措，以一种不确定的口吻询问夏树："你刚才，叫我什么？"

"今晚，能不能约上叶德一起吃饭？"

"他找过你吗？"夏爱华从楼梯上跑下来，"你不要理会他，他要求你做的任何事情，你都可以拒绝，你不必……"

"只是想单纯地吃个饭。"夏树说。

夏爱华点头,她眼神里带着渴望,"树,我刚才有没有听错,你叫我什么?"

夏树看到萍姨从楼梯上缓缓走下来,他的神情也逐渐地冷下来,"你听到的,就是我说的,我先去订位置,你帮我打电话约他,晚上见。"

纵然夏树又恢复了往常的冷漠,但夏爱华知道,他的心里对于"母亲"这个词还藏着星星之火。

在掌握所有的证据之后,夏树频频与集团的高管及股东们见面。他没有时间再去铺垫,只希望他们明白,他需要帮助,帮助扶持顾青坐上掌管墨复集团的主位,只要他们做到,他承诺,只要他们愿意,以后没有任何人可以用此要挟他们。他会将他们的罪证从夏爱华那里彻底删除。

他们早已厌倦继续被夏爱华操控的日子,纷纷表示愿意帮助顾青,但他们希望,夏树能够说到做到。

为了顾青,他决意再度涉险。

但经过上次"有惊无险"的风波之后,夏爱华不管是对监控室还是她的房间都严加密控,更是严禁让打扫以外的人进入二楼,正当夏树陷入绝境,萍姨竟主动问他是否需要帮助。不行,上次已经让萍姨为他冒了一次风险,且这次事件非同小可,夏树了解夏爱华的个性,一旦事情暴露,她所做出的报复行动绝对是狠上加狠,若是萍姨被无辜牵连,他会因此愧疚一生,夏树摇头拒绝了萍姨的好意。

一天后,从不请假的萍姨居然无端告假,并且长达一年,不仅是夏树疑惑,连向来不理会任何事情的顾青也起了疑心。她向夏树要萍姨的联络方式及地址,夏树转而问夏爱华。夏爱华当场发怒,不仅不说清萍姨的下落,反倒让顾青及夏树都安分守己别再惹是生非。

联想几日前萍姨的好心相助,夏树倒希望她是因身体不适请假,而非……

如今夏爱华权势在握,气焰嚣张,纵然夏树有了高管及股东们的支

第十五章

持,但想将夏爱华彻底拉下马,还需要更有力的证据。

夏爱华最近很忙,但不在集团亦不在旗下的子公司,夏树暗地里跟踪她,竟然发现原本只存于夏爱华口中的天衍实业已经初具规模。夏爱华不仅花大钱租下S市最繁华的地带作为办公区域,里面的装潢更是极尽奢华。不仅如此,业务部总监周晨以及财务总监也纷纷进驻天衍实业,这两个人也是参与掏空墨复资金的最大贪污者。夏树之所以没有动他们,是因为他知道他们是夏爱华的人马,生怕事先惊动了夏爱华。

趁着夏爱华在忙天衍的事情,夏树重回顾宅,他要尽快销毁那个蝎子U盘,让夏爱华不能再靠里面的资料作恶。

"夏董,刚才夏总的确出现在这里,不过现在应该回到山上的别墅去了。"周晨跟夏爱华说。

夏树,你不仁,也休怪我不义。

这一步,是你逼我走的!

夏爱华拿出手机,拨通了叶德的电话,"你上次提出的要求,我答应你,但在此之前,你必须为我再办妥一件事情。"

她的眼神里露出凶光。

原本晴朗的春日突然乌云密布。

雨点在数秒后淅淅沥沥地落下,S市如同掉进水雾中。

第十六章

顾宅。

白色洋房。

夏树顺利到了二楼,她的房间并没有上锁,打开她的首饰柜,金钻璀璨夺目,但就是没有那只醒目的蝎子,夏树不甘心就这样放弃。

他在她的房间内大规模地寻找,肥胖的波斯猫躺在贵妇椅里懒散地发出蓝色的亮光,它骄傲甚至不屑地看着夏树,似乎在等待看一场闹剧。

夏树那双翻动的手突然停了。

他仔细听,客厅内白色大理石发出清脆的声响,高跟鞋踩在地板上发出清脆的嗒嗒声,除了夏爱华,谁能将高跟鞋踩出如此气势?

夏爱华回来了。

夏树知道他要闪躲已经来不及。

这是夏爱华计算好的时间,她早就猜透了夏树的心思,来招"请君入瓮"罢了。

夏树冷笑,这是所谓的"道高一尺,魔高一丈"?

"夏树,你果然在。"夏爱华慢条斯理地走进房间,她看着夏树,"最近我房间屡屡有被破坏的痕迹,我还以为那个人会是苏萍,但没想到,会是你!"

"萍姨根本就不是无端请假,是吧?"夏树为答案感到心寒。

夏爱华并不否认,"能让她进来这里打扫是她的荣幸,谁让她不安守本分!"

"她照顾了你这么多年,你怎么……"

第十六章

"如果她没有见财起意,我会继续留着她,树,我不是丧心病狂的杀人魔,我是真的让她回老家休息,我没有伤害她,我保证。"夏爱华话锋一转,"倒是你,你的出现让我感到心灰意冷了树,我那么信任你,你怎么可以?"

夏树轻蔑一笑,"你想怎样?"

"怎么样?我不会对你又杀又剐,不过是希望你能停止手头所有的工作,好好地去度个假,充分尽情地享受人生,等你度假回来,所有的新的全都在等着你。"

"所有的新的?你指天衍实业?"

天衍实业?他怎么会知道!夏爱华惊愕地看向夏树。

他一副胸有成竹的淡定,漆黑的眼眸里带着一种不容忽视的力量,就那样沉着地盯着她。

夏爱华突然觉得,她无力再掌控夏树了。

他的思想,他的心力,他的成熟,仿佛一夜间瓜熟蒂落,这种巨大的转变使夏爱华感到惊慌。

可是,怎么会?明明不久前还是一副和善的面孔!这副和善的面孔,在何时见过?对,在她赠送那怡首饰的那一天,在他们一家三口用餐的那一天,那么和善亲近,一切都假得太美好,太不真实!

夏爱华猛地拍了一下脑门!是!她全都知道了!

是他!居然会是他!

监控室资料凭空消失!

她在自己办公室查看蝎子造型的U盘!

那怡突然对自己的蝎子吊坠情有独钟!

夏树与那怡恋情转淡,那怡甚至被夏树安排去拉斯维加斯度假!

她的U盘并没有落到夏树的手里!但如果没有落到……他的手里……他哪来这种笃定的自信?

不行!她不能让自己功亏一篑!她胜利在即,不能因为夏树的阻挠让所有的事情都变成空!

"你刚才说什么?"夏爱华疑心颇重地问。

"你明明听得真切,那个名字是夏家的魂,也是你为什么到顾家的原因不是吗?"夏树发出嗤笑。

是!夏爱华有把握,夏树什么都知道了!

"苏萍是你派来的,所以她才几次三番地想偷走我那只吊坠?我以为她一时鬼迷心窍,只是没想到啊没想到,我对她太仁慈,我不应该让她回家养老,不该!"夏爱华愤怒道,"我对你们这么好,你们所有的人却一个个地背叛我!"

知道萍姨安全无虞,夏树心里的一颗大石落了下来,他平静地说:"不是背叛,我们只是在做我们认为正确的事情。"

"你,你看到了U盘里的所有资料?"她声音低得吓人。

"托您的福,全都看到了。"

"你想做什么?"

"让她掌管墨复!"

"所以,你要做的那些所谓的年度计划及财产清查也不过都是个幌子喽?树,你知道这样做的后果吗?"

夏树点头,"知道,将一些败类扫地出门。"

"那个贱人对你做了什么,以至于你如此失心疯地帮她?我告诉你,墨复是不存在的,它是生吞了天衍才有如今的实力……"

"失心疯的从来不是我。"

"你觉得自己在做一件有意义的事情?"夏爱华嘲讽地看向他。

夏树望向她,"冤冤相报中你感到快乐吗?"

什么?!夏爱华以一种不可思议的眼神看向夏树。他问自己快乐吗?她快乐吗?夏爱华扪心自问,她曾经有过快乐的光阴,在没有顾青的六年时光里,他们何其自由快乐!

夏爱华感慨:"那六年……"

"不能把那六年的时光计算在内,顾青不在的那六年,是我们拿以后若干年的幸运换来的,我们不能用偷来的幸福满足自己。"夏树一针见血地戳破了夏爱华沉溺在幸福中的臆想,"我喜欢顾青,长达十几年的光阴是为了她而活,但是我不能拥有她,我只要一想到自己手上沾着她亲人的血,我就没有办法,我们必须要为自己曾经做过的一切付出代

第十六章

价!"

"你以为我会让你得逞?"夏爱华看向夏树,"你几次三番地来,只为得到它?"她从口袋里拿出那只蝎子造型的U盘。

蝎子的尾部发出闪亮的光。

那是一只藏着剧毒的蝎子,它夺取了人们的理智,麻痹得人们善恶不分,使人们不断陷入罪恶的深渊。

"是。"他毫不否认。

"你以为凭它,你就能够掌控所有的人,让他们对你言听计从?别傻了树,他们不是怕你,他们只是害怕长久以来建立的'自己'在一夜间倾塌。与其说他们在帮你或是顾青,不如说他们是救己,在这个物欲横流的社会里,保全自己才是生存的上上策。"

"谢谢你告诉我这么多。"夏树的眼神里带着坚定,他一步步地走向夏爱华,"不管是为了救己,还是保全他人,这样东西,我要定了!"他从夏爱华的手里夺走蝎子吊坠,"我必须要将墨复还给她!"

"哈!哈哈!哈哈哈!"夏爱华失心疯地笑,"还给她?我怕她是无福消受了!"

"为什么!"夏树眸子里的光亮顿时黯淡,他看向夏爱华,"你,你究竟对她做了什么!"

"她不应该回来的,树,她不应该回来,如果她不回来,我们还能够过着安稳的生活,我可以放弃重建天衍的欲望!带着你跟着顾开复一起永远这么快乐地生活下去!就因为她!所有与她亲近的人都必须死!"

"你疯了,你疯得不可理喻!"

夏树说完准备夺门而出,却被夏爱华结结实实地挡在了门口。

"是,我是疯了!那是因为我太在意你们!"

"她从来也没想过要夺走属于你的一切,你忘了?她跟我同样都渴望得到你的关注,我们从来都没有排斥过你,幼小的我们那么盼望着得到你的拥抱,是你每一次,每一次硬生生地把我们推开,不是我们不爱你,而是你选择放弃我们。当有一天,你选择要跟我们亲近,但是很抱歉,我们的心已经离得太远。"

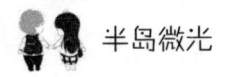 半岛微光

"她不是我的孩子,我没有办法那么对待她!"夏爱华怒吼道。

"我呢?我是你的亲生骨肉,你亦如此对待我,不是吗?"夏树推开她,不顾一切地冲进雨雾中。

窗外,浓密的乌云笼罩顾宅,夏爱华觉得全身寒瑟发冷,她与那只肥胖的波斯猫四目交望,它蓝色的眼神只在夏爱华的脸上停留0.01秒就迅速转移,夏爱华疯了似的边笑边挥舞手臂,"从今天起,再也没有人跟我抢夺任何的东西!没有任何人!哈!哈哈哈!"

"哈哈哈!"夏爱华转身进了监控室内。

冷如冰窖的监控室让她不禁打了个寒战。

桌角上一枚钥匙发出银色的亮光。

她走过去拿起它,这是曹渊不久前送来的钥匙,说是顾开复出事前留给她的。

"哼!"她发出既不屑又委屈的声音,她跪倒在地,"有什么话,你不能亲口对我说,为什么还非要留话给我!你让我对你念念不忘!对不对对不对!你早有预谋!你让我对你念念不忘!念念不忘啊!"

夏树的话犹如在耳——

"冤冤相报中你感到快乐吗?"

"那六年……"

"不能把那六年的时光计算在内,顾青不在的那六年,是我们拿以后若干年的幸运换来的,我们不能用偷来的幸福满足自己。"

"我喜欢顾青,长达十几年的光阴是为了她而活,但是我不能拥有她,我只要一想到自己手上沾着她亲人的血,我就没有办法,我们必须要为自己曾经做过的一切付出代价!"

"我们必须要为自己曾经做过的一切付出代价!"

夏爱华看着手里的钥匙,钥匙的下方刻有HN的英文字母,这是HN银行针对顶级客户而提供的保险箱业务,她缓缓地站起来,驱车离开顾

第十六章

宅，前往HN银行。

*** ***

"我们必须要为自己曾经做过的一切付出代价！"

雨雾中，夏树驱车前行，握着方向盘的双手因为恐惧而不停地颤抖。

他害怕再次失去顾青的恐惧。

他还没有实现自己将一切奉还的誓言。
他还没有真正请求顾青对自己的谅解。
他还没有亲口向顾青表达自己的爱意。
他还……

让顾青重回墨复，让尚年少的她踏入这充满猛虎野兽的战场是对的吗？他以为只要自己不断地冲锋在前露出凶狠的目光就能威吓所有同类不去伤害顾青，却在他信心满满以为能为顾青收复一片江山时将她推入危险绝境。如果不能救回顾青，他将一辈子活在深深的愧疚中，他将无法原谅自己！

拼了命，拼了命，也要保顾青的安全。

顾青在哪里？
残暴失了人性的叶德，会将她带去哪里，对她做些什么？
夏树踩着油门，满脑子都在搜索叶德可能去的场所。

酒吧？不！那里虽然没有人租用，但毕竟处于S市的繁华闹区，他不可能将顾青带去那里。

叶德的住处？夏树去过，但那里进出都有保安拦查，独来独往的叶德若是突然带一个女孩回去会引起别人的注意。

……

对！是那里！一定会是那里！

顾开复被禁锢长达半个月的废弃工厂！

他早对怀疑夏爱华与叶德联手绑架了顾开复，但一直苦于没有有力的证据指控他们，警方对于案件的进展也是毫无所获，但夏树从他们两人的对话以及每一次夏爱华的慌忙躲避中可以看出，这件事情与他们息息相关！

他们是凶手！

这一推测使得夏树浑身血液沸腾，他双眼亮出仇恨的光芒，眼睛坚定地始终看着前方，脚下的油门也因此踩得更猛！

顾青！你这个傻瓜！一定要撑住！

我马上就到！

车上。

顾青的双手被紧绑，眼睛也被蒙上了布条。

午餐时间，她担心夏树再找她的"麻烦"，没有跟同事们一起去吃午餐，而是在便利店里买了牛奶和面包。谁知道刚从便利店出来，她就被人从后面挟持扔进了一辆厢式货车。货车里潮气很重，散发出一股腥臭味，等她再次醒来的时候，就已经是双手被捆眼睛被蒙的状态，她发不出声响，蜷曲的身体更因货车的加速飞驰而来回碰撞。

她害怕极了！

记忆又回到了从前，她被夏爱华关进暗黑的地下室里，夏爱华恐吓她，使得她那几日只要稍一闭眼就会噩梦连连。

她一直以为有了夏树的庇护，这样的经历已经离她远去！

然而这一次，比之前那一次带给顾青的恐慌感及绝望感更为强烈！

夏树，你在哪里？顾青在车厢里呜咽地哭泣，这一次，她要给夏树足够的时间，且绝不发誓再也不理他！

她还没有亲口说爱他！

第十六章

　　厢式货车的速度减缓，车子在一间废弃工厂前停下来，那双粗壮的双手几乎是拎着顾青下车，他一手牵着绳子的另一端，野蛮地拖着顾青不断往前。

　　废弃工厂。
　　四周弥漫着铁锈的气味，男人将顾青绑在一根柱子上，他拨通电话："我按照你说的做了，你答应我的事情，什么时候兑现？"
　　顾青仔细地辨别这个声音，如此熟悉，她在哪里听过？
　　"三个月，我警告你，千万别跟老子玩花样，我现在没那么多时间陪着你耗，谁知道三个月后你会不会变卦？我相信你太多次，也被你当成猴子耍了太多次！好！我实话告诉你，我不会等三个月！明天，明天我们登记！至于是否宴请你那些上流社会的朋友，随你高兴！我在乎的就是那张能被法律承认的东西！"
　　酒吧里的长发男人？
　　她首次跟踪夏爱华，在酒吧门口碰面的那个长发男人？
　　与阿华一起害死了自己奶奶的那个长发男人？
　　那么，他打电话给谁？并且威胁对方要结婚，难道是……夏爱华！
　　顾青心里的绝望感几乎快要让她窒息。

　　男人挂断电话来到顾青的面前，顾青本能地后退，她瘦弱的身体紧紧贴着柱子。
　　"别害怕，如果你乖乖听话，我不会伤害你，我现在还不能杀你，因为我留着你还有用处！"
　　顾青壮着胆子问："为什么？"
　　"我怕有人不信守承诺，见目的达成就忘了给我的所有承诺，这种事情以前不是没有发生过，我得防着个万一。"男人拍了拍顾青的肩膀，"只不过你要帮我，如果想活命，就必须听我的，闭嘴，少听少问，这样你活命的概率会大得多。你放心，只要我跟她登记结婚，我就会放你走。"
　　如果他是在酒吧的那个长发男人，那么，他所要求的结婚对象，会

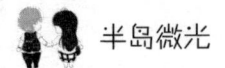 半岛微光

不会是夏爱华?

一定是!

除了夏爱华,没有人视她为眼中钉,肉中刺般地想要除去她!

但倘若是夏爱华,她活命的概率等于零! 顾青不能再轻信任何人给的承诺,如今,她只能靠自己而保全性命。

她紧贴着柱子四处摸索着,终于,她摸到一块如指甲大小的铁片,她悄悄地将那块铁片藏在手……

男人佯装离开,其实暗地里一直在监视着顾青的一举一动,他要明确地知道这个小丫头不会跟他耍任何手段。但显然他错了,顾青的这一动作彻底惹怒了他,回想他为夏爱华做的点点滴滴,那些愤怒汇聚在他的全身,最终全力集中在拳头,他走过去不由分说地朝着顾青的头上挥了一拳。

顾青被突如其来的重拳打得眼前冒着金星。

"操! 我说过,如果想活命,就必须听我的! 我看你是他妈的活得不耐烦了!"男人从顾青的手里企图夺走铁片,手背却被顾青刻意地划了一刀。

"操!"他一巴掌挥过来,直中顾青的脸颊,打得顾青的脸颊红肿,手掌印清晰可见,也因为他的力道太大,一直蒙在顾青眼上的那块布斜了下去,他们四目相视。

男人! 长发男人! 脸上有刀疤的长发男人!

顾青回想当年负气离家,走在山路上她就是与这个男人狭路相逢,他拿着一把尖刀面目狰狞地对自己穷追不舍!

他与顾家究竟是何渊源,他曾想杀死自己,而且制造了奶奶的车祸,刚才他说"这种事情以前不是没有发生过"? 莫非,他身上还背有其他的命案?

"嘿,顾青,很久不见了顾青!"男人露着狰狞的笑,"对于我,你应该不陌生吧? 我们很早以前就接触过。还有,上一次在酒吧让你侥幸逃掉,看来这一回,你没有那么幸运了。这层眼罩,是自我保护的最后一条底线,但天要你亡,我也没有办法。"他发出刺耳的笑声,笑声回荡在废弃的厂房内。

第十六章

从被他扔进车内的那一刻起,顾青就觉得自己死定了,尤其是当她得知自己落在一个杀人不眨眼如此凶残的人的手里,她更是知道自己没有活路。既然知道必死,她从最初的绝望里慢慢恢复了理智,"是,我知道我没有那么幸运了,但有件事情我很想知道,当初绑架我爸的人,是你吗?"

男人看着她,眼神里凶狠的光逐渐成了讽刺且带着快感的笑,"你难道感觉不到他的存在?他的魂魄……听,他就在这里!"男人逼近她,脸上的伤疤让人心惊,他仰头望向四周,"他的魂魄,在这里四处飞散!"

难道?顾青下意识地看了看绑住自己的这根柱子。

"哈哈!你猜对了!同一根柱子!绑住了你们父女俩的同一命运!你,很想他吧?别害怕,只要夏爱华答应跟我结婚,我就送你去见他!"

果然是夏爱华!那个疯婆子到底在想些什么?顾青虽然非常厌恶她,甚至不希望她以后再拥有爱人,但是站在一个曾经渴望被夏爱华照顾的孩子的角度来看——夏爱华具有魅力,她何苦跟这样的男人共度余生?

"你在笑我!"男人揪住了她的头发并毫不留情地将她撞向柱子,"你跟你那死鬼老爸一样!嘲讽我!认为我不配拥有她?但是她答应了!答应的条件是,我必须杀死你们!看看,你为了她而嘲笑我,而她,却为了让你们消失宁可嫁给我!哈哈!"男人满意地起身,他坐在顾青不远处,他看着手表上的时间,"再过不到20小时,我要去我的幸福天堂,而你,你,顾青,你将与你父亲,在地狱见面!在地狱见面!"

顾青闭上眼睛。

后脑勺因强烈撞击而流出的血液已经滑到了她的脖颈,但是她竟然感觉不到任何的疼痛,因为,要与父亲见面了吗?

废弃工厂的空间非常宽阔,她抬头,看到一片灰暗色却夹带着光的色彩逐渐地扑向她。

是父亲吗?

*** ***

 半岛微光

HN银行。

夏爱华跟随经理来到保险箱前,一个偌大的空间里排放着数不清的银色保险柜,一格格摆放有序却也一格格地藏着众人的秘密。

原来,有那么多人,有那么多的秘密想要寻个安全稳妥的地方藏放。

经理退了出去,夏爱华拿出保险箱的钥匙,"咯噔",银色的柜门被打开,里面放着一个牛皮纸袋信封,上面写着:"致爱妻,爱华。"

顾开复,他被禁锢长达十五天,只要她心思放软愿意放他回来,他存活的概率是颇大的,但是夏爱华绝情地认为顾开复从一开始对自己就是不爱的。过往点滴汇聚,让她的恨排山倒海而来挥之不尽,这一句"爱妻",犹如万记耳光扇在夏爱华的脸上,但她没哭,她以一种绝冷的神情打开了那个信封,并缓缓地坐在临近保险柜的长椅上。

信封里,放着两张一年期限的机票,目的地是欧洲。

除此之外,还有各大旅行社的旅行计划表,在顾开复的计划里,他们先到欧洲,将欧洲各国游玩遍之后,再不断开拓新的旅行景点。

"我们一起离开,去全世界开阔我们的视野。如果中途你累了,不想再继续走了,我答应你,我答应你,立刻在那里停下来,跟你永永远远地生活在那里。"

顾开复温柔而富有磁性的声音犹在耳旁。

夏爱华倔强地将眼泪逼回去,她戴着华丽钻石涂着鲜艳蔻丹的手触到一封信,她缓慢地打开它。信的开始:"吾妻,爱华,若你看到这封信,有两个原因,一,你未能随我远行,我曾承诺要带你开阔我们视野的那个梦被搁浅了,对不起。二,我已经离开人世……"

夏爱华那猩红色的唇似哭非笑地痛苦扯动着。

废弃工厂。

夏树看到路边有一辆深灰色的厢式货车,他认得,那是叶德的车!他激动地紧踩油门,车子飞驰直接撞进工厂内,巨大的撞击让夏树从驾

第十六章

驶座的椅子上弹起,他稳住安全盘,急速转移,并且用眼光不断搜寻顾青!

在那里!她紧贴着一根柱子!不远处叶德正凶狠地看着来车!

夏树从车上一跃而下,他径直冲到顾青的面前,顾青全身被绑,脸部有红肿的巴掌印,脖颈处还有头流下血渍。

"树哥哥……"她的眼泪掉出来。

她知道,他一定会来救她。

树哥哥,这久违了的称呼,也使得夏树有了寻找自己的力量。他要将过去那个正义的夏树找回来!

他试图帮顾青解开绳子,却不料一双大手突然抓住他的身体将他甩了出去,他疼得直叫,落地时骨头发出清脆的声响,他混沌地睁开眼睛,叶德正满脸怒容地站在他的面前。

"放了她!"夏树从地上爬起来。

叶德抬脚踢向夏树的肋骨,但发现对方竟是——

"夏树!"叶德急忙收脚,"你怎么会在这里?"

"为什么,你要帮她伤害这些无辜的人?"夏树爬起来,眼神坚定地看向叶德。

"这件事情与你无关!夏树,你回去,我不希望你掺和到这件事情里,你回去,你是墨复的少爷也好,天衍的少爷也罢,总之这一路,我都会支持你。"

"我不需要你的支持!"夏树断然拒绝他,"我不需要一个手上沾满别人鲜血的人给予我半分的支持!放了她!放开她!她是无辜的!"

"我不管她是否无辜,树,只要除掉她,我们一家三口从此就能生活在一起!爱华答应我,只要我除掉顾青,她就会跟我结婚,从此之后,你就是我名正言顺的儿子!"

"名正言顺?不,我们从来没有名正言顺过叶德!别以为我陪你吃过几次饭你就懂我,我从心底,从来,从来没有认同你是我的父亲!"

叶德?长发男人的名字叫叶德?他是夏树的父亲?顾青还在整理着这乱成一团麻的复杂关系。

想起夏爱华曾对自己嗤之以鼻,说夏树跟他不多话根本就是懒得搭理他,叶德觉得自己受了屈辱,但还是说着好话哄夏树:"以后我们多的是时间相处,你可以接受爱华是你的母亲,同样也能够接受我是你的父亲,这不过是时间的问题。"

夏爱华,不是夏树的姑姑,而是夏树的亲生母亲?难怪,难怪夏树与夏爱华的关系急转直下,夏树不再惧怕夏爱华,每每二人相对时夏树都流露着极浓烈的仇恨,甚至是憎恶。

原来如此!顾青全然懂得夏树的处境,可是在他最痛苦最无助的时候,她给予的竟全是耻笑,与他划清界限,将他视为敌人再不往来,可想而知夏树所承受的巨大压力。

夏树摇头,"我从来也没有接受她,一如我不会接受你。无论如何,今天我都要带顾青走!"夏树又一次冲向顾青,在帮顾青解绳的同时,他以迅雷不及掩耳的速度往顾青的手心里塞了一块已经生锈的铁片,是他刚才被叶德甩出时正巧抓到的。

叶德见状,上前来将夏树又一次拉开。

顾青紧握住铁片,虽然它已经生锈,却有可能是救自己的最后一线希望。

夏树不断进攻,叶德虽不还手但是手下的力道丝毫不减,他企图让夏树耗尽体力不再跟他继续厮杀。然而夏树的不放弃几次三番地激怒着叶德,两人扭成一团,夏树骑在叶德的身上向他猛挥拳头,但夏树哪是叶德的对手,很快叶德反败为胜,拳拳都是狠招,此时的叶德已经丧失理智,他不念及半分的父子情,招招都是致命的,招招都在夺人命!

"别打了!别打了!树哥哥,你别管我!你快走!"顾青号啕大哭。

夏树虚弱的手在空中晃着。

"树哥哥!"顾青奋力地用那片已经生锈的铁片割着手上的绳子。

"放……了……她!"夏树的脸上全是鲜血。

叶德见夏树的力道减弱,从他的身上下来,边擦拭嘴角的血边骂骂咧咧。

"树哥哥!树哥哥,你醒一醒!"顾青叫着。

他一动不动,也重重地落了下去,溅起的灰尘四处飞扬。

"树哥哥……"

第十六章

声音回荡在空旷的废弃厂房内,回音有节奏地一回回地飘荡着。

这是世上仅次于"我爱你"之外最好听的声音,夏树觉得,再没有人能把这声声呼唤叫得爱意绵绵且让他难以忘怀,就让他沉溺在这声声的呼唤里,暂时不要醒来。

他多害怕这是一场梦。

HN银行。
银色的保险柜旁。
夏爱华还在读着那封信:"如果再给我一次机会,我会在遇见你的时候就向你澄清——我认识你,知道你,为了你甘愿牺牲一切,纵然我成了婚姻里的背叛者,我背弃了对于陈墨的所有承诺,我自责愧疚,但却无法阻止我继续爱你,我用生命里每一寸光阴爱你,如今却不得不舍你而去。吾妻爱华,有生之年造一幢以你命名的山庄可能已无可能,抱歉,我时日不多,不能陪你远行。望珍重,希望能好好照顾顾青及树,多给他们自由,你知道,他们曾经是多么渴望让你抱一抱他们……"

夏树的声音在耳边回荡——

"她从来也没想过要夺走属于你的一切,你忘了?她跟我同样都渴望得到你的关注,我们从来都没有排斥过你,幼小的我们那么盼望着得到你的拥抱,是你每一次,每一次硬生生地把我们推开,不是我们不爱你,而是你选择放弃我们。当有一天,你选择要跟我们亲近,但是很抱歉,我们的心已经离得太远。"

夏爱华揪着胸口的衣服,这么多年来,她被仇恨蒙蔽住双眼,殊不知,原来幸福,只是简单地,抱一抱。

*** ***

废弃工厂。

"树哥哥……"她痛哭着,绑在她手上的绳索终于被她割断,她跑过去抱住夏树,"树哥哥,你醒一醒!"她拼了命地摇晃他。

他皱了皱眉,虽然感到很幸福,但还是忍不住地抗议:"笨蛋,很痛!"

她的脸埋进了他的颈间,温热的泪一滴滴地落在他的肌肤。

"我喜欢你!"

"我喜欢你!"

异口同声。

顾青清亮的双眸看着夏树,夏树的手捧着顾青的脸,他用大拇指拭去顾青眼角的泪,虽然感动,但还是忍不住笑她:"笨蛋!傻瓜!"

是,她是天字一号超级无敌的笨蛋傻瓜!

坐在不远处的叶德还在呼呼喘气,他需要短暂的休息,然后一起解决这两个不听话不受教的家伙!

顾青扶起夏树,"我们必须马上离开这里。"

叶德的电话响起,他看到来电者是夏爱华,他欣喜地接起来,"放心,我会解决那个丫头……"

"放了她。"

"你说什么!"

"放了她。"

"放……了……她?"叶德一字一句地重复着,他抬头,刚才还躺在地上的两个家伙居然不见了,他慌忙地从口袋里拿出匕首追出去。

"这些年来,我知道我亏欠你太多,叶德,结婚的事情我不能答应你,所以请你放了她!"

叶德失去理智地吼叫:"不行!我不是受你摆布的棋子,这次必须得听我的!喂!你们两个,跑到哪里去了!"

"两个?还有谁!"电话那端的夏爱华语气紧张地问。

"除了夏树,还能有谁?既然你不能答应我的要求,那就让我做一次决定者!"

第十六章

顾青和夏树藏于一根大柱子之后。

叶德怒吼道:"这些年来,我是你的傀儡,是你的'御用刽子手'!你让谁消失我都没有二话!你必须得承认,夏爱华,我所伤害的那些墨复的竞争对手全都与你有关!顾家老太太的假车祸真谋杀是你的主意,墨复集团的黎明达的死也是你指使。还有顾青,七年前你指使我杀过一回,不久前的车祸同样也是受到你的指使。听我说下去!"叶德发疯似的一一细数夏爱华手上的罪孽,"甚至杀顾开复,也是你默许的!"

电话那端的夏爱华早已痛哭失声。

"你真的太残忍了夏爱华,这些年来你不仅利用我,你还利用了夏树!让他甘愿做你的傀儡那么多年,你骗他,说他是杀死顾青母亲的凶手,但谁才是残暴夺取陈墨性命的凶手,没有人比你更清楚!"

母亲?连母亲之死都与夏爱华相关!且夏爱华还以这些理由威胁夏树!

顾青一直以为自己最痛苦,但却不知道,夏树所承受的痛苦是她的千百万倍!

她不由得紧握夏树的手。

"对不……"

她双手掩在夏树的唇上,阻止他再继续说下去。

每个人,心里总有个小小的寂寞的城。他曾在自缚且安全的茧里疗伤止痛,她不必做个残暴者用利剪再度将那个茧戳破。

"叶德,请不要伤害他们!"夏爱华乞求着。

叶德摔掉了电话,他身上背着太多的命案,这两个小鬼今天挑战了他的极限,他无法忍受别人一再的背叛!他想要得到的,为什么始终得不到?

那把闪着罪恶欲望的匕首正逐渐向夏树和顾青靠近。

"顾青,我答应过你,让你去地狱见他一面!"那把匕首刺向了顾青。

刀刃锋利。

时间仿佛静止。

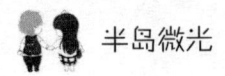 半岛微光

在危急时刻,夏树突然推开惊呆的顾青,他张开双臂用身体挡住了顾青!

匕首直接刺进了夏树的身体!

他的身体微微倾斜!

"树哥哥……"

叶德吓得落荒而逃,他边跑边回望,脚下突然踩到无数的小石头,重心不稳的叶德一头栽向前方,心脏直接被一截突出的圆形钢锥戳中。

夏树的脸上露出了笑,这一次,他没有输给任何人,他勇敢地冲在前方,为他的爱人,他的公主,挡住外界的所有伤害!

"树哥哥……"顾青哭喊着抱住他。

最自由的爱情,便是凝望着她。

她就是他的苍穹宇宙。

夏爱华紧握着电话,电话那端的顾青显得如此无助,她哭喊着叫她的树哥哥。

他们从相逢的时候就两小无猜,夏爱华不是没有看出来,为了她的复仇大计,她暗中阻止他们何止一回?甚至"三年之后"的承诺也不过是缓兵之计,夏树虽然不再追问但依他的缜密心思何尝没有看出来?

她看似风光,赢了整场,其实她才是最惨的输家。

她输了信用,输了亲情,甚至,还赔上了她的爱。

都是她的不可一世以及盲目地放大自己的悲伤所害。

不,她有何悲伤可言?

回想着过往点滴,夏爱华的泪水一滴一滴地掉下来,她耸着肩,似哭非笑,她伸手拥抱,发现身边爱人早已一个一个地离她而去。

夏爱华回头,看着自己以别人之血铺就的道路,耳边响起了夏树的话:"别否认!那样只会让我更加瞧不起你!我们用别人的血为自己铺路!甚至用别人的血暖了自己!"

第十六章

一辆货车疾驶而来，夏爱华冲向路中央，第一次，她觉得自己的呼吸如此自由。

废弃工厂。

夏树听得到顾青的哭喊，只是顾青的声音越来越远了，他安详闭上眼睛的脸庞上还挂着笑意。

在时间的洪流里，忧伤会褪色。曾经陪他们共同走过的每一个痕迹，都是留给他们最美好最珍贵的礼物。

顾青紧紧地抱着夏树，直到救护车前来，将他抬上了担架。

废弃工厂内，雨后的亮光照射进来，蒙蒙细尘飞舞在顾青的头顶，如同一道光环，带她回到心灵的荒野，让她看到广阔的苍穹。

顾宅。

绿叶悄然爬上了墙壁，穿过客厅。

推开他的房间，床单洁白，窗帘洁净，窗从里向外推，窗外花开正艳。一阵强风而过，薄如纱的窗帘被飞卷起窗外，窗帘上几只蝴蝶正振动着翅膀，随时开始它们飞翔的新旅程。

（全书完）